CLAUDIA BARDELANG

FALSCHER ERBE

CLAUDIA BARDELANG
FALSCHER ERBE

FLORENZ-KRIMI

Personen und Handlung sind frei erfunden.
Ähnlichkeiten mit lebenden oder toten Personen
sind rein zufällig und nicht beabsichtigt.

Die automatisierte Analyse des Werkes, um daraus Informationen
insbesondere über Muster, Trends und Korrelationen gemäß § 44b UrhG
(»Text und Data Mining«) zu gewinnen, ist untersagt.

Immer informiert

Spannung pur – mit unserem Newsletter informieren wir Sie
regelmäßig über Wissenswertes aus unserer Bücherwelt.

Gefällt mir!

Facebook: @Gmeiner.Verlag
Instagram: @gmeinerverlag

Besuchen Sie uns im Internet:
www.gmeiner-verlag.de

© 2024 – Gmeiner-Verlag GmbH
Im Ehnried 5, 88605 Meßkirch
Telefon 07575 / 2095-0
info@gmeiner-verlag.de
Alle Rechte vorbehalten
1. Auflage 2024

Herstellung: Julia Franze
Umschlaggestaltung: U.O.R.G. Lutz Eberle, Stuttgart
unter Verwendung eines Fotos von: © Narvikk / istockphoto.com
Druck: GGP Media GmbH, Pößneck
Printed in Germany
ISBN 978-3-8392-0696-6

Für meine Eltern

1

Er beendete seine ausführliche Rasur und tupfte das Gesicht sorgfältig mit einem kleinen Handtuch ab, das er von dem Stapel auf der Ablage nahm und anschließend in den Wäschekorb warf. Prüfend wanderte sein Blick über sein Spiegelbild. Er blickte ausdruckslos in seine braunen Augen. Langsam fuhr er mit dem Mittelfinger die dunklen Augenschatten nach, reckte das Kinn und betrachtete lange von beiden Seiten sein Gesicht. Der Warmwasserboiler sprang an und unterbrach seine versonnenen Betrachtungen. Entschlossen griff er nach dem Rasierwasser, tätschelte es großzügig auf die Wangen – ein weiteres Handtuch flog in den Wäschekorb –, dann zog er seine Krawatte fest und ging in die Küche, wo er wie jeden Morgen seinen Espresso zubereitete. Das Gas fauchte, der Anzünder schnippte trocken, und kurz darauf überlagerte der Kaffeeduft den Geruch von Gas und Feuerstein. Er goss den Espresso in eine Mokkatasse, rührte mit kalten Fingern einen Löffel Zucker dazu und stellte sich an das geschlossene Fenster. Noch konnte er alles abbrechen. Es lag allein an ihm. Was, wenn er es darauf ankommen ließe? Im selben Moment schrillte die Türglocke und er zuckte erschrocken zusammen. Mit bebenden Händen stellte er das Tässchen ab, ging lautlos zur Wohnungstür und lauschte. Abbrechen oder nicht? Nach schier endlosem Zögern ergriff er schließlich mit zittrigen und schweißnassen Händen das Telefon und drückte entschlossen auf Wahlwiederholung.

2

Wenige Straßenzüge weiter stand auch Commissario Lorenzo Riani vor dem Badezimmerspiegel und betrachtete resigniert sein müdes Gesicht. Die stoppeligen schlaffen Wangen, die dunklen Augenringe, das wirre grau melierte Haar. Seufzend griff er zum Rasierer und beseitigte den dreitägigen Wildwuchs. Anschließend verteilte er reichlich sein neues Rasierwasser, bürstete das widerspenstige Drahthaar, zog die Krawatte fest und schlurfte schwerfällig in die Küche, wo es schon nach Kaffee duftete. Seine Frau saß am Tisch, schenkte gerade den Espresso in die Tassen und rührte in seine zwei Löffel Zucker hinein. Er bemerkte, dass sie schon fertig angezogen war, und sein Blick fiel auf die große Tüte aus der Pasticceria um die Ecke. Nur mit Mühe unterdrückte er seinen Fluchtreflex und setzte sich.

»Du warst schon weg?«

»Ich konnte nicht mehr schlafen …«

Nach der gestrigen Eröffnung seiner Frau und der anschließenden emotionalen, endlosen und dennoch ergebnislosen Diskussion hatte er die ganze Nacht kein Auge zugetan, aber nach dem Anruf ihrer jüngsten Tochter, heute früh, kurz vor sechs, musste er wohl eingenickt sein, denn er hatte nicht gehört, dass seine Frau das Haus verlassen hatte. Schweigend griff er nach einer Brioche, obwohl sein Magen wie zugeschnürt war. Seine Frau blätterte in der Zeitung. Alles schien wie immer, aber er war auf der Hut. Bloß keine Fortsetzung jetzt! Er brauchte dringend Zeit zum Nachdenken. Viel zu schnell kippte er den heißen Kaffee hinunter, und kaum hatte er den letzten Bissen im Mund, brummte er eine Entschuldigung, küsste seine Frau flüchtig aufs Haar und verließ eilig das Haus. Draußen auf der Straße hielt er inne und rieb sich stöhnend den schmerzenden Magen. Das hastig verschlungene Hörnchen und der zu heiße Kaffee ließen sein Sodbrennen heiß aufflammen. Oh Gott! Tief durchatmend reckte er sich vorsichtig. Überall tat es weh! Sein Ischias strahlte seit vorgestern schmerzhaft ins linke Bein, und sein Nacken war verspannt wie seit Monaten nicht mehr. Er war erst Anfang fünfzig, aber momentan fühlte er sich wie hundert. Wie zum Teufel sollte er in diesem Zustand noch einmal Vater werden? Wenn das Kind in die Schule käme, würde er mit einem Rollator dabei sein.

Mit Riesenschritten stürmte er die Viale Spartaco Lavagnini entlang, während der kalte Novemberregen unangenehm in seinen Kragen fiel und seine Hosenbeine bereits nach den ersten hundert Metern bis auf Knöchelhöhe durchnässt waren. Wie hatte das nur passieren können? Er könnte bereits Großvater sein! Er war mit großer Hingabe Vater und er liebte seine drei Töchter – aber jetzt noch einmal ein Kind? Jetzt, wo die Jüngste gerade ihre Maturità abgelegt hatte? Riani, der gemütliche, der unerschütterliche und meist gut gelaunte Fels in der Brandung, fühlte sich mit einem Mal hilflos und schwach, weil er ahnte, dass er dieses Mal kein Mitspracherecht hatte. Dass seine Frau bereits wusste, was sie tun würde. Zwar hatte sie ihm gesagt, dass sie keine Entscheidung, welche auch immer, ohne ihn treffen würde, aber er wurde das unangenehme Gefühl nicht los, dass sie bereits entschlossen war, dieses Kind zu bekommen. Außerdem hatte er tatsächlich wenige Gegenargumente. Als gläubiger Christ konnte er gar keine haben! Grimmig rannte er bei Rot über die Ampel und bog kurz darauf in die Via

Cavour ein. Glücklicherweise hatte er zurzeit keine laufende Ermittlung, und so könnte er es die nächsten Tage etwas ruhiger angehen lassen. Vielleicht sollte er seinen Chef um ein paar freie Tage bitten, obwohl er wegen Allerheiligen gestern gerade einen freien Montag und somit ein verlängertes Wochenende gehabt hatte. Er musste dringend in Ruhe nachdenken. Vielleicht könnte er ein paar Tage wandern gehen. Mit wehendem Mantel rauschte er zehn Minuten später um die Ecke zur Questura. Hundert Meter weiter vorn, an der zweiten Querstraße, standen ein Krankenwagen und ein halbes Dutzend Feuerwehrwagen mit blinkendem Blaulicht.

»Was ist passiert?«

»Eine Gasexplosion.«

Knapp in Richtung Pforte grüßend, eilte er die Treppe hinauf, direkt zum Büro des Questore, wo im selben Moment neues Ungemach in Gestalt der ewig säuerlichen Sekretärin dräute, die eben das Vorzimmer ihres Chefs verließ. Riani stöhnte innerlich auf, aber er konnte nicht mehr zurück, da sie ihn schon gesehen hatte.

»Ah, Commissario! Da kommen Sie ja endlich. Der Questore möchte Sie sehen.«

Riani ließ diese Dreistigkeit stoisch über sich ergehen und setzte ein mechanisches Lächeln auf. Irgendwann würde er ihr den faltigen Hals umdrehen. »Auch Ihnen einen wunderschönen guten Morgen, Signora Marta, ich bin gerade auf dem Weg zu ihm ...«

Es sollte noch schlimmer kommen. Der Questore empfing ihn bereits an der Tür, mit einem entschuldigenden Lächeln, was nichts Gutes verhieß.

»Commissario Riani! Buongiorno! Si accomodi! Treten Sie näher.«

Sein Vorgesetzter, der Polizeipräsident von Florenz, war ein umgänglicher Chef, stets freundlich und verbindlich, für seine Mitarbeiter jedoch mit Vorsicht zu genießen. Wenig entschlussfreudig und stets darauf bedacht, es allen recht zu machen, besonders so kurz vor seiner Pensionierung, ließ er Commissario Riani und seinen Kollegen zwar einen verhältnismäßig großen Handlungsspielraum, nötigte ihnen aber nicht selten Verpflichtungen ab, die nicht wirklich in ihren Aufgabenbereich fielen. Commissario Riani hatte richtig vermutet. Der Questore war nicht allein. Als er eintrat, erhob sich ein Besucher aus dem Sessel und streckte ihm breit grinsend seine Hand entgegen, der andere blieb sitzen und nickte ihm nur zu.

»Commissario Riani, darf ich vorstellen, Ian McNair, Reporter bei der BBC London …« Er machte eine kurze Pause, um seinem Mitarbeiter die Möglichkeit zu geben, diesen Tatbestand entsprechend zu würdigen, bevor er fortfuhr: »Er ist hier in Florenz, um Sie zwei Wochen lang auf Ihren Ermittlungen zu begleiten … Das hier ist Robert Harris, sein Kameramann.«

War das nicht schön, ergänzte Riani in Gedanken und verzog keine Miene. Was zur Hölle sollte das bedeuten? Er warf den Männern einen ungeduldigen Blick zu und unterbrach seinen Chef, bevor dieser seine Vorstellung fortführen konnte: »Signor Questore … dürfte ich Sie kurz unter vier Augen sprechen?«, und als er dessen Widerstand bemerkte, setzte er nach: »Jetzt gleich … bitte!«

»Sicher … Äh … Kommen Sie … Äh, Signori, would you please excuse us for an instant?«

Sein Englisch war gar nicht übel, wie Riani missgünstig feststellte. Er lotste ihn auf den Gang, vorbei an den gespitzten Ohren von Signora Marta. »Signor Questore, bei allem

Respekt, ich kann mich um diese Leute nicht kümmern …
Ich muss unbedingt ein paar Tage freinehmen.«

»Freinehmen? Ausgeschlossen! Dieser Mann ist Ian McNair. Der Reporter bei der BBC! Wenn er unsere Stadt beehrt, können wir ihm diesen Wunsch unmöglich abschlagen.«

»Signor Questore … Per cortesia … Ich bitte Sie … Es ist ungeheuer wichtig!«

»Was ist denn wichtiger als das?«

Das würde er ihm ganz bestimmt nicht auf die Nase binden. Riani fühlte ungeahnten Widerstand in sich aufkeimen: »Er kann doch mit Commissario Mauro gehen. Ich sehe nicht, wo da ein Problem sein sollte. Großer Gott!«, ergänzte er genervt: »Mit Kameramann.«

Der Questore wand sich wie ein Wurm: »Senta, hören Sie … Genau das geht nicht … Er hat ausdrücklich nach Ihnen verlangt …«

»Nach mir? Wieso nach mir? Wie zum …«

»Commissario …«, bat der Questore beschwörend: »Ich versichere Ihnen, dass ich Ihrem Antrag auf Urlaub unter anderen Umständen liebend gerne stattgeben würde … aber …«

»Aber was …?«

»Aber die BBC …« Er sprach das aus, als handelte es sich um den Heiligen Stuhl persönlich: »Das heißt Signor McNair, hat ausdrücklich nach Ihnen verlangt, und wir können diesen Mann doch jetzt unmöglich …«

»Ach, ist es wegen der Sache mit dem amerikanischen Studenten?«

Vor etwa drei Jahren war ein amerikanischer Student von einem wütenden Anwohner mit einem Jagdgewehr erschossen worden, als dieser, sturzbetrunken, zum wiederholten

Mal in dessen Garten urinierte. Das Problem der dauerbetrunkenen, lärmenden, an die Hausecken und in die Gärten kotzenden und pinkelnden Studenten war in Florenz das heiße Eisen schlechthin. Und ein Problem, das sich kaum lösen ließ. Florenz lebte von den Besuchern aus aller Welt, aber es war nicht zu leugnen, dass besonders die Austauschstudenten, und vor allem die amerikanischen Austauschstudenten, für manchen Einheimischen zur unerträglichen Belastung geworden waren. Die Florentiner, ohnehin im jahrhundertealten Ruf, etwas speziell zu sein, hatten damals beängstigend offene Sympathien für den Mörder gehegt – überwiegend natürlich die Anwohner der dauerbelasteten Straßenzüge. Riani hatte seinerzeit mit viel Fingerspitzengefühl die binational hochkochenden Emotionen beschwichtigen können und war für kurze Zeit zu einer lokalen Berühmtheit geworden. Vielleicht hatte ihn der Reporter aus diesem Grund angefragt. Mannaggia! So ein Mist! Sauer blickte er auf seinen Vorgesetzten herunter. Der Questore, der die Kapitulation seines Untergebenen schon spürte, schlug einen beschwichtigenden Ton an: »Commissario, Sie sind für die ein Held. Verstehen Sie doch bitte, dass ich der BBC den Wunsch unmöglich abschlagen kann … zumal der Antrag bereits vor einem Jahr gestellt worden und von mir bewilligt worden ist …«

»Vor einem Jahr?«, unterbrach ihn Riani gereizt: »Und wann genau hatten Sie die Güte, mich davon in Kenntnis zu setzen?«

»Nun … Ähm … Das tue ich doch gerade, nicht?«

Riani hätte ihn schütteln können. Das war so typisch. Coniglio! Dieser … Angsthase hatte genau gewusst, dass er es sich ausdrücklich verbitten würde, einen Mühlstein in Gestalt eines Reporters am Hals zu haben. Geschweige denn zwei! Also konfrontierte er ihn einfach mit den vollendeten Tatsachen. Stöhnend rieb er sich die Stirn und sah auf seinen sichtlich zerknirschten Chef hinunter: »Ihr letztes Wort?«

»Mi dispiace tanto ... Es tut mir sehr leid ... Ja ... Es ist ja nur für zwei Wochen. Außerdem sagte mir Signora Marta, dass derzeit ohnehin nichts Wichtiges anliegt ...«

Aha. Signora Marta Hari also, dachte Riani böse, aber er gab sich geschlagen. Es war, als würde man gegen eine Gummiwand anrennen. Zwecklos. »Va bene ...«, seufzte er ergeben: »Dann gehen wir wieder hinein und bringen es hinter uns ...«

Leutselig klopfte ihm der Questore auf die Schulter: »Sie werden es nicht bereuen, Commissario ...«

Riani musterte McNair argwöhnisch, er konnte und wollte ihn vom ersten Moment an nicht ausstehen. Der Brite war etwa Mitte dreißig, sehr groß, größer als er selbst und ziemlich gut aussehend. Genau genommen ausgesprochen gut aussehend, smart und überflüssigerweise sichtlich gut in Form. Riani zog unwillkürlich seinen Bauch ein. Wenn der Kerl nicht aufhörte, ihn dauernd anzugrinsen, brauchte er eine Sonnenbrille, dachte er bissig und drückte unwillig die dargebotene Hand. Der Kameramann war das genaue Gegenteil, was ihm, in des Commissarios Augen, klare Sympathiepunkte einbrachte. Typ Computerfreak, blass, leicht übergewichtig, mit zu langen Haaren und scheußlicher Brille. Ian McNair sprach ziemlich gut Italienisch, was Riani zusätzlich verbitterte, da sein Englisch über rudimentäre Grundkenntnisse nie hinausgelangt war. Nun gut. Auch diese Prüfung würde irgendwann vorbei sein. Ruppig bat er seine Gäste, ihm in sein Büro zu folgen, als sein Telefon klingelte.

»Pronto?«

Aus den Augenwinkeln sah er innerlich aufstöhnend, dass sein Anhängsel einen kleinen schwarzen Block zückte und der Kameramann die Kamera schulterte.

»Wo? Das ist doch gleich hier vorne. Arrivo subito, ich komme sofort!« Er klappte sein Telefon zu und eilte zur Treppe, ohne sich darum zu kümmern, ob ihm die Männer folgten. Vor dem Portal lenkte er seine Schritte nach links, wo die Feuerwehrautos bereits eines nach dem anderen abzogen. Riani kannte das Haus. Es war eines der ältesten Gebäude in der Straße. Ein Renaissance-Palazzo mit typischem Bossenwerk im Erdgeschoss und einem weit auskragenden Kranzgesims. Rechts und links des massiven, mit großen Nieten beschlagenen Portone waren schwere Eisenringe im Mauerwerk eingelassen, an denen früher die Pferde angebunden worden waren. Die Squadra Mobile und die Scientifica waren bereits vor Ort, und er musste nur den hin und her eilenden Beamten folgen. Der Geruch war extrem unangenehm. Riani stieg trocken schluckend das steinerne Treppenhaus ins zweite Obergeschoss hoch. Die Wohnungstür stand weit offen. Er trat ein und grüßte seine Kollegen. Voll kindischem Trotz ignorierte er die neugierigen Blicke auf seine Begleiter und wandte sich direkt an den Einsatzleiter der Squadra Mobile.

»Buongiorno Ispettore. Was liegt an?«

Der Beamte musterte interessiert die beiden Männer, und erst als er Rianis ungehaltenen Ausdruck bemerkte, beeilte er sich zu antworten: »Eine tote Frau. Höchstwahrscheinlich Signora Buonarroti. Maria Ludovica Buonarroti, zweiundsiebzig …« Er zeigte in die Diele der großen Wohnung, wo ein Körper unter einem weißen Tuch verborgen lag. Riani trat heran. Der Medico Legale erhob sich gerade, hielt dem Commissario den Ellenbogen zur Begrüßung hin und fragte:

»Wollen Sie sie sehen?« Auch er betrachtete aufmerksam die beiden Fremden, aber Riani winkte mit einer Handbewegung ungeduldig ab.

»Cosa sappiamo? Was wissen wir?«

»Nun … Sie wurde höchstwahrscheinlich durch einen Sprengsatz getötet, den sie in ihrer Hand gehalten haben muss …« Der Mann zog seine Handschuhe aus und gab seinen Männern ein Zeichen, dass die Leiche weggebracht werden konnte. »Sie war sofort tot. Der Hund hat überlebt.«

»Der Hund?«

»Ja, ein kleiner Zwergspitz. Die Feuerwehr hat ihn mitgenommen.«

»Hm …« Riani sah sich überrascht um. Die Wohnung war wie eine Schatzkammer aus längst vergangenen Zeiten. Er ließ den Rechtsmediziner stehen und ging langsam von Raum zu Raum. So etwas hatte er außerhalb eines Museums noch nie gesehen. Die hohen hölzernen Deckenbalken waren kunstfertig geschnitzt und vergoldet, die Wände mit dunkelroter Seide bespannt und über und über mit Gemälden in vergoldeten Rahmen behängt. Landschaftsbilder, Porträts und Madonnen, so, wie es aussah, ausschließlich aus Renaissance und Barock. Wie in der Galleria Palatina im Palazzo Pitti, dachte er bewundernd. Sein Blick fiel auf ein Marientondo. Du meine Güte! Wenn das echt war, wenn das alles hier echt war, waren sie von einem Vermögen umgeben. Die zierlichen, etwas abgenutzten Möbel mit den verschossenen Seidenbezügen standen auf kostbaren Teppichen, die das Intarsienparkett fast durchgängig bedeckten. Auf allen Tischchen und Kommoden fanden sich unzählige gerahmte Schwarz-Weiß-Fotos.

Riani trat näher: »Ist sie das?«

Die Mitarbeiter zuckten mit den Schultern. Ausschließlich alte Aufnahmen aus den Fünfzigern oder Sechzigern. Wenn es denn Signora Buonarroti war, auf allen diesen Fotos, war sie eine ausgesprochene Schönheit gewesen. Typ Silvana Mangano. Riani wanderte staunend die kleine Galerie ab. Signora Buonarroti in Abendrobe, vermutlich am Arm ihres Gatten, mit verschiedenen Staatsoberhäuptern und Prominenten. Cavolo. Da war sie mit Henry Kissinger. Und hier mit Sofia Loren und Carlo Ponti. Hier mit Renata Tebaldi, auf einem anderen mit Maria Callas und Aristoteles Onassis. Riani schüttelte ungläubig den Kopf. Accidenti! Er wandte sich zu dem Beamten um, der ihnen gefolgt war: »Hat die Signora hier alleine gelebt? Gibt es einen Ehemann? Kinder?«

»Das wissen wir noch nicht, tut mir leid …«

»Gut …« Riani betrachtete die Mitarbeiter der Spurensicherung, die überall Fingerabdrücke nahmen: »Seien Sie bitte vorsichtig.« Dann wandte er sich wieder an seinen Kollegen: »Wer hat die Explosion gemeldet?«

»Der Briefträger und ein gewisser Alessandro Filipepi. Er wohnt im Stockwerk darunter. Wenn Sie mit ihm sprechen wollen. Ich habe ihn gebeten, sich zur Verfügung zu halten.«

»Va bene.« Und nach einem Blick in die Runde: »Ich werde dann mal hinuntergehen und ein paar Worte mit dem Nachbarn wechseln. Wir sehen uns später auf der Questura.«

Mit den beiden Engländern im Schlepptau, die er noch immer ignorierte, klingelte er bei Filipepi. Ein blasser junger Mann öffnete die Tür: »Sì?«

Riani zückte seinen Ausweis: »Commissario Riani. Signor Filipepi?«

»Sì, sono io …«

»Kann ich Sie einen Augenblick sprechen?«

»Certo«, erwiderte der Mann zögerlich, warf einen misstrauischen Blick auf die Männer mit der Kamera und hob abwehrend die Hand: »Aber diese beiden nicht.«

Riani wandte sich um. »Sie haben es gehört, meine Herren, tut mir leid.«

McNair nickte widerstrebend, und Harris ließ die Kamera sinken. »Well, you're the boss …«

Filipepi stand noch immer in der Tür. »Geht es um die Gasexplosion? Ich weiß nichts. Ich habe nur die Feuerwehr gerufen … Wie geht es Signora Buonarroti? Ist sie verletzt?«

Riani ignorierte die Frage: »Darf ich einen Augenblick hereinkommen?« Die Frage ließ keine Widerrede zu, und widerstrebend trat Filipepi zur Seite, um Riani hineinzulassen.

»Accidenti!« Riani war verblüfft. Hier sah es fast haargenau so aus wie ein Stockwerk obendrüber. »Leben Sie hier alleine?«, fragte er und ging einfach voraus. Dieselben geschnitzten Decken, dasselbe Intarsienparkett, nur hier ohne Teppiche, dieselben seidenbespannten Wände, nur in dieser Wohnung waren sie in jedem Raum anders: golden, dunkelgrün und altrosa. Die Wände waren auch hier über und über mit Gemälden behängt. Und auch hier standen Dutzende von Fotos herum. Riani war überhaupt nicht bewusst, dass er soeben in eklatanter Weise seine Befugnisse überschritten. Neugierig ging er hin und her und betrachtete die Bilder. Auch diese hier waren fast ausschließlich älteren Datums, der Mode nach aus den Neunzigern, aber auf diesen war überwiegend ein hübscher kleiner Junge zu sehen. Häufig in Begleitung einer schönen jungen Frau und eines attraktiven, grau melierten Herrn. Mal saß das Kind auf einem Pony, mal in einem Spielzeugauto, eines zeigte es auf dem Schoß einer dunkelhäutigen Nanny, ein anderes auf einem Bärenfell. Die kleine Familie posierte auf einer Jacht, in einem exotischen Garten, auf der Veranda eines großen Hauses im Kolonialstil und in einem italienischen Sportwagen. »Sind Sie das? Und Ihre Eltern?«

Der junge Mann wirkte, als würde er jeden Moment einen Schwächeanfall erleiden.

»Ist Ihnen nicht gut? Sollen wir uns irgendwo setzen?« Riani sah sich um. Die zierlichen Sessel schienen ihm ungeeignet.

»Gehen wir doch in die Küche …« Er folgte dem Hausherrn in die Küche, wo dieser ein Glas Wasser trank und wieder etwas Farbe bekam.

»Setzen Sie sich doch«, forderte der Commissario den jungen Mann auf. »Ich bin sofort wieder weg. Ich möchte Ihnen lediglich ein paar Fragen zu Ihrer Nachbarin stellen.« Als sein Gegenüber nickte, fuhr er fort. »In welchem Verhältnis standen Sie zu Signora Buonarroti? Sind Sie verwandt?«, fragte Riani im Hinblick auf die auffallend ähnlichen Wohnungen.

»Oh nein! Ganz und gar nicht. Wir sind nur Nachbarn.«

»Wie war Ihr nachbarschaftliches Verhältnis?«

»Gut. Das heißt … Nein. Gut wäre wohl etwas übertrieben. Ich habe manchmal ihren Hund ausgeführt oder ein paar Besorgungen für sie gemacht … Sie sagten waren … Ist Sie …?«

»Ja. Es tut mir leid. Sie ist tot.«

Filipepi seufzte tief auf.

»Leben Sie hier alleine?«, fragte Riani noch einmal und machte eine ausholende Armbewegung. »Ich muss sagen, dass das nicht gerade die Wohnung ist, die ich bei einem Mann Ihres Alters vermuten würde.«

»Meine Mutter ist vor einem Jahr gestorben …«

»Und Sie haben das alles hier geerbt?«

»Ja.«

»Sind Sie der einzige Erbe?«

»Ja.«

»Sind Sie nach dem Tod Ihrer Mutter wieder hierhergezogen?«

»Nein. Ich habe immer hier gelebt.«

»Und Ihr Vater? Verzeihen Sie meine Neugier.«

Die Miene seines Gegenübers verdüsterte sich nur einen Augenblick: »Mein Vater ist schon lange tot.«

»Hm.« Riani sah sich in der Küche um und blickte durch die hohen Fenster in den Garten. »Hatte Signora Buonarroti Kinder?«, fragte er unvermittelt.

»Ja. Einen Sohn. Pierfrancesco. Er wohnt nicht hier.«

»Wissen Sie, ob sich die beiden gut verstanden haben?«

»Das kann ich nicht beurteilen. Ich hatte, wie schon gesagt, nicht allzu viel Kontakt, und über private Dinge haben wir überhaupt nie gesprochen. Die Signora lebte sehr zurückgezogen.«

»Hm … Können Sie sich vorstellen, dass Signora Buonarroti Feinde hatte?«

»Feinde? Wieso fragen Sie das?«

»Nun, sie wurde durch einen Sprengsatz getötet.«

»Ein Sprengsatz? Großer Gott! Ich dachte, es handle sich um eine Gasexplosion.«

»Ja, eine Bombe«, antwortete Riani knapp. »Ist Ihnen heute Morgen etwas Besonderes aufgefallen? Haben Sie etwas gehört? Also bevor Sie die Detonation hörten. Irgendjemand im Haus vielleicht?«

»Nein.«

»Was haben Sie heute Morgen gemacht? Wann sind Sie aufgestanden?«

»Äh …« Filipepi räusperte sich. »Ich bin um halb acht aufgestanden.«

»Und dann?«

»Ich habe mir einen Caffè gemacht, wie jeden Morgen. Und dann habe ich die Explosion gehört und sofort den Notruf gewählt.«

»Konnten Sie hören, woher die Explosion kam?«

»Ja. Ich wusste sofort, dass es über mir, bei Signora Buonarroti war.«

»Sind Sie nach oben gegangen, um zu sehen, was passiert ist?«

»Großer Gott, nein! Das schien mir zu gefährlich zu sein.«

Riani nickte. »Stehen Sie immer um halb acht auf? Mit was verdienen Sie Ihren Lebensunterhalt, Signor Filipepi, wenn ich fragen darf? Aus reiner Neugier.«

»Ich arbeite die halbe Woche in der Galleria Palatina im Palazzo Pitti, als Custode, und den Rest der Zeit sitze ich an meiner Dissertation.« Auf den fragenden Blick des Commissario ergänzte er: »Ich habe Kunstgeschichte studiert und forsche über Sandro Botticelli.«

»Aha ... Und davon können Sie leben?«

»Wovon?«

»Von Ihrem Teilzeitjob im Museum.«

»Natürlich nicht. Meine Mutter hat mir nicht nur diese Wohnung, sondern auch etwas Geld hinterlassen ... Ich komme zurecht.«

Riani wechselte das Thema. »Sagen Sie, wer wohnt denn im Erdgeschoss? Ich habe keinen Namen am Klingelschild gefunden.«

»Niemand. Dort waren einst Büroräume für Pierfrancesco vorgesehen, aber sie stehen schon immer leer.«

Der Commissario hatte genug gehört und erhob sich. »Signor Filipepi, ich danke Ihnen.« Als er schon in der Tür war, fiel ihm noch etwas ein. »Sie haben nicht zufällig die Adresse von Pierfrancesco?«

3

Drei Stunden später sah Commissario Riani etwas klarer. Der Magistrato hatte ihm Ispettore Torrini und die beiden Agenti Rocca und Fabbri zugeteilt, und so hatte er bereits am Vormittag die ersten Aufträge vergeben können. Jetzt saß die kleine Ermittlungstruppe in Rianis Büro und wartete auf Ian McNair und seinen Kameramann, die noch eine Unterredung mit dem Questore hatten. Riani saß hinter seinem Schreibtisch, drehte sich in seinem Bürostuhl hin und her, spielte mit seinem Stift und scherzte mit seinen Mitarbeitern. Als McNair und Harris hereinkamen, wurden alle ernst, und Riani beugte sich vor. »Allora, cominciamo. Ispettore, wollen Sie beginnen?«

Der Angesprochene straffte sich: »Va bene. Bei der Toten handelt es sich um Signora Maria Ludovica Buonarroti, verwitwete Della Valle, Tochter von Conte Ludovico Buonarroti und seiner Gattin Mariateresa Fucini. Sie ist zweiundsiebzig Jahre alt geworden, hat mit neunzehn den jungen Diplomaten Walter Della Valle geheiratet, ein Conte aus sehr altem Adel. Die beiden hatten zwei Kinder. Eine Tochter namens Teresa und einen Sohn namens Pierfrancesco. Die Tochter starb im Alter von zwölf Jahren an einer Blutvergiftung in Mexiko-Stadt, der Sohn war damals zwei und ist heute zweiundvierzig. Die Familie ist weit herumgekommen. Sie haben unter anderem in Mexiko-Stadt, Riad, Washington und Mumbai gelebt. Im Jahr achtundachtzig starb der Conte in London, und Signora Buonarroti kehrte nach Florenz zurück.«

»Und der Sohn?«, fragte Riani dazwischen.

»Pierfrancesco studierte Wirtschaftswissenschaften in Washington, arbeitete eine Zeit lang bei der UNO als Berater und wechselte dann zu einer internationalen Bank in Hongkong. Im Jahr zweitausendzehn kehrte er nach Italien zurück, wo er als Banker in Rom arbeitete, bevor er vor drei Jahren freigestellt wurde …«

»Freigestellt? Warum?«

Ispettore Torrini sah seinen Vorgesetzten an. »Mi dispiace, das konnte ich bisher noch nicht in Erfahrung bringen.«

»Gut, macht nichts. Machen Sie weiter.«

»Nun, viel gibt es nicht mehr …«

»Haben Sie etwas über das Verhältnis von Mutter und Sohn erfahren können?« Riani dachte an die vielen Fotos, auf denen fast ausschließlich die Eheleute Buonarroti-Della Valle abgebildet waren. Keines hatte den Sohn gezeigt, wenn er sich richtig erinnerte.

Torrini grinste. »Ich habe ein bisschen mit der Zugehfrau geplaudert.«

»Torrini, per cortesia«, mahnte Riani rasch. Er kannte die charmanten Verhörmethoden seines Ispettore nur zu genau, und er wollte auf gar keinen Fall, dass seine ungebetenen Zuhörer falsche Schlüsse über die hiesige Polizeiarbeit zogen. Harris bannte die ganze Sitzung immerhin auf Film, und wer weiß, wer den alles zu sehen bekam.

»Va bene, Commissario.« Der Beamte wurde augenblicklich wieder ernst. »Also, Signorina Rina sagte mir, dass Pierfrancesco nie da war. Also ich glaube, dass sich die beiden … ich meine Mutter und Sohn … nicht wirklich gut verstanden haben.«

»Aha«, sagte Riani. »Warum? Gibt es dafür einen Grund? Erwähnte sie etwas Konkretes?« Er dachte an die fehlenden

Fotos des Sohnes, dennoch fragte er: »Irgendein Vorfall, ein Streit in letzter Zeit?«

»Nein. Leider. Sie sagte nur, dass er nie da war.«

»Ach so.« Riani musste ein Lächeln unterdrücken. Torrini, das Lämmchen. Ganz der brave Sohn, telefonierte er mindestens einmal am Tag mit seiner Mamma, und allein deshalb ließ ihn ein nicht ganz so fürsorglicher Sohn fast automatisch an ein schlechtes Mutter-Sohn-Verhältnis denken.

»Und woher wusste sie dann, dass sich die beiden nicht verstanden? Hat ihr Signora Buonarroti etwas in der Richtung erzählt?«, erkundigte er sich grinsend.

»Nein, Commissario. So vertraut waren die beiden nicht. Sie sagte, dass die Signora sehr verschlossen gewesen sei.«

»Ich verstehe. Wie häufig ist sie denn im Haus, die Signorina Rina?«

»Nun, sie ist jeden Tag von zehn bis achtzehn Uhr da ... Äh, Montag bis Freitag.« Ispettore Torrini bemerkte die Schwachstelle augenblicklich und verstummte kleinlaut.

»Dann hätte sie den Sohn also gar nicht sehen können, wenn er danach oder gar am Wochenende gekommen wäre. Hatte die alte Dame Freunde? Bekam sie ab und zu Besuch?«

»Nein. Nicht so weit Signorina Rina es mitbekam«, antwortete der Mann leicht errötend.

»Irgendwelche Feinde? Menschen, die der Signora Böses wollten? Soweit es die junge Signorina mitbekommen hat, natürlich«, foppte ihn Riani gutmütig.

»Nein, Commissario. Nichts. Wie schon gesagt, die alte Dame lebte offensichtlich sehr zurückgezogen.«

»Na gut. Haben Sie die Adresse des Sohnes?«

»Sì, Commissario.« Torrini erhob sich und reichte Riani einen Notizzettel.

Riani nahm ihn in Empfang und legte ihn nachdenklich auf die Seite. Sein Ispettore lag möglicherweise gar nicht so falsch mit seiner Schlussfolgerung. Er sah wieder auf. »Vielen Dank, Torrini. Agente Fabbri, was haben wir über die Finanzen der Toten?«

Der junge Mann klappte eifrig seine Mappe auf, als hätte er schon ungeduldig auf diesen Augenblick gewartet: »Also, um es kurz zu machen: Die alte Dame war steinreich«, verkündete er, ehrfürchtig jede Silbe betonend.

»Steinreich?« Riani zog belustigt die Augenbrauen hoch. »Können Sie das ein bisschen präzisieren?«

»Also Commissario, wirklich steinreich! Also …« In dem Moment bemerkte er seine lachenden Kollegen und räusperte sich. »Also, sie hat auf diversen Konten über zwanzig Millionen Euro liegen. Zwanzig Millionen! Wissen Sie, wie viele Nullen das sind? Und dazu etliche Immobilien. Allein der Palazzo hier ist rund fünf Millionen wert. Andere Immobilien gibt es unter anderem in Genf, auf den Bahamas, in Wien und in London.«

Riani war beeindruckt. Und wenn man die Kunstwerke und Antiquitäten in der Wohnung mitzählte … Nicht schlecht. Es gab entschieden weniger interessante Mordmotive. »Wer erbt das alles?«

»Der Sohn.«

»Der Sohn also. Haben Sie ihn eigentlich erreicht?«, fragte Riani seinen Ispettore.

»Nein, leider nicht, aber ich habe jemanden dort gelassen. Er behält das Haus im Auge.«

»Gut.« Riani nickte nachdenklich. »Das ist wirklich interessant. Und was sagen die Nachbarn? Gibt es irgendwelche Zeugen?« Er ließ versehentlich seinen Stift fallen und bückte sich ächzend. Als er wieder auftauchte, kam ihm ein

Gedanke: »Hat eigentlich schon jemand mit dem Briefträger gesprochen? Der hat doch ebenfalls den Notruf getätigt. Der könnte etwas gesehen haben.«

Rocca schüttelte den Kopf. »Der Briefträger hat unmittelbar nach Alessandro Filipepi den Notruf gewählt, aber er war bisher nicht aufzutreiben. Vielleicht ist sein Akku leer? Spätestens nach Schichtende um vier werde ich ihn hierherbringen. Was die Nachbarn angeht, gibt es nichts wirklich Erhellendes. Die Signora war allen vom Sehen bekannt, aber niemand sprach je ein Wort mit ihr. Man grüßte sich verhalten, e basta. Sie bestellte ihre Einkäufe telefonisch und ließ sie liefern. Und nein, es ist nicht, wie ihr vielleicht denkt, sie gab immer ein üppiges Trinkgeld«, beantwortete er die unausgesprochene Frage seiner Kollegen. »Die Botenjungen gingen immer gerne zu ihr.«

»Hat sie manchmal einen von ihnen hereingebeten?«, fragte Riani dazwischen.

»Nein. Nie. Sie stellten die Waren in der Diele ab und gingen wieder. Die Signora gab großzügig Trinkgeld, aber sie war immer sehr reserviert ... Nessuna chiacchierata, kein Schwätzchen, nie.«

Riani rieb sich nachdenklich die Wange. Selbst für eine Florentinerin war eine derartige Zurückhaltung ungewöhnlich. Es schien, als hätte sich die alte Dame vollkommen vom Leben zurückgezogen, aber der Medico Legale hatte ihm berichtet, dass sie ausgesprochen chic angezogen war, als sie starb. Das heißt, dass sie tadellos gekleidet und manikürt, vollendet frisiert und vermutlich auch geschminkt gewesen war, was sich leider nicht mehr zweifelsfrei feststellen ließ. Den Fotos nach hatte Signora Buonarroti einst ein Leben im internationalen Jetset geführt. Wenn sie mit den normal sterblichen Menschen in ihrer unmittelbaren Umgebung keinen Umgang pflegte, hieß das noch lange nicht, dass sie sich vollkommen zurückgezogen hatte. Es war zwar nicht auszuschließen, dass sie sich nur für sich allein so herrichtete, immerhin war das auch eine Form der Selbstachtung, aber er könnte sich auch vorstellen, dass sie in ihren Kreisen durchaus noch Kontakte pflegte. Er sollte ein kleines Gespräch mit dem Questore führen. Der tummelte sich in der Upperclass. Oder besser noch mit einer alten Freundin, einer Journalistin, die bei Rai 1 moderierte und hin und wieder für die zahlreichen Boulevardblätter des Landes schrieb. Möglicherweise gab es in diesem Umfeld jemanden, der die Signora lieber tot als lebendig sehen wollte? Plötzlich kam ihm ein Gedanke, und er sah auf. »Wie sieht es aus mit Maniküre, Kosmetikbehandlungen und Friseur? Torrini, ob Sie vielleicht das Hausmädchen diesbezüglich noch einmal befragen könnten?« Und als er das erfreute Grinsen seines Ispettore sah, fügte er mit strengem Blick hinzu: »Torrini, nur wer der Signora die Haare und Nägel machte. Mi raccomando!«

»Agli ordini, Commissario«, salutierte Torrini ernst, und Riani fühlte sich genötigt, noch einen warnenden Blick hinterherzuschicken. Für alle Fälle.

In dem Moment klopfte es, und der Mann aus der Technik kam herein. »Commissario? È permesso?«

»Certo, si accomodi.« Riani deutete auf einen Stuhl. »Gibt es etwas Neues?«

»Ja. Der Sprengsatz war klein. Wir haben Bestandteilreste eines Mobiltelefons gefunden und Spuren von Kaliumchlorid.«

»Eine USBV also«, unterbrach Riani.

»Sì, Commissario, eine unkonventionelle Spreng- und Brandvorrichtung. Wir gehen im Augenblick davon aus, dass es sich um ein Selbstlaborat handelt, das durch ein Mobiltelefon ausgelöst wurde.«

»Das heißt, der Mörder hat die Explosion durch einen Anruf ausgelöst?«

»Ja. Davon gehe ich aus.«

Riani machte eine unbestimmte Handbewegung. »Und denken Sie, dass es möglich wäre …«

»Sie meinen, den Anrufer ausfindig zu machen?«, unterbrach ihn der Mann. »Nein. Ausgeschlossen. Die SIM-Karte ist vollständig geschmolzen.«

»Aber warum ein so kleiner Sprengsatz? Ist das nicht eine ziemlich ungewöhnliche Mordwaffe?«

»Ha ragione, Commissario, Sie haben recht. Sie muss das Päckchen in der Hand gehalten haben, sonst wäre die Detonation für sie nicht zwingend tödlich gewesen.«

»Ach, das ist ja interessant.«

Der Techniker verstand sofort, auf was Riani hinauswollte. »Genau, der Mörder muss in der Nähe beziehungsweise sich sicher gewesen sein, dass sie dieses Päckchen im Augenblick der Zündung in der Hand hält.«

»Jemand, der sein Opfer genau beobachtet haben muss«, warf Torrini ein.

»Ja«, erwiderte der Mann. »Vorausgesetzt natürlich, dass das Ganze kein Versehen war.«

»Ein Versehen? Das verstehe ich nicht.«

»Nun, wie schon gesagt, ein Sprengsatz dieser Größe hätte an einem anderen Ort weit mehr Schaden anrichten oder Panik auslösen können. Also wenn Sie mich fragen, ist so etwas als Mordwaffe in der Tat ziemlich ungewöhnlich.«

Riani betrachtete den Mann nachdenklich. »Das heißt im Klartext, dass wir unsere Ermittlungen zunächst darauf konzentrieren müssen, wie das Päckchen in ihre Hände gelangte und ob die alte Dame eventuell beobachtet wurde.« Er zögerte kurz. »Und dann müssen wir klären, ob der Anschlag tatsächlich ihr gegolten hat.« Mannaggia, fluchte er in Gedanken. »Also, meine Herren, wir konzentrieren uns jetzt zunächst auf den Briefträger. Rocca, Sie bringen mir so schnell wie möglich den Mann bei, bitte, Fabbri, Sie überprüfen alle Zustell- beziehungsweise Kurierdienste, ob sie heute früh zwischen acht und neun Uhr etwas an diese Adresse ausgeliefert haben, und befragen die Nachbarn, ob ihnen in letzter Zeit etwas Ungewöhnliches aufgefallen ist. Und Sie, Torrini, sehen sich bitte noch einmal den Sohn näher an, besonders seine Finanzen und den Grund seiner Freistellung, und bringen ihn hierher, sobald er auftaucht.«

Riani erhob sich. »Meine Herren, ich danke Ihnen. Wir sehen uns um vier wieder.«

Sein Magen knurrte, und er war plötzlich hundemüde. Eilig verließ er den Raum, bevor irgendjemand auf die Idee kommen konnte, ein gemeinsames Mittagessen vorzuschlagen. In einer kleinen Bar in der Nähe aß er ein Panino, trank ein Bier und ging dann für ein kurzes Mittagsschläfchen nach Hause.

Zehn vor halb drei schloss er die Wohnungstür auf. »Sono io«, rief er, aber niemand antwortete. Nur Arturo, der schwarze Familienkater, trabte ihm freudig entgegen. Den tonnenschweren Kater auf dem Arm ging er in die Küche, wo er auf dem Tisch eine Nachricht seiner Frau fand:

Bin in der Schule – Konferenz – kann später werden. Habe im Caffè Italiano auf halb neun einen Tisch reserviert, ist es dir recht? Bacio, Vanna.

Er öffnete eine Dose Katzenfutter für den gierigen Kater, zog den Mantel und das Sakko aus und ließ sich anschließend seufzend aufs Bett fallen. Alles war so normal und der Vormittag so hektisch gewesen, dass er seine Sorgen von heute Morgen vollkommen vergessen hatte. Das Letzte, was er mitbekam, war, dass ihn der Kater mit seinem Whiskas-Atem angurrte, bevor er sich laut schnurrend neben ihm fallen ließ.

4

Kurz nach fünf saß er, ohne die Entourage der BBC, mit Pierfrancesco Della Valle in dem kleinen, vollkommen überheizten Verhörraum und biss sich an ihm die Zähne aus. Die Heizung gluckerte altersschwach, und in der trockenen, linoleumschweren Stille war nur das leise Ächzen von Rianis Stuhllehne zu hören. So jemand war ihm noch nie untergekommen. Heute Morgen hatte man seine Mutter in die Luft gesprengt, und der Kerl zeigte nicht die leiseste Emotion. Riani beobachtete ihn scharf, und er war sich sicher, dass er das nicht spielte, sondern dass es ihm tatsächlich gleichgültig war. Nicht dass er froh darüber gewesen wäre, nein, das schien nicht der Fall zu sein, aber dass er wirklich emotionslos war. Und es schien ihn auch nicht aus der Ruhe zu bringen, dass er als Tatverdächtiger Nummer eins galt. Er ließ sich von Rianis prüfendem Blick nicht im Mindesten irritieren. Der Mann erwiderte Rianis gefürchteten Bullenblick offen und vollkommen gelassen.

Der Commissario lehnte sich energisch vor, griff sich die Unterlagen über Della Valle und blätterte darin herum. Er hatte alles schon gelesen und im Prinzip auch nichts mehr zu fragen, aber vielleicht konnte er sein Gegenüber doch noch ein bisschen verunsichern, indem er ihn warten ließ. Er legte die Papiere wieder hin, musterte ihn eindringlich und räusperte sich dann gewichtig: »Signor Della Valle, alles in allem sieht es nicht besonders gut aus für Sie. Wie genau stellen Sie sich das jetzt vor? Sie sind unser Hauptverdächtiger, Sie haben kein Alibi und Sie haben ein Motiv, das Sie uns freundlicherweise auf dem goldenen Tablett serviert haben.«

Der Gefragte sah ihm gerade in die Augen und antwortete ruhig: »Nun, Commissario, ich sagte Ihnen bereits mehrfach, dass ich meine Mutter nicht getötet habe. Aber wenn Sie mir nicht glauben, tun Sie, was Sie tun müssen. Wenn Sie Beweise für Ihre Anschuldigungen haben, bitte verhaften Sie mich. Wenn nicht, lassen Sie mich gehen.«

Commissario Riani betrachtete hinter seiner grimmigen Miene den Mann auf dem Besucherstuhl. Er war groß und schmal und hatte eine auffallende Ähnlichkeit mit seiner Mutter auf den alten Fotos. Das kurze Haar war bereits stark ergraut, und er war dezent gekleidet. Auf seinen gepflegten Händen waren noch Reste der Fingerabdruckfarbe zu sehen. Er wirkte sympathisch. Etwas reserviert vielleicht, aber im Anbetracht der Situation war das nicht verwunderlich. Seinen Angaben zufolge war sein Verhältnis zur Mutter unterkühlt beziehungsweise nicht vorhanden gewesen. Bereits nach dem Tod der älteren Schwester hatte die Mutter jegliches Interesse an ihrem Jüngsten verloren, der damals erst zwei Jahre alt gewesen war, und hatte ihn der Obhut wechselnder Kindermädchen überlassen. Als er sechs war, siedelte die Familie nach London über, wobei er seine geliebte Nana in Mexiko-Stadt zurücklassen musste. Wieder vier Jahre später, mit zehn, schickten ihn die Eltern ins Internat. Ein Familienleben im herkömmlichen Sinne hatte nie existiert. Die Ferien verbrachte er zwar zu Hause, die Eltern jedoch waren so sehr mit ihren gesellschaftlichen Terminen beschäftigt, dass der Junge sie kaum zu Gesicht bekam. Keine wirklich gute Voraussetzung für ein enges emotionales Verhältnis.

Riani ließ seinen Blick über den dunklen Anzug des Mannes wandern und blieb an dessen blank polierten Schuhen hängen. Er war freigestellt worden, weil ihn ein anonymer Hinweis der Betätigung von Insidergeschäften beschuldigt hatte. Man hatte ihm nichts nachweisen können, deshalb nur die Freistellung mit vollen Bezügen für die nächsten drei Jahre, reputationsmäßig jedoch der Todesstoß. Dem Mann war in seinem Leben nichts erspart geblieben. Riani holte tief Luft.

»Signor Della Valle, können Sie mir noch einmal erklären, warum Sie sich ausgerechnet in Florenz niedergelassen haben, nachdem Sie …?«

»Commissario«, Della Valle zeigte keinerlei Ungeduld, »ich sagte Ihnen bereits, dass ich wegen meiner Mutter hierhergezogen bin. Auch wenn Sie das vielleicht nicht verstehen können, fühlte ich mich als Sohn verpflichtet, in ihrer Nähe zu sein, für den Fall, dass sie mich brauchen würde.«

»Nach allem, was Ihnen angetan wurde?«

»Ja. Nach allem, was sie mir angetan hat. Ich nehme an, sie konnte nicht anders. Sie war keine Mutter im herkömmlichen Sinne. Sie lebte in ihrer eigenen Welt.«

»Und Ihr zu erwartendes Erbe hatte mit dieser Entscheidung nichts zu tun?«

»Das sagte ich ebenfalls bereits. Nein. Ich wusste, dass ich der Erbe sein würde, auch wenn sie mir bei unserem besagten letzten Streit drohte, mich aus dem Testament zu streichen.«

»Wie können Sie da so sicher sein?«, hakte Riani nach. »Ich verstehe das nicht. Also ich hätte mir an Ihrer Stelle nicht unerhebliche Sorgen gemacht! Ganz besonders in Anbetracht Ihrer künftig angespannten finanziellen Situation.«

Della Valle schlug ein Bein über das andere und hielt kurz inne. »Sehen Sie, Commissario, Sie kannten sie nicht. Sie hatte trotz aller fehlenden mütterlichen Gefühle einen gewissen Familienstolz. Nie hätte sie ernsthaft in Erwägung gezogen, ihren einzigen Sohn zu enterben und durch eine derartige Tat ihren guten Namen ins Gespräch zu bringen. Für sie wäre das einer gesellschaftlichen Bloßstellung gleichgekommen, der sie sich nie und nimmer ausgesetzt hätte. Nicht einmal postum.«

»Auch nicht, wenn Sie Ihre ... sagen wir unstandesgemäße Verlobte tatsächlich geheiratet hätten?«

»Auch dann nicht«, erwiderte er bestimmt.

»Nur, dass Sie das nicht beweisen können«, warf Riani ein.

»Nun, Commissario ...« Della Valle lächelte jetzt fein. »Sehen Sie: Ich muss überhaupt nichts beweisen. Das ist Ihr Part.«

Da hatte er leider recht. So, wie die Dinge lagen, hatten sie bisher nichts außer einem fehlenden Alibi und einem hinreichend interessanten Motiv. Nichts! Und eventuell vorhandene DNA-Spuren wären frühestens nach drei Tagen ausgewertet.

»Signor Della Valle, Sie können jetzt gehen, aber ich muss Sie bitten, die Stadt nicht zu verlassen. Und ich muss Sie bitten, mir noch die Adresse Ihrer Verlobten hierzulassen.«

»Die Adresse meiner Verlobten? Wozu das denn?«

»Nun, weil sie der Anlass Ihrer Auseinandersetzung mit Ihrer Mutter gewesen ist. Ich werde in jedem Fall mit ihr sprechen müssen. Und selbstverständlich werden wir ihr Alibi prüfen.«

»Sie denken doch nicht ernsthaft, dass ...?«

»Warum nicht? So, wie die Dinge liegen, hatte auch Ihre Verlobte einiges zu verlieren, wenn ihre künftige Schwiegermutter ihr Testament zu Ungunsten ihres Sohnes geändert hätte, nicht?«

»Gut ... wie Sie meinen. Sie lebt in Siena. Via Banchi di Sopra, Nummer neunundzwanzig. Ich darf doch aber nach Siena fahren? Ich verspreche, dass ich mich nicht absetzen werde«, sagte Della Valle verhalten ironisch. Riani bedeutete ihm mit einer Handbewegung, dass er gehen könne. Della Valle erhob sich, nahm seinen Mantel von der Garderobe und verließ den Raum mit einem verbindlichen Nicken: »Commissario …«

Riani lehnte sich seufzend zurück, rieb sich müde die schon wieder leicht stoppelige Wange und fuhr sich mit beiden Händen über den Kopf. Als Agente Rocca, ohne anzuklopfen, die Tür aufriss, erschreckte er sich zu Tode. »Dio mio! Rocca! Geht's auch ein bisschen leiser?«

»Mi dispiace tanto, Commissario! Aber Sie müssen sich unbedingt etwas anhören.«

»Was denn?«

»Venga! Kommen Sie! Das müssen Sie sich unbedingt anhören«, wiederholte er. Riani erhob sich kraftlos, folgte seinem Agente über den Flur, wo die beiden Reporter neugierig das Geschehen verfolgten, und betrat den zweiten Verhörraum, in dem ein geknickter junger Mann saß. Triumphierend stellte Agente Rocca vor: »Commissario, das ist Signor Mari, der Briefträger. Signor Mari, das ist Commissario Riani. Mari, wiederholen Sie doch dem Commissario, was Sie mir gerade erzählt haben.«

Der Mann schien erschüttert, und Riani zog sich mäßig interessiert einen Stuhl heran. »Ja? Ich höre.«

»Commissario«, begann der Mann leise, »es ist alles meine Schuld.«

»Was ist Ihre Schuld?«

»Das Päckchen, das Signora Buonarroti getötet hat.«

Riani drehte sich fragend zu seinem Agente um. Dieser hätte den Mann offensichtlich am liebsten geschüttelt, aber in Anwesenheit seines Chefs begnügte er sich damit, ihn anzutreiben.

Der bedrückte Briefträger sah von einem zum anderen. »Scusate, also ich habe das Päckchen an sie ausgeliefert.«

Rocca fiel ihm ungeduldig ins Wort. »Jaja, aber es kommt noch besser! Mari, forza, jetzt lassen Sie's schon raus!«

»Ja, also … Das Päckchen war eigentlich für Signor Filipepi bestimmt.«

Riani starrte den Mann überrascht an, und Rocca grinste triumphierend. »Na, was habe ich gesagt?«

»Für Alessandro Filipepi? Sicuro?«

»Sicurissimo! Aber er war nicht zu Hause. Deswegen bin ich zu Signora Buonarroti hinaufgegangen. Sie hat immer die Päckchen angenommen, wenn er nicht zu Hause war. Es ist alles meine Schuld.«

»Wieso zum Teufel ist das Ihre Schuld?«, fragte Riani jetzt ungehalten, der mit einem Schlag einen vollkommen anderen Fall zu ermitteln hatte und in Gedanken schon ganz woanders war.

»Wenn ich das nicht getan hätte, wäre die arme Signora noch am Leben.«

»Oder Sie lägen jetzt vielleicht an ihrer Stelle im Obitorio«, entgegnete Riani trocken, und der Mann verstummte leichenblass.

»Also, Sie sagen, dass Signora Buonarroti die Päckchen für Signor Filipepi annahm, wenn er nicht zu Hause war?«

»Sì.«

»Immer?«

»Certo. Immer. Oddio, Commissario.«

»Können Sie sich zufällig an den Absender erinnern?«

»Äh, nein. Nicht wirklich. Eine Firma, glaube ich … Ich weiß es nicht. Es tut mir wirklich leid!«

»Das macht nichts. Rocca, nehmen Sie bitte ein Protokoll auf und lassen Sie es unterschreiben.« Riani klopfte auf den Tisch, dann stürmte er in sein Büro, um seinen Mantel zu holen. »Torrini …«

5

Alessandro Filipepi war noch blasser als am Vormittag, wenn das überhaupt möglich war. Riani hatte Mitleid mit dem jungen Mann. Immerhin erfuhr man nicht jeden Tag, dass man nur knapp einem Bombenanschlag entkommen war. Sie saßen zu dritt in der Küche, wo Filipepi gerade im Begriff gewesen war, sich einen Tee zu machen. Wie geschlagen saß er jetzt am Tisch und knetete nervös seine Finger. Riani musterte ihn ungeniert, und dabei fiel ihm auf, wie klassisch seine Gesichtszüge und wie lang seine Wimpern waren. Er ertappte sich bei dem Gedanken, dass er seiner ältesten Tochter gefallen könnte. Auch sie hatte Kunstgeschichte studiert und kürzlich mit ihrer Dissertation über Filippo Lippi begonnen. Interessanter Zufall. Sandro Botticelli und Fra Filippo, beides berühmte Renaissancemaler, beide Künstler häufig verwechselt, wie er von ihr wusste. Vielleicht könnte er die beiden jungen Leute bekannt machen, wenn der Fall abgeschlossen war?

Ispettore Torrini unterbrach die angespannte Stille: »Signor Filipepi, geht's wieder?«

»Sì.«

Commissario Riani unterbrach seine Schwiegersohngedanken und räusperte sich. »Signor Filipepi, können Sie sich vorstellen, wer Ihnen nach dem Leben trachtet? Haben Sie irgendwelche Drohungen erhalten? Haben Sie Streit mit irgendjemandem?«, fragte er und betrachtete weiterhin aufmerksam sein Gegenüber. »Ich weiß, dass das ein wirklich unangenehmer Gedanke ist, aber wir müssen diesen Mordanschlag aufklären, und … Es tut mir leid, dass ich das sagen muss, aber es wäre möglich, dass derjenige oder diejenige es noch einmal versucht.«

Filipepi schluckte.

»Lassen Sie sich Zeit und versuchen Sie die letzten Tage oder Wochen zu rekapitulieren. Vielleicht haben Sie etwas vergessen oder verdrängt?«

Der junge Mann sah jetzt auf. »Das ist absolut ausgeschlossen! Ich habe mit niemandem Streit. Nie. Sie können fragen, wen Sie wollen. Es ist mir unbegreiflich.«

»Vielleicht eine Erbschaftsangelegenheit?«, bohrte Riani nach.

»Erbschaftsangelegenheit? Sie meinen jemand, der mich beerben will?«

»Äh, ja … Ist das so außergewöhnlich?«

»Nein, nein«, beeilte sich Filipepi zu erwidern. »Im Prinzip nicht, nur bin ich der Letzte der Familie Filipepi. Schon meine Mutter war ein Einzelkind.« Er lachte kurz auf. »Die Filipepis waren nicht besonders fortpflanzungsfreudig.«

»Und Ihr Vater? Könnte nicht aus dieser Linie jemand sein, der Ihnen Ihren Wohlstand neidet?«

»Nein.«

Riani und Torrini wechselten einen schnellen Blick.

»Entschuldigen Sie, ich wollte Ihnen auf gar keinen Fall zu nahe treten, aber Sie verstehen sicher, dass wir alle Eventualitäten in Erwägung ziehen müssen. Immerhin geht es um Ihr Leben.«

»Commissario, ich verstehe, dass Sie nur Ihre Arbeit tun, aber mir fällt wirklich beim besten Willen niemand ein …« Plötzlich verstummte er und sah zu Boden.

Riani, der sofort aufmerksam wurde, musterte ihn scharf. »Ja? Ihnen ist doch gerade etwas in den Sinn gekommen?«

»Na ja …« Filipepi druckste herum. »Wahrscheinlich ist es ziemlich an den Haaren herbeigezogen …«

»Sagen Sie es nur, egal, was es ist. Alles kann von Bedeutung sein.«

Der junge Mann schien mächtig verlegen und rang sichtlich mit sich, ob er seine Vermutung äußern sollte. »Also, es gibt da eine Kollegin …«

»Ja? Eine Kollegin?«, wiederholte Riani vorsichtig, um ihn nicht zu verschrecken.

»Es ist nichts. Wirklich nichts. Wenigstens bisher noch nicht …«

»Ah! Jetzt verstehe ich. Ein kleines Techtelmechtel am Arbeitsplatz«, platzte Torrini dazwischen und handelte sich einen ärgerlichen Blick von Riani ein. Sofort zog er den Kopf ein und hob entschuldigend die Hände.

Filipepi atmete tief durch. »Nein. Noch nicht … Aber es stimmt in gewisser Weise … Sie gefällt mir sehr und ich habe ihr ein bisschen den Hof gemacht.« Jetzt sah er Riani direkt an. »Aber Sie glauben doch nicht wirklich, dass ein bisschen Flirten ausreicht, um jemanden umbringen zu wollen?«

»Ist die Dame verheiratet?«

Filipepi schluckte. »Ja.«

Riani nickte vielsagend. »Das heißt im Klartext, dass es einen möglicherweise eifersüchtigen Ehemann gibt.«

»Äh … Ja. Es tut mir leid, dass mir das nicht gleich eingefallen ist. Es ist nur, weil … Es ist ja nichts gewesen zwischen uns … Ich meine …«

»Jaja, wir haben verstanden. Sagen Sie uns bitte den Namen dieser Dame?«

»Ja. Natürlich. Mariangela Varese. Aber Commissario …«

»Ja?«

»Dürfte ich Sie bitten, das Ganze diskret zu behandeln?«
»Sicher. Selbstverständlich. Wir sind immer diskret«, erwiderte Riani etwas brüskiert, und Filipepi warf einen bösen Blick auf Ispettore Torrini.

Riani blätterte eine Seite seines Notizblocks um. »Nur eines noch, Signor Filipepi, dann sind wir wieder weg. Wo waren Sie heute Morgen, als der Briefträger das Päckchen ausliefern wollte?«

»Wie bitte? Zu Hause. Ich habe doch den Notruf gewählt. Möglicherweise habe ich das Klingeln überhört, als ich unter der Dusche war …«

»Um welche Zeit verlassen Sie normalerweise das Haus?«

»Normalerweise um halb neun, aber dienstags nicht.«

»Das heißt, dass Sie heute nicht gearbeitet haben?«

»Doch, schon, aber nicht im Museum. Ich arbeite nur donnerstags bis sonntags dort. Früh- oder Spätschicht, je nachdem, was gerade gebraucht wird. Ich bin ja flexibel, ich meine, ohne Familie und so …«

Riani nickte. »Das heißt, dass ein potenzieller Täter möglicherweise wusste, dass Sie zu Hause sein würden …«

»Das weiß ich nicht. Anzunehmen … Ja …«

»Hat sich das in der letzten Zeit geändert? Ich meine, haben Sie schon einmal dienstags gearbeitet?«

»Nein. Wieso?«

Riani rieb sich nachdenklich das Kinn. »Nun, für den Fall, dass der Anschlag möglicherweise doch Signora Buonarroti gegolten hat und der Täter das Päckchen an Sie geschickt hat, in der Annahme, dass es Signora Buonarroti annehmen würde.«

»Ist das Ihr Ernst?«, schaltete sich Torrini verblüfft ein.

»Warum nicht? Vielleicht wusste der Täter, dass Sie gegenseitig Post annehmen, und hat gedacht, dass Sie bei der Arbeit sind.«

Filipepi schüttelte energisch den Kopf. »Das halte ich für ausgeschlossen. Jeder weiß, dass ich von Montag bis Mittwoch zu Hause arbeite.«

»Nun, das werden wir überprüfen. Im Palazzo Pitti, sagten Sie?«

»Wie bitte?«

»Sie sagten, dass Sie im Palazzo Pitti arbeiten?«

»Ja. In der Galleria Palatina und den Appartamenti Reali. Wir sind jeden Tag in einem anderen Saal eingeteilt.«

Riani notierte die Angaben und klappte sein Notizbuch zu. »Gut. Das wär's für den Augenblick. Sollte Ihnen noch etwas einfallen, rufen Sie mich an.« Er legte seine Visitenkarte auf den Tisch und erhob sich. »Ach ja, noch etwas: Also ich an Ihrer Stelle wäre in nächster Zeit etwas vorsichtig. Nur für alle Fälle.« Er würde eine Überwachung von Filipepis Post veranlassen, aber hundertprozentige Sicherheit, das wusste er aus Erfahrung, wäre damit nicht gegeben.

»Was halten Sie von der Sache, Commissario?«, fragte Torrini, als sie in die Questura zurückkehrten.

Riani dachte lange nach, bevor er antwortete. »Es ist zu früh, um irgendwelche Schlussfolgerungen zu ziehen, aber der Täter könnte tatsächlich gewusst haben, dass sich die beiden gegenseitig die Post annehmen.«

»Und die für Signora Buonarroti bestimmte Bombe zur Tarnung an Filipepi geschickt haben, meinen Sie?«

»Nun …« Riani blieb stehen. »Ganz abwegig ist der Gedanke nicht, nur …«

»Nur?«

»Nur, dass Filipepi nicht jeden Tag arbeitet.«

»Hm. Das stimmt. Der Täter müsste in diesem Fall davon ausgegangen sein, dass Filipepi bei der Arbeit ist und dass die Signora das Päckchen annimmt.«

»Richtig.«

»Denken Sie wirklich, dass die Signora das eigentliche Ziel war?«

»Ich denke erst mal gar nichts«, erwiderte Riani und wandte sich wieder zum Gehen. »Ich weiß nur sicher, dass wir jetzt in zwei Richtungen ermitteln müssen. Mit Signora Buonarroti und mit Filipepi als Ziel.«

Torrini trabte hinter Riani her, und kurz darauf betraten sie die Questura und stiegen die Treppe hoch.

»Was genau liegt jetzt an, Chef? Ich könnte die Maniküre und die Friseurin heute noch befragen.«

Riani blieb vor seiner Bürotür stehen und sah auf seine Uhr. »Es ist jetzt kurz nach acht. Mir wäre lieber, Sie würden die Nachbarn noch einmal aufsuchen. Um die Uhrzeit werden die meisten zu Hause sein. Der Täter muss in unmittelbarer Nähe gewesen sein, um die Bombe zu zünden.« Er kratzte sich am Kopf. »Genau genommen muss er den Moment zur Zündung exakt abgepasst haben. Viel Zeit hatte er nicht. Der Briefträger musste aus dem Haus und der oder die Empfängerin noch nicht allzu weit von dem Päckchen weg sein. Und dann bumm! Vielleicht stand er auf der Straße, vielleicht in einem Hauseingang …«

»Oder er saß in einem Auto.«

»Genau.« Riani schloss sein Büro auf. »In jedem Fall musste er den Hauseingang im Blick haben. Mi raccomando, Torrini! Jede Kleinigkeit kann wichtig sein. Ach ja, Torrini, noch etwas: Sehen Sie nach, was Sie über Filipepis Vater in Erfahrung bringen können. Ich finde, er hat bei dem Thema ziemlich empfindlich reagiert. Nur für alle Fälle. Ich werde mir jetzt gleich Pierfrancesco Della Valle noch einmal vornehmen.«

»Certo, Commissario!« Torrini grüßte zackig und ging.

Riani ließ die Tür hinter sich zufallen und stand einen Augenblick lang unschlüssig in seinem Büro. Irgendwie hatte er das Gefühl, als hätte er etwas vergessen, aber es fiel ihm nicht ein, was. Also nahm er Della Valles Adresse vom Schreibtisch und wandte sich zum Gehen. Als er die Klinke in der Hand hatte, drehte er sich noch einmal um und steckte auch die Adresse von Della Valles Verlobten ein.

6

In dem Augenblick, als er den Schlüssel ins Zündschloss steckte, klingelte sein Telefon. Oh Gott! Seine Frau! Der Tisch im Caffè Italiano! Glühend vor schlechtem Gewissen ging er ran: »Vanna, amore, ich hab's nicht vergessen … Ich … Äh … Willst du nicht schon einmal vorgehen und ich komme gleich nach?« Ahi! Das war's, was ihm im Hinterkopf herumgespukt hatte. Verdammt! Wie erwartet glaubte ihm seine Frau kein Wort.

»Lorenzo Riani! Wenn du nicht binnen zehn Minuten hier vor der Tür stehst, lasse ich mich scheiden.«

»Amore, nicht doch.« Er wusste genau, dass sie nur im Scherz drohte, aber er meinte einen gewissen Unterton herauszuhören, der es ihm nicht ratsam erscheinen ließ, ihre Drohung zu ignorieren, wie er es unter normalen Umständen getan hätte. Sie war zwar keine dauernörgelnde Ehefrau, die einen Polizisten heiratete und sich dann beschwerte, dass er seinen Job ernst nahm, aber die Situation war zurzeit etwas … nun … außergewöhnlich, deshalb lenkte er lammfromm ein: »Amore, ich war gerade im Begriff, den Wagen zu starten. In zwei Minuten bin ich da, ja? … Sicher … Ciao … Ciao, ciao, ciao.«

Uff! Gerade noch die Kurve gekriegt. Riani war ein unverbesserlicher Drückeberger, der seine Frau und Familie zwar liebte und im Grunde immer für sie da war, sich aber gern gewissen häuslichen Verpflichtungen und Diskussionen entzog, wenn es ihm gerade ratsam erschien. Im Erfinden von Ausflüchten war er ein wahrer Meister, wobei seine Arbeit nahezu unendlich viele Ausreden bot: »Schatz, du verstehst sicher, dass ich nicht zum Elternabend kommen kann, wir haben einen Tatverdächtigen festgenommen, den ich unbedingt noch verhören muss.« Oder: »Liebling, kannst du mit den Mädchen alleine zu Zia Mariarosella gehen? Ein Notfall ...« Oder: »Geh doch schon einmal vor, der Questore will mich noch sprechen, ich komme gleich nach.« Natürlich hatte ihn seine Frau schon nach wenigen Monaten Ehe durchschaut und tolerierte diese Macke mit liebevoller Nachsicht und unter gelegentlichen Androhungen drakonischer Sanktionen, aber er war sich sicher, dass sie im Moment durchaus in der Lage und bereit wäre, ihm das Fell über die Ohren zu ziehen, weshalb er den Wagen gehorsam in Richtung Viale Spartaco Lavagnini lenkte.

Eine Dreiviertelstunde später entspannte sich Riani zunehmend. Keine Wiederaufnahme der Krisengespräche des gestrigen Abends. Zum Glück! Sie warteten auf ihre Pizza, er hatte das erste Bier schon intus und seine Frau machte sich gerade ein bisschen über den starken florentinischen Dialekt ihrer Schulleiterin lustig. Riani betrachtete sie liebevoll amüsiert: ihre lachenden Augen, ihre lebhafte Gestik und ihr ansteckendes Lachen. »Stell dir vor, Schatz, sie hat es wieder getan. Sie hat tatsächlich eine Hoha-Hola verlangt.« Für sie als Neapolitanerin war diese Eigenart der Florentiner, das K beziehungsweise C wie ein H auszusprechen, ein steter Quell der Belustigung, weshalb sich ihr Gatte stets um ein anständiges Hochitalienisch bemühte, um ihrem freundlichen Spott zu entgehen. Riani lächelte heute nachsichtig. Er verzichtete großzügig auf den Hinweis, dass auch die sprachlichen Eigenarten der Neapolitaner durchaus ihre erheiternden Seiten hatten und dass sie, auch nach fünfundzwanzig Jahren Ehe mit einem Florentiner, noch immer »schbesa« statt »spesa« oder gar »schbrigati« statt »sbrigati« sagte. Und dass das weit weniger elegant klang als »hasa« oder »hiusa«, wie er fand. Sie hatte eben keinen Sinn für die Feinheiten des florentinischen Italienisch, das bereits vom großen Dante Alighieri gepflegt und jahrhundertelang von den vornehmen Römern nachgeahmt worden war. Die Pizza kam und unterbrach die Lachsalven seiner Frau. Mit Genuss machte sie sich über die, ihrer Meinung nach, einzig wahre Pizza außerhalb Neapels her. Heute verzichtete sie ausnahmsweise auf die stets gleiche Aufzählung der Vorzüge einer original neapolitanischen Pizza: elastischer Boden – gommosa, non croccante! – die Töchter pflegten sie an dieser Stelle unisono nachzuäffen –, Büffelmozzarella und frisches Basilikum. Sie goss großzügig von dem Chili-Öl darüber und zwinkerte ihrem Mann liebevoll zu, der erleichtert ein zweites Bier bestellte. Anschließend gönnten sie sich noch ein Stück Torta di cioccolata, die sie hier so gut machten wie nirgendwo sonst. Erst nachdem sie ihren Espresso getrunken hatte, legte sie ihre Hand auf seine, und er zuckte innerlich zusammen. Also doch! Sie merkte sofort seinen Widerstand und musterte liebevoll ihren Gatten, der sie zwar manchmal an den Rand des Wahnsinns trieb, den sie aber, trotz seiner zahlreichen Schwächen und auch nach fünfundzwanzig Jahren Ehe, immer noch liebte. Heute sah er wirklich zerknittert aus. »Amore, hör mir zu. Ich habe nachgedacht. Wenn du tatsächlich glaubst, dass du das nicht schaffst, werde ich das respektieren. Hörst du?«

Riani, der in sich zusammengesackt war, sah sie überrascht an. »Ist das dein Ernst?«

»Ja. Mein voller Ernst. Ich möchte zwar dieses Kind, und ich glaube wirklich, dass wir das hinkriegen würden. Aber noch lieber möchte ich dich! Du bist der Mensch, den ich mir ausgesucht habe, um mein Leben zu teilen, und du bist derjenige, mit dem ich alt werden möchte.«

Riani seufzte befreit. Sofort durchflutete ihn eine heiße Welle der Erleichterung und er griff nach ihrer Hand. Dann bemerkte er ihre traurigen Augen und es versetzte ihm einen Stich. Verdammt! Er liebte seine Frau. Alles an ihr. Ihr langes, wunderschönes Haar, ihre etwas füllige Figur, ihr schallendes Lachen, ihr lebhaftes Temperament, aber auch ihre schier unerschöpfliche Nachsicht. Er wollte nicht, dass sie traurig war. Che sfiga! Aber er wollte auch endlich ein etwas ruhigeres Familienleben. Ihre drei Töchter waren wohl gelungen und weitgehend selbstständig, die Jüngste würde nach der Rückkehr von ihrer Reise ebenfalls ausziehen und studieren. Er ließ seinen Blick über ihr Gesicht wandern und gab sich einen Ruck.

»Giovanna ...« Er knetete ihre Hand in der seinen. »Du bist die Liebe meines Lebens, und ich kann es nicht ertragen, dich traurig zu sehen. Ich stehe mit dir durch, was immer auch kommt.«

Sie starrte ihn ungläubig an. »Ist das dein Ernst?«

»Ja.« Er grinste schief. »Vielleicht wird es ja ein Junge?« Er versuchte zuversichtlich zu erscheinen, aber die Pizza und der Schokoladenkuchen bildeten plötzlich einen drückenden Klumpen in seinem Magen.

Gegen dreiundzwanzig Uhr läutete er bei Pierfrancesco Della Valle, der sich erst nach dem dritten Klingeln an der Gegensprechanlage meldete. »Chi è?!«

»Commissario Riani. Ich muss Sie einen Augenblick sprechen, bitte.«

Della Valle zögerte einen Augenblick, dann drückte er den Türöffner. »Viertes Obergeschoss.«

Als Riani ankam, war er vollkommen außer Puste und seine Laune hatte einen neuen Tiefpunkt erreicht. Aber auch Della Valle war alles andere als erfreut über die späte Störung. Wortlos trat er beiseite, um Riani hereinzulassen. »Immer geradeaus.«

Es war dumm von ihm, um diese Zeit hier aufzukreuzen. Er war hundemüde und nicht mehr ganz nüchtern, aber er musste sich an irgendjemandem abreagieren. Nach dem Essen hatte er seine Frau zu Hause abgesetzt und war noch einmal in die Via del Pandolfini, unweit des Duomo, gefahren.

»Kann ich Ihnen etwas zu trinken anbieten?«

»Ein Wasser bitte.« Riani ließ sich auf einem der Küchenstühle nieder und sah sich um. Nicht übel. Modern, hell und geschmackvoll. Die Häuser in diesem fast ausschließlich mittelalterlichen Viertel östlich des Doms waren im Laufe der vielen Jahrhunderte rußig und düster geworden, waren aber innen zum Teil sehr ansprechend restauriert, wie er von seinem Freund Dario wusste. Dankend nahm er das Glas entgegen und trank einen großen Schluck. Della Valle schenkte sich einen Whisky ein und setzte sich ihm gegenüber.

»Was gibt es denn so Wichtiges, dass es keine Zeit bis morgen hat?«

»Signor Della Valle, kennen Sie Alessandro Filipepi?«

»Den Nachbarn meiner Mutter?«

»Genau den.«

»Ja.«

»Wie gut kennen Sie ihn?«

»Wie gut? Meinen Sie, ob wir schon zusammen aus gewesen sind?«, fragte Della Valle leicht belustigt.

»Schön, dass Sie meine Frage so erheitern, Signor Della Valle«, erwiderte Riani vollkommen humorlos. »Also? Wie gut?«

»Natürlich nicht gut! Ich habe ihn das eine oder andere Mal im Haus gesehen und gegrüßt … mehr nicht.«

»Sie wissen also nicht, was er beispielsweise beruflich macht?«

»Doch, das weiß ich sogar, weil es mir meine Mutter erzählt hat. Er arbeitet wohl als Custode im Palazzo Pitti. Obwohl er das eigentlich gar nicht nötig hätte – finanziell gesehen, meine ich. Meine Mutter sagte mir einmal, dass er nur wegen der Sala di Prometeo dort arbeite, weil dort einige Werke seines Vorfahren Botticelli hängen.« Della Valle lächelte. »Aber das war sicher nur ein Scherz. Wenn dem so wäre, müsste er eher in den Uffizien arbeiten. Da gibt es einen ganzen Saal mit Botticellis berühmtesten Werken. Meine Mutter hielt ihn wohl für einen etwas wunderlichen jungen Mann.«

»Wie meinte Sie das? Wunderlich im Sinne von …?«

»Das weiß ich nicht so genau. Sie erwähnte einmal, dass er ein ziemliches Muttersöhnchen sei. Obwohl … Ein Urteil dieser Art, aus dem Munde meiner Mutter … Nun, wie auch immer … Nicht, dass sie ihn nicht gemocht hätte, das nicht … Er erledigte ja manchmal kleinere Botengänge für sie oder führte ab und zu den Hund aus.«

»Oder nahm ihre Post an«, ergänzte Riani.

»Oder nahm ihre Post an, genau.«

Riani triumphierte innerlich. Das wusste er also. Und auch, dass er im Palazzo Pitti arbeitete. »Wieso dachte Ihre Mutter, dass er wunderlich sei?«

»Nun …« Della Valle nahm noch einen Schluck Whisky. »So ganz genau weiß ich das nicht, aber sie amüsierte sich wohl über seinen Spleen, ein Nachkomme Botticellis zu sein. Sandro Botticelli hieß mit bürgerlichem Namen Alessandro Filipepi.«

Riani war verblüfft. »Tatsächlich? Aber warum belustigt Sie das so? Ich meine das mit dem Nachfahren. Ist das so unwahrscheinlich?«

Della Valle hob nur dezent die Augenbrauen ob Rianis unverzeihlicher Unwissenheit. »Die Kunsthistoriker sind sich ziemlich sicher, dass Sandro Botticelli nie verheiratet war und keine legitimen Nachkommen hatte.«

»Warum nicht? War er schwul?«

Della Valle lächelte nachsichtig. »Commissario, Ehelosigkeit war unter den großen Künstlern der Renaissance weitverbreitet und heißt nicht zwingend, dass die betreffenden Herren homosexuell waren.«

»Ach ja? Sie scheinen sich ja gut auszukennen.«

»Nun, wenn die Mutter Buonarroti heißt und Florentinerin ist, weiß man fast zwingend das eine oder andere mehr. Dass der große Michelangelo mit Familiennamen Buonarroti hieß, wussten Sie aber schon, oder?«

»Äh …«

Della Valle verzog keine Miene. »Sehen Sie, Commissario, Michelangelo, Da Vinci, Della Robbia, Brunelleschi, Raffaelo, Verrocchio und natürlich Botticelli. Sie alle waren Junggesellen. Es stimmt, dass der eine oder andere tatsächlich der Sodomie beschuldigt worden war, unter anderem auch Botticelli, sogar zweimal, aber das Junggesellendasein hatte für diese Männer wahrscheinlich andere Gründe. Damals musste ein Mann eine gesicherte Existenz aufweisen, um sich verheiraten zu können, weshalb das durchschnittliche Heiratsalter der Männer ziemlich hoch war. Und manch einer hat die Kurve dann wohl nicht mehr gekriegt.«

»Ach …« Riani rieb sich nachdenklich das Kinn. »Und Sie glauben, dass Sandro Botticelli tatsächlich keinen Nachkommen hatte? Nicht einmal illegitime … So wie

Fra Filippo Lippi mit der Ordensfrau und deren Schwester?«, fragte Riani, stolz, wenigstens das zu wissen, auch wenn er sich zuvor schon derart blamiert hatte. Und das als Florentiner.

Della Valle lachte belustigt. »Nun, niemand war damals dabei, aber der Umstand, dass Botticelli zweimal angeschuldigt wurde, lässt in der Tat nicht wirklich auf seine Heterosexualität schließen, da liegen Sie vermutlich richtig. Selbst wenn er damals nicht bestraft worden ist – vielleicht waren die Anschuldigungen tatsächlich falsch, oder aber er war schon zu berühmt, wer weiß das schon genau, aber Kinder? Nein, ich persönlich glaube in der Tat nicht, dass es Nachkommen von ihm gibt.«

»Ja, da haben Sie vermutlich recht.«

Diese Informationen warfen allerdings ein ganz neues Licht auf Filipepi. Vielleicht war er doch kein so guter Schwiegersohnkandidat? Er sollte sich den Knaben mit diesem neuen Hintergrundwissen noch einmal genauer ansehen.

»Signor Filipepi sagte mir, dass seine Mutter vor einem Jahr verstorben sei. Kannten Sie sie?«

»Ja. So gut, wie ich ihn kannte. Also kaum.«

»Und was wissen Sie über sie?«

»Nun, auch nicht übermäßig viel.« Della Valle zuckte mit den Schultern. »Alles, was ich von meiner Mutter weiß, ist, dass sie nicht verheiratet gewesen war. Damals ein Skandal …«

»Filipepi ist ein uneheliches Kind?« Riani dachte an die vielen Familienfotos, aber auch an dessen abweisende Reaktion auf die Frage nach seinem Vater.

»Ja. Sein Vater war angeblich ein verheirateter Mann. Sehr hochgestellt, deshalb war vielleicht eine Scheidung nicht möglich. Ich weiß es nicht. Ich sagte ja schon, dass ich meine Mutter äußerst selten gesehen habe und dass wir nicht wirklich viel geredet haben …«

»Aber wohlhabend scheint sie gewesen zu sein – Signora Filipepi.«

»Das stimmt wohl. Das Appartement hatte sie, soweit ich weiß, seinerzeit aus ihrem Vermögen bezahlt.«

Riani nickte nachdenklich. Das war ja hochinteressant. Was das für seinen Fall bedeutete, war ihm allerdings noch nicht klar. Klar hingegen war aber auch, dass Della Valle weit mehr über Alessandro Filipepi wusste als er selbst. Na ja, jetzt nicht mehr.

»Verstanden sich Ihre Mutter und Signora Filipepi gut?«

Della Valle überlegte einen Moment. »Schwer zu sagen … Die beiden waren sich sehr ähnlich – herkunftsmäßig und finanziell gesehen. Aber meine Mutter hegte immer gewisse Vorbehalte gegen ihren Status als ledige Mutter.«

»Das heißt, dass sie zwar im selben Haus lebten, aber wenig Kontakt pflegten?«

»So in etwa. Meine Mutter war ein echter Snob, was das angeht.«

»Aber sie hat das Appartement seinerzeit trotzdem an sie verkauft.«

»Das ist richtig, aber sie konnte wohl schlecht Nein sagen gegenüber einer Filipepi.«

»Sie wissen nicht zufällig, warum sie das Appartement überhaupt verkauft hat? Wenn ich mir ihre Finanzen so ansehe, bestand dazu keine Notwendigkeit.«

Della Valle zuckte mit den Schultern. »Das kann ich Ihnen leider nicht genau sagen. Es scheint, als hätte der Palazzo früher einmal den Filipepis gehört, ich habe keine Ahnung, wer weiß schon, welche subtilen Verpflichtungen bestehen, in dem sozialen Umfeld, in dem sich meine Mutter bewegte.«

»Wenn ich Sie richtig verstehe, tummeln Sie sich nicht in diesen Kreisen?«

»Nein. Absolut nicht.« Della Valle grinste schief. »Ich bin das schwarze Schaf der Familie. Außerdem ist das nicht meine Welt. Ich bin ein Normalsterblicher, der keine Rolex und keinen Ferrari braucht.«

»Und vermutlich spielen Sie auch weder Tennis noch Golf?«, ergänzte Riani, dem diese Einstellung ziemlich sympathisch war.

»Sie sagen es, Commissario.«

»Wissen Sie, zu wem Ihre Mutter Kontakt hatte? Freunde, Bekannte?«

»Nein. Absolut nicht. Früher, das heißt als mein Vater noch lebte, bewegten sie sich in allerhöchsten Kreisen – ohne mich natürlich. Das wissen Sie vermutlich bereits. Aber wie ihr Leben aussah, nachdem sie nach Florenz zurückgekehrt war, weiß ich nicht.«

»Das heißt, dass Sie niemanden kennen, der in irgendeiner Weise Umgang mit Ihrer Mutter pflegte?«

»Nein. Bedaure.«

»Und der Sohn?«, fragte Riani zusammenhanglos.

»Welcher Sohn? Wie meinen Sie das?«

»Alessandro Filipepi. In den Augen Ihrer Mutter war er ja ein Bastard. Ihre Vorbehalte gegen Signora Filipepi schienen sich auf ihn nicht übertragen zu haben.«

»Ach so. Nun, offensichtlich nicht so sehr, dass er nicht ab und zu den Hund hätte ausführen dürfen.«

»Ja, scheint so. Ach, Signor Della Valle, wissen Sie, wie hoch Ihr Erbe sein wird? Kennen Sie die Vermögenswerte Ihrer Mutter?«

Della Valle sah ihn erstaunt an. »Nein. Sie etwa?«

»Sie wollen mir doch nicht weismachen, dass Sie nicht wissen, wie es um die Vermögensverhältnisse Ihrer Mutter bestellt ist?«

»Commissario, ich versichere Ihnen, dass ich keine Ahnung habe. Meine Mutter hielt es nie für nötig, mich über ihre finanziellen Verhältnisse aufzuklären, aber ich hatte ja immer mein eigenes Auskommen. Ich nehme an, dass allein der Palazzo und die Kunstsammlung einiges wert sein werden, aber was sonst noch da ist, wenn überhaupt, werde ich erst bei der Testamentseröffnung erfahren.«

Riani nickte und trank sein Glas aus. Es gab keinen Grund, dem Mann die Augen zu öffnen und seine Geheimquellen bezüglich noch nicht eröffneter Nachlässe preiszugeben. Er stellte das Glas ab und sah Della Valle prüfend an. »Signor Della Valle, kennen Sie Signor Filipepis Arbeitszeiten?«, fragte er unvermittelt. Der eigentliche Grund für seinen nächtlichen Überfall.

»Seine Arbeitszeiten? Nein, tut mir leid. Das müssen Sie ihn schon selbst fragen.«

»Gut.« Riani holte tief Luft und erhob sich schwerfällig. »Das wäre für den Augenblick alles, Signor Della Valle. Entschuldigen Sie bitte die späte Störung und danke für das Wasser.«

Tief in Gedanken versunken ging er zum Wagen. Die Informationen warfen ein neues Licht auf Alessandro Filipepi. Und auf Signora Buonarroti. Offensichtlich hatte sie ihren Nachbarn sehr gut gekannt. Interessant. Sein latenter Frust von vorhin hatte sich vollkommen in Luft aufgelöst und einem wohlbekannten Jagdfieber Platz gemacht. Er wusste jetzt, dass er an einer äußerst merkwürdigen Sache dran war. Und dabei kannte er noch nicht einmal das eigentliche Ziel des Mordanschlags. Dieser Fall war genau nach seinem Geschmack. Aber dass er sich total vergaloppieren und dadurch sein eigenes Todesurteil unterschreiben würde, ahnte er nicht.

7

Der Mittwoch begann unerwartet sonnig und warm. Nach den sintflutartigen Regenfällen der letzten Tage war das ein Geschenk des Himmels. Die Stadt war voller Menschen, die den unverhofft warmen Herbsttag genossen. Der Himmel, gestern noch grau, schwer und düster, war heute so klar und blau, wie er es nur hier in Florenz war. Strahlend hoben sich die mittelalterlichen Palazzi vor dem fast irreal kornblumenblauen Hintergrund ab, in der Ferne waren die grünen zypressenbewachsenen Hügel zu sehen. Doch dafür hatte Riani im Augenblick kein Auge. Mit langen Schritten eilte er durch die Innenstadt in Richtung Palazzo Pitti, während sich Ian McNair und Robert Harris bemühten, mit ihm Schritt zu halten. Harris trug die Kamera notgedrungen in der Hand, denn Drehen war bei dem Laufschritt unmöglich. Riani war noch immer nicht in der Lage, seine kindische Dickköpfigkeit abzulegen und sich gegenüber den beiden Reportern wie ein erwachsener Mann zu verhalten. Nicht nur, weil er heute Morgen wieder ausgesprochen schlecht gelaunt war, sondern auch weil sein Englisch peinlich schlecht war. Objektiv besehen waren sie ja exakt im richtigen Moment gekommen. An ihnen konnte er ungestraft und ungefiltert seine ganzen negativen Emotionen abreagieren, und die bestürmten ihn gerade mit Macht. Überall sah er nur Kinderwagen. Wo kamen die auf einmal alle her? Babys, Babys, Babys! Er war wütend auf sich selbst. Wie hatte er sich gestern nur zu dieser Aussage hinreißen lassen können! Aber was hätte er sonst tun sollen? Heute beim Frühstück hatte ihn sein schlechtes Gewissen fast umgebracht, weil er auf seine Frau wütend geworden war. Cavolo! Warum stellte sich ihm alles quer? War es wirklich Altruismus? Die Sorge, dass er diesem Kind körperlich und mental nicht mehr gerecht werden könnte? Oder haderte er vielmehr wegen seiner eigenen Bequemlichkeit? Wenn er ganz ehrlich war, war es genau das, und das erbitterte ihn noch mehr. Er wusste, dass es schäbige Beweggründe waren, und er schämte sich dafür, aber seine Abwehr war so reflexhaft wie vehement, sodass er kaum dagegen ansteuern konnte.

»Wie bitte?« Riani verlangsamte seinen Schritt und wandte sich ungehalten zu seinen Begleitern um, aber diese unterhielten sich offenbar nur über die fantastisch schöne Fassade des Duomo, die im Sonnenlicht gleißte, also eilte er weiter. Dafür hatte er jetzt keine Nerven, aber die kurze Unterbrechung riss ihn glücklicherweise aus seinen destruktiven Gedanken. Er musste sich unbedingt wieder auf die Ermittlung konzentrieren. Bei der kurzen morgendlichen Lagebesprechung auf der Questura war nichts wirklich Brauchbares herausgekommen. Ispettore Torrini hatte ihm mitgeteilt, dass niemandem in der Nachbarschaft etwas Ungewöhnliches aufgefallen wäre und dass die Recherche über Filipepis Vater nichts ergeben hatte. Alessandro Filipepi war in Florenz geboren worden, Vater unbekannt. Die Mutter war Giuseppina Filipepi, einzige Tochter des schwerreichen florentinischen Kunsthändlers Pietro Filipepi. Wenn Della Valles Angaben stimmten und Filipepis Vater unbekannt war, schieden geldgierige Verwandte väterlicherseits aus. Blieb also vorerst nur Mariangela Varese, zu der er gerade unterwegs war, beziehungsweise deren möglicherweise eifersüchtiger Ehemann und natürlich die Verlobte von Pierfrancesco Della Valle in Siena, zu der er nachher fahren würde. Ohne einen Blick für die Schönheit seiner Stadt, die er sonst durchaus zu würdigen wusste, schob er sich ungeduldig durch die Menschen, die sich auf dem Ponte Vecchio drängelten, um einen besonderen Blick auf den Arno zu erhaschen. Der gewundene Fluss, der selbst bei strahlendem Sonnenschein nichts von seiner dumpfen Trägheit verlor, wäre ohne die pittoreske mittelalterliche Brücke, auf der sich seit Jahrhunderten Häuschen an Häuschen klammerte, nicht mehr als ein schlammgrauer Strom, in dem sich, als einziger Farbklecks, Flussalgen wie grünes Feenhaar im Wasser wiegten. Doch die Häuschen, ausschließlich Juweliere, Gold- und Silberschmiede, in deren Auslagen die ausgestellten Kostbarkeiten die Augen der Betrachter blendeten, gaben durch rückwärtige Fenster in den winzigen Verkaufsräumen immer wieder Ausblicke auf den Fluss und die am Ufer stehenden Palazzi frei, die wahrlich einzigartig waren. Erst recht bei untergehender Sonne. Aber jetzt war helllichter Vormittag und Riani hatte es eilig. Kurz darauf überquerte er den wenig ansprechenden, ansteigenden Waschbetonplatz vor der Fassade des mächtigen Palazzo Pitti, auf dem sich schon Dutzende von Menschen tummelten: kleinere Grüppchen junger Leute, die in der Sonne lagen, Familien inmitten von Chipstüten, Keksschachteln und Eisteeflaschen, Kinder, die den Tauben nachjagten, und ältere Ehepaare, die auf Stofftaschentüchern sitzend die müden Füße ausstreckten. Die Warteschlangen vor dem Haupteingang und vor dem Ticketschalter im rechten Seitenflügel waren bereits beträchtlich lang, aber Riani zückte seinen Ausweis und wandte sich direkt an das Personal auf der anderen Seite des Absperrbands. Mit einer gewissen Vorfreude wartete er darauf, dass seine beiden lästigen Begleiter zurückgepfiffen würden, aber zu seiner großen Überraschung sah er, dass McNair einen Passierschein, von wem auch immer, vorwies und ehrfürchtig durchgewunken wurde.

Donnerwetter! Eine Dreherlaubnis im Palazzo Pitti? Wer wohl hier seine Finger im Spiel gehabt hatte? Die drei Männer erregten enormes Interesse bei den wartenden Touristen, besonders als Riani seine Waffe ablegen musste, um durch den Detektor zu gehen, während Harris die Szene auf Film bannte. Und als plötzlich jemand aus der Menge rief: »Oh my god! This is Ian McNair! Mr. McNair! Mr. McNair!«, vergaß er völlig, dass er vor zwei Minuten die beiden BBC-Leute noch loswerden wollte. Riani war zu sehr Italiener, um diese Aufmerksamkeit nicht zu genießen, und so wartete er daraufhin bereitwillig, bis die beiden ebenfalls den Metalldetektor und die Gepäckkontrolle passiert und Harris seine Kamera wieder geschultert hatte. Dann wandte er sich beflissen an McNair und lenkte seine Schritte nach rechts, das mächtige Treppenhaus hoch in die Galleria Palatina.

Signora Varese war heute in der Sala di Saturno eingeteilt, und Riani gab den sichtlich beeindruckten Engländern den stolzen Hausherrn, der sie mit fachkundigen Kommentaren durch die prunkvollen Säle führte. Commissario Riani war als Florentiner mit dieser prachtvollen Kunstsammlung aufgewachsen und betrachtete sie, wie jeder seiner Mitbürger auch, in gewisser Weise als sein kulturelles Erbe und Eigentum, obgleich sein Allgemeinwissen zu den Künstlern sehr zu wünschen übrig ließ. Was ihn aber nicht im Mindesten daran hinderte, sich mit den Werken von Michelangelo, Raffaelo, del Sarto, Rubens, van Dyck, Ghirlandaio, Veronese, Filippo und Filippino Lippi und natürlich auch Botticelli und vielen anderen zumindest emotional auf du und du zu fühlen. Dass er den Medici, die diese Sammlung zusammengetragen hatten und deren Name seit der Renaissance bis heute untrennbar mit Florenz verbunden war, eher kritisch gegenüberstand, war im Moment unwichtig. Als Florentiner war man stolz auf diese Familie, die, dank ihres ungeheuren Geschäftssinns und ihrer nicht minder ungeheuren Skrupellosigkeit innerhalb weniger Generationen von einer wenig angesehenen Sippe, zur reichsten Familie Europas avanciert war. Eine Familie, die die Macht in der Republik Florenz an sich gerissen und im Prinzip ohne jegliche rechtliche Legitimation über ein Jahrhundert lang die politischen Fäden in halb Europa gezogen hatte. Riani erkannte ihre Bedeutung für die Stadt durchaus an, sah jedoch gleichzeitig auch klar die dunklen Seiten. Und die waren zahlreich und finster. Aber nicht das geschickte Spinnen von Netzwerken, die ausgeklügelte Heiratspolitik mit den Fürstenhäusern in ganz Europa, der erfolgreiche Griff nach der päpstlichen Tiara oder die finanzielle Förderung von Kriegen war es, die Riani den Medici ankreidete, sondern der wenig zimperliche Umgang mit unbequemen Widersachern, dessen sich gerade der von Kunstkennern so hochgelobte, auf vielen Gebieten brillierende Lorenzo il Magnifico schuldig gemacht hatte. Als Polizist konnte er unter gar keinen Umständen gutheißen, dass politisch opponente Menschen ohne Prozess an den Fenstern des Stadtpalastes aufgehängt worden waren. Dennoch waren der Palazzo Pitti und die darin ausgestellte Kunstsammlung der Medici zweifelsohne sensationell und verdienten Anerkennung, auch wenn vieles seinerzeit schlicht zu Propagandazwecken bei den zahlreichen Künstlern in Auftrag gegeben worden war.

Für Ian McNair und Robert Harris war der vorgeblich so kunstbeflissene Commissario ein gefundenes Fressen, und Riani trumpfte mit seinem erst gestern Abend neu erworbenen Wissen auf. In der von Pierfrancesco Della Valle erwähnten Sala di Prometeo, in der einige Werke Botticellis und Fra Filippos hingen, versäumte er nicht zu erwähnen, dass der berühmte Sandro Botticelli mit richtigem Namen eigentlich Alessandro Filipepi geheißen hatte und dass der junge Nachbar des Mordopfers vom Vortag wahrscheinlich ein echter Nachfahre Sandro Botticellis sei. Ganz der Kunstkenner, kolportierte er, dass die Künstler Fra Filippo und Botticelli häufig verwechselt würden, da sich ihr Stil so frappant ähnelte, wie man in diesem Saal eindrucksvoll sehen könne, und das, obwohl es bis heute keinen Beweis dafür gebe, dass Botticelli je ein Schüler Fra Filippos gewesen sei. McNair konnte nicht verstehen, warum eine solche Verwechslung überhaupt passieren könne, und Riani lächelte nachsichtig.

»In der Renaissance wurden die Bilder selten signiert. Häufig konnte man nur anhand von schriftlichen Aufzeichnungen, wie zum Beispiel Aufträgen, Tagebucheintragungen oder Abrechnungen, überhaupt feststellen, welches Werk von welchem Künstler stammt.«

»Aha.« McNair war beeindruckt, und Riani nickte bescheiden in die Kamera. Als die Aufsehen erregende kleine Gruppe endlich mit einem immer länger gewordenen Pulk von Schaulustigen in der Sala di Saturno eintraf, war Signora Varese gerade in ihrer kurzen Pause. Riani wollte die Gelegenheit nutzen, um ihre Kollegin ein bisschen auszufragen. Die arme Frau war vollkommen überrumpelt und errötete tief, als sich Riani vor ihr aufbaute und sich vorstellte. Unsicher blickte sie von dem Polizisten in Zivil zu der laufenden Kamera auf der Schulter von Robert Harris, dem gut aussehenden jungen Mann mit dem Mikrofon, und der umstehenden Menschenansammlung, die sie erwartungsvoll anstarrte. Erst da realisierte Riani die unmögliche Situation und entließ sie, einigermaßen beschämt, aus der hochnotpeinlichen Lage. Er gab Harris und McNair mit einer unmissverständlichen Geste zu verstehen, dass die Show beendet sei, und schob die Frau aus dem Blickfeld der neugierigen Menschen.

»Signore e Signori! Danke für Ihr Interesse, ma ora basta. Gehen Sie wieder die Kunst bewundern, vielen Dank. Mi dispiace tanto, Signora. Können wir uns irgendwo ungestört unterhalten?«

Bei der kurz darauf zurückkehrenden Mariangela Varese bewies er von vornherein mehr Taktgefühl. Da sie es strikt ablehnte, bei der Befragung gefilmt zu werden, ließ er McNair und Harris zurück und ging mit ihr hinunter in den Innenhof, wo sie sich in das Café setzten und er sich einen Espresso und für sie eine Spremuta d'Arrancia bestellte. Die junge Frau, die keine Ahnung hatte, weshalb die Polizei mit ihr sprechen wollte, war verunsichert und entsprechend distanziert. Riani versuchte sie ein bisschen aus der Reserve zu locken.

»Signora Varese, woher stammen Sie?«

Die junge Frau schien von der Frage überrascht. »Äh … Aus Neapel.«

»Wirklich? Meine Frau kommt auch aus Neapel. Und Ihr Mann?«

»Mein Mann? Mein Mann auch. Wieso fragen Sie?«

»Nun, einfach so aus Interesse.«

Die junge Frau war sichtlich verwirrt. Riani konnte verstehen, dass sich ein junger Mann wie Alessandro Filipepi in sie verliebt hatte. Sie war klein und zierlich, hatte langes, offensichtlich naturblondes Haar und einen dazu passenden zarten hellen Teint. Er betrachtete sie unauffällig, und während er seinen Zucker in den Caffè rührte, bemerkte er ihre verblüffende Ähnlichkeit mit Botticellis Madonnen. Eine gewissermaßen wiedergeborene Simonetta Vespucci. Deshalb also.

»Was macht Ihr Mann beruflich, Signora Varese?«

Jetzt wurde sie blass. »Was ist mit meinem Mann? Sind Sie deshalb hier? Wollten Sie mich seinetwegen sprechen? Ist ihm etwas passiert? Hat er etwas angestellt?«

Riani wiegelte beruhigend ab: »Oh, nicht doch! Entschuldigen Sie. Nur meine unstillbare Neugier. Ihm ist nichts passiert. Aber wieso denken Sie, dass er etwas angestellt hätte?«

Die junge Frau sah auf ihre Hände hinunter, die sie im Schoß gefaltet hatte. »Ach nichts. Er ist nur etwas ... impulsiv, manchmal ... in letzter Zeit.«

»Wie darf ich das verstehen? Impulsiv?«

Mariangela Varese errötete und verstummte.

»Haben Sie Eheprobleme?«, fragte Riani jetzt ziemlich indiskret.

»Nein ... Na ja ... Gibt es das nicht in jeder Ehe? Zeiten, in denen es nicht so gut läuft?« Er musste sich vorbeugen, um sie zu verstehen.

»Ist Alessandro Filipepi der Grund?«

Großer Gott! Riani hatte fast Mitleid mit der jungen Frau, die gar nicht wusste, wohin mit ihrer Verlegenheit, und hätte ihr beinahe beschwichtigend die Hand auf den Arm gelegt. »Signora Varese, das muss Ihnen überhaupt nicht unangenehm sein. Alles, was Sie mir hier sagen, bleibt unter uns. Darauf haben Sie mein Wort.«

Signora Varese sah ihn jetzt fest an: »Nein, Commissario, Alessandro ist nicht der Grund ...«, dann fiel ihr etwas ein und sie fragte erschrocken: »Oder hat jemand irgendetwas dergleichen gesagt?«

»Oh nein! Wenn Sie damit meinen, dass eine Ihrer Kolleginnen ... Nein, nein«, log Riani schnell, bereits wissend, dass dieses zarte Liebespflänzchen keineswegs unbemerkt gediehen war.

Die junge Frau schien erleichtert und senkte dann die Stimme, nachdem sie sich rasch umgesehen hatte. »Wissen Sie, mein Mann ist etwas aufbrausend und schrecklich eifersüchtig. Aus diesem Grund hatte er schon mehrfach Ärger.«

»Hat er Sie manchmal von der Arbeit abgeholt?«, fragte Riani.

Sie blickte nicht auf und rührte mit dem Strohhalm in ihrem Orangensaft herum.

»Hat er?«, hakte Riani nach. »Mir ist gerade aufgefallen, dass Sie sich umgesehen haben …«

»Ja.«

»Hat er Sie auch manchmal während der Arbeit aufgesucht?«

»Ja.«

»Hatte er Grund für seine Eifersucht?«

»Nein«, erwiderte sie heftig. »Das hatte er nie.«

»Sind Sie sicher?«

»Ja.«

»Was macht Ihr Mann beruflich, Signora Varese?«, wiederholte Riani seine Frage.

»Was spielt das für eine Rolle?«, erwiderte die junge Frau dezent widerborstig. »Warum fragen Sie mich das alles? Ist etwas mit ihm?«

»Nein. Das sagte ich schon. Also?«

»Er ist Carabiniere … Brigadiere, um genau zu sein.«

»Und wie kommt es, dass Sie beide hier in Florenz leben?«

»Er hat sich immer gewünscht, im Norden zu leben.«

»Ach ja? Warum?«

»Domenico, das ist mein Mann, er wollte etwas Besseres für seine Kinder.«

»Sie haben Kinder?«, fragte Riani überrascht, obwohl das bei einer verheirateten Frau Mitte zwanzig gar nicht so abwegig war.

»Nein«, antwortete sie noch tiefer errötend. »Aber Sie haben mir noch nicht gesagt, wieso Sie hier sind? Ist er nun in Schwierigkeiten?«

»Nein. Ich versichere Ihnen, dass nichts passiert ist. Ich wollte Ihnen eigentlich einige Fragen zu Alessandro Filipepi stellen.«

»Zu Alessandro Filipepi? Wieso?«

»Wissen Sie, an welchen Tagen er arbeitet?«

»Natürlich. Warum?«

»In welchem Verhältnis stehen Sie zu Alessandro Filipepi?«

»In welchem Verhältnis? Wir haben kein Verhältnis, wenn Sie das meinen.«

»Sachte, sachte«, beschwichtigte sie Riani. »Mich interessiert überhaupt nicht, was Sie mit Ihren Kollegen tun, ich will nur wissen, ob Ihr Mann davon gewusst haben könnte.«

»Von was?«

Der Versuch war mitleiderregend.

»Signora Varese!«

»Nein, hat er nicht«, erwiderte sie jetzt kleinlaut.

»È sicura? Sind Sie sicher?«

»Sicurissima!«

»Wie lange geht das schon?«

»…«

»Herrgott! Machen Sie es mir doch nicht so schwer!«, blaffte Riani ungehalten, und die junge Frau zuckte zusammen. »Also? Signora Varese …«

»Zwei Wochen«, antwortete sie leise.

»Wie bitte?«

»Zwei Wochen!«

»Es ist erst zwei Wochen her, dass Alessandro Filipepi begonnen hat, Ihnen den Hof zu machen?«, fragte Riani ungläubig. Meine Güte! Diese Kinder machten ein solches

Theater und flirteten erst seit zwei Wochen? Und das noch ganz ohne Sex? Großer Gott! Er rieb sich seufzend die Stirn, sodass er Signora Vareses Ja kaum mitbekam.

»Wie lange arbeiten Sie schon hier?«, fragte er deshalb genervter, als er wollte.

»Drei Jahre.«

»Und Alessandro Filipepi?«

»Das weiß ich nicht, aber er war schon hier, als ich kam.«

»Das bedeutet, dass Sie beide seit drei Jahren zusammen arbeiten und dass Ihr Kollege erst vor zwei Wochen begonnen hat, Ihnen Avancen zu machen?«, fragte er deshalb stirnrunzelnd.

»Ja …«

»Hat er Ihnen vorher nicht gefallen?«

Die junge Frau errötete bis unter die Haarspitzen.

»Aha …« Riani hatte also richtig vermutet. »Signora Varese, es gibt keinen Grund, sich zu schämen. Signor Filipepi ist ein attraktiver junger Mann. Was ich nur nicht verstehe, ist, warum Sie beide nicht schon eher … Sie wissen schon …«

»…«

»Signora Varese?«

»…«

»Darf ich Ihr Schweigen so verstehen, dass es nicht an Ihnen gelegen hatte?«, fragte Riani so taktvoll wie möglich nach.

Sie sah in den Hof.

»Hm.« Er betrachtete die junge Frau. Sie war kaum älter als seine Tochter. »Und Sie bleiben dabei, dass es bis jetzt bei den Avancen geblieben ist?«

»Ja. Aber warum stellen Sie mir eigentlich all diese Fragen?«

»Wissen Sie es noch nicht?«

»Was denn?« Die junge Frau verlor auf einen Schlag alle Farbe.

Riani machte eine beschwichtigende Geste. »Nichts Schlimmes, keine Sorge, Ihrem Kollegen geht es gut. Es gab einen Bombenanschlag in seinem Haus, bei dem seine Nachbarin getötet wurde.«

»Großer Gott!«

»Der Sprengsatz war an Signor Filipepi adressiert.« Riani beobachtete sie scharf.

»Was sagen Sie da? Oh mein Gott, wie schrecklich!«

»Und Sie sind sicher, dass Ihr Mann von Ihrem kleinen Techtelmechtel nichts weiß?«

Signora Varese schien jetzt einer Ohnmacht nahe. »Sie wollen doch nicht andeuten, dass …«

»Nein, ich will überhaupt nichts andeuten. Diese Fragen sind reine Routine, keine Sorge. Und? Also, Hand aufs Herz. Hat er es gewusst?«

»Nein.«

»Signora Varese, ich muss Ihnen leider noch eine indiskrete Frage stellen. Es tut mir wirklich leid. Hatten Sie je vor, dem Werben Ihres Kollegen nachzugeben?«

»…«

»Na gut«, lenkte Riani ein. »Nur noch eines: Kennen Sie die finanziellen Verhältnisse Alessandro Filipepis?«

»…«

»Ich bitte Sie.«

»So in etwa.«

»Na gut. Ich danke Ihnen, Signora Varese … Schreiben Sie mir bitte noch Ihre Adresse und Telefonnummer auf? Sie können dann wieder an die Arbeit gehen.«

Als die junge Frau gegangen war, bestellte er sich einen Crodino und starrte dann eine ganze Weile in den großen

Innenhof, wo ein paar Tauben gurrten, getrieben von verspäteten Frühlingsgefühlen. Erst seit zwei Wochen. Aus irgendeinem Grund kam ihm die ganze Sache merkwürdig vor. Da arbeiten zwei attraktive junge Menschen seit drei Jahren miteinander, und erst vor zwei Wochen entdecken sie ihre gegenseitige Zuneigung? Gedankenverloren aß er die Nüsse, die zu dem Aperitif gebracht worden waren. Plötzlich fiel ihm etwas ein. Er war so ein Idiot! Wahrscheinlich war Filipepi bis dato schlicht anderweitig orientiert gewesen und hatte erst vor zwei Wochen bemerkt, welch holde Maid ihn da in aller Stille anhimmelte. Eine zurückgewiesene Frau. Das klassische Mordmotiv! Zufrieden über seine brillante Schlussfolgerung trank er in einem Zug seinen Aperitif aus und griff zu seinem Telefon, um seinen Ispettore zu instruieren. Dann zahlte er und begab sich wieder hoch in die Galleria Palatina, wo er ein Buch über die Renaissance in Oberitalien und eines über die Medici in Florenz kaufte, um anschließend seine beiden Begleiter einzusammeln, die er, angeregt plaudernd, inmitten einer englischen Seniorenreisegruppe antraf. Der Knabe war in England offenbar wirklich bekannt.

8

Um dieselbe Zeit fuhr er in Richtung San Gimignano. In der vergangenen von Angstfantasien heimgesuchten, nahezu schlaflosen Nacht war ein Entschluss gereift, zu dessen Ausführung er jetzt diverse Dinge kaufen musste, fern von Florenz. In Poggibonsi, einer kleinen Stadt circa zehn Kilometer vor San Gimignano, gab es mehrere Großmärkte, wo er alles bekam, was er benötigte, außerdem kannte ihn dort niemand. Also warum nicht das Nützliche mit dem Angenehmen verbinden und sich ein kleines Picknick auf der Fortezza gönnen, so wie seine Mutter und er es jedes Jahr anlässlich ihres Geburtstages im Juli getan hatten. Die liebliche toskanische Landschaft beruhigte zunehmend seine angespannten Nerven. Er hatte das Verdeck heruntergeklappt und genoss mit jedem Kilometer mehr den warmen Wind, den Geruch der sonnenbeschienenen Ledersitze, die unverwechselbare Haptik des hölzernen Lenkrads, das robuste Motorengeräusch und den Kraftaufwand in den Kurven, den der alte Wagen erforderte. Wenn die ganze Sache vorüber war, würde er sich endlich einen lang gehegten Traum erfüllen – er würde sich eine Villa auf dem Land kaufen, so wie es die betuchten Florentiner schon immer gern getan hatten. Raus aus den damals beengten, hygienisch unzumutbaren Zuständen und dem bestialischen Gestank, wie er von den zahlreichen Gerbereien entlang des Arnos ausgegangen war. Er hatte genaue Vorstellungen von seiner künftigen Sommerfrische: auf einem Hügel, mit zypressengesäumter Allee, Wein- und Olivenhainen, Bruchsteingemäuer und einem Innenhof mit einer Schatten spendenden, Jasmin berankten Pergola. Natürlich hatte er nie unter unzumutbaren Zuständen zu leiden gehabt, im Gegenteil, aber ihm, als verwöhntem und verweichlichtem Stadtpflänzchen, erschien das Landleben, zumindest während der heißen Sommermonate, als Innbegriff seelischen Wohlbefindens. Einen Hund würde er gern wieder haben. Und vielleicht eine Katze. Er hatte Angst vor Katzen, aber wegen der Mäuse und Ratten musste er darüber nachdenken. Und natürlich eine Frau. Bei dem Gedanken stöhnte er unwillkürlich auf. Diese Sehnsucht quälte ihn bereits seit geraumer Zeit. Der Traum von einer Frau, Kindern, einer richtigen Familie. Augenblicklich verfinsterte sich seine Miene wieder. Wie sollte er je eine Frau finden, die seinen Wunschvorstellungen entsprach? Klug, gebildet, schön und sanftmütig? Die langjährige hemmungslose, kompensatorische und besitzergreifende Affenliebe seiner Mutter hatte folgenschwere Spuren in dem jungen Mann hinterlassen, dessen Beziehungen zum weiblichen Geschlecht über einen keuschen Wangenkuss bisher noch nicht hinausgekommen waren. Glücklicherweise erschien in diesem Augenblick die Werbetafel des großen Baumarktes in seinem Blickfeld, und er, augenblicklich wieder voll konzentriert, scherte auf den Parkplatz ein.

Eine Stunde später saß er auf der höchsten Stelle des mittelalterlichen Forts, das über San Gimignano thronte, und betrachtete die sich unter ihm ausbreitende liebliche Landschaft. Hinter ihm ragten die berühmten Türme in den strahlenden Himmel. Wie ein Erstickender sog er die laue Luft ein, die schon den Herbst in sich trug, aber noch immer betörend süße Aromen später Blüten und überreifer Feigen über das sonnenwarme Gemäuer wehte, auf dem sich in sicherer Entfernung eine kleine Eidechse wärmte. Er seufzte tief auf.

Dieses wunderschöne alte Städtchen auf den toskanischen Hügeln, das im Jahr 929 das erste Mal urkundlich erwähnt worden war, um das sich allerdings eine Legende aus dem Jahr 63 vor Christus rankte, hatte, wie immer, eine wundersam tröstliche Wirkung auf sein überreiztes Gemüt. Hier, zwischen den mittelalterlichen Häusern und Plätzen, hatte er die schönsten Momente seiner frühen Kindheit erlebt. Hatte, mit Holzschwert bewaffnet, die Gassen unsicher gemacht, mit den Nachbarskindern die Winkel und Verstecke des alten Forts erkundet, seinen eifrigen Hund immer im Gefolge, und der Nonna im Erdgeschoss beim Backen ihrer unvergleichlichen Aprikosen Crostata zugesehen. Die Familie hatte eine kleine Wohnung im historischen Zentrum besessen, die an den meisten Wochenenden und den Großteil der Ferien genutzt wurde, mit einer Dachterrasse, deren Aussicht ihresgleichen suchte. Unvergessen waren die lauen Nächte unter sternenübersätem Himmel, betäubt vom Duft des Jasmins und der Bougainvillea, die sich um die Pergola rankten. Das Zirpen der Zikaden und die leisen Gespräche der Eltern bei einem Glas Wein. Die Helden seiner Kindheit, kühne Ritter ohne Furcht und Tadel, waren hier zu Hause, oben in der Burg, und galoppierten auf prachtvollen Rössern durch das Stadttor, um edle Jungfrauen zu retten. Unbeschwerte und glückliche Kindertage. Wehmütig lächelnd sah er sich um und ließ seinen Blick über die Dächer und die Geschlechtertürme schweifen. Dann packte er das Panino aus, das er sich in einem kleinen Laden an der Piazza hatte richten lassen, in der Hoffnung, dass das seine nervösen Magenschmerzen etwas lindern würde.

9

Nach einem ausgiebigen Mittagessen fuhren auch Commissario Riani, Ian McNair und Robert Harris durch die sonnige Hügellandschaft. Riani fühlte sich ein bisschen schläfrig. Glücklicherweise hatte sich ein junger Agente Assistente gefunden, der sie nach Siena, zur Verlobten von Pierfrancesco Della Valle, chauffierte. Er zog es nämlich vor, persönlich zu sehen, wo und wie die Dame lebte. Zeugenbefragung in situ, wie ihn seine Kollegen gern foppten, von denen es die meisten vorzogen, sich die Zeugen zur Befragung auf die Questura zu laden. Aber Riani fand, dass das persönliche Umfeld ungeheuer viel über die jeweilige Person aussagte, abgesehen davon, dass sich häufig noch Familienmitglieder, Nachbarn oder Kollegen fanden, die das Bild abrundeten. Außerdem nutzte er ab und zu die Gelegenheit, je nachdem wohin er musste, für einen kleinen Abstecher, um etwa seine Lieblingspasta in Lari, seinen Hauswein von Antinori oder Giovannas bevorzugtes Olivenöl zu kaufen. Inklusive natürlich einem kleinen Schwätzchen mit den jeweiligen Produzenten, zu denen er seit Jahren ein herzliches Verhältnis pflegte. Riani war lange nicht in Siena gewesen, und er freute sich, dass sich seine Toskana den beiden Engländern gerade im allerschönsten Licht präsentierte. Die warme Herbstsonne ließ die Zypressenalleen und Olivenbäume auf den sanften Hügeln geradezu plastisch hervortreten und das Gemäuer der alten Höfe und Dörfer warm aufleuchten. Nie hätte er es zugegeben, aber durch ihre Begeisterung im Palazzo Pitti hatten die beiden Männer seinen Groll bezwungen und gleichzeitig seinen Lokalpatriotismus angestachelt. Nach dem Besuch im Palazzo Pitti hatte er sie sogar in das kleine Lokal unweit der beliebten Piazza Santo Spirito eingeladen, was einem uneingeschränkten Friedensschluss gleichkam. Riani war ein unverbesserlicher Platzhirsch, und die Tatsache, dass er mit einem anderen Mann als seinem besten Freund Dario in einem seiner Stammlokale auftauchte, konnte geradezu als Ritterschlag gelten.

In Siena angekommen, entließ Riani seinen Fahrer für eine ausgedehnte Mittagspause und machte sich mit McNair und Harris auf den Weg ins Zentrum. Harris war ein Stückchen vorausgegangen und hatte seine Kamera geschultert, während Riani von seiner speziellen Art der Zeugenbefragung erzählte. Kurz darauf wurden sie von ein paar Jugendlichen in mittelalterlichen Kostümen unterbrochen, die aus einer Seitengasse kamen und offenbar auf dem Weg zu einem Treffen der Fahnenwerfer waren. Siena war nicht nur für den Palio berühmt, jenes halsbrecherische Pferderennen auf ungesattelten Pferden, bei denen jedes Jahr die Jockeys ihren Kragen riskierten, sondern auch für seine Fahnenschwinger. Jedes der siebzehn Stadtviertel hatte eine eigene Gruppe von Trommlern und Fahnenwerfern, die zu verschiedenen Anlässen im Jahr gegeneinander antraten, was nicht nur für Touristen ein ungeheuer reizvolles Schauspiel war. McNair entschuldigte sich rasch bei Riani und heftete sich mit Harris auf ihre Fersen. Riani war's recht. Er fragte sich zur angegebenen Adresse durch und stellte fest, dass Signorina Manganelli unweit der berühmten Piazza del Campo einen kleinen Feinkostladen besaß. Riani trat ein, sah sich interessiert um und beobachtete unauffällig die junge Frau, die gerade drei Touristen ein paar Panini richtete. Sie wirkte sympathisch, war etwa Anfang dreißig, nicht unhübsch, aber unauffällig und nicht wirklich die Frau, die er an Pierfrancesco Della Valles Seite vermutet hätte. Aber was wusste er schon über den smarten Vierziger. Irgendetwas musste ihn an dieser unscheinbaren Frau angezogen haben, sonst hätte er sich nicht mit ihr verlobt. Und schon gar nicht einen derart heftigen Streit mit seiner Mutter riskiert, in dessen Verlauf sie gedroht hatte, ihn zu enterben. Als die Kunden gegangen waren, trat er an die kleine Theke.

»Buongiorno, Signorina Simona Manganelli?«

»Sì?«

»Mein Name ist Commissario Riani, und ich würde Ihnen gerne ein paar Fragen stellen. Können wir irgendwo ungestört reden?«

Die Frau wurde blass und trocknete sich nervös die Hände an ihrer Schürze ab. »Sicher …« Dann wandte sie sich zur Wendeltreppe, die offenbar in die darüberliegenden Wohnräume führte, und rief: »Mamma? Könntest du einen Augenblick herunterkommen?«

Die gerufene »Mamma« brüllte irgendetwas Unverständliches, und statt ihrer lugte jetzt ein Kindergesicht neugierig die Treppe herunter. Signorina Manganelli lächelte Riani entschuldigend an und scheuchte das Kind wieder hoch.

»Vai, amore. Geh wieder an deine Schularbeiten«, dann rief sie erneut nach ihrer Mutter: »Mamma … ti prego! Sbrigati!«

Sie hatte ein Kind. Vielleicht war sie deswegen bei ihrer künftigen Schwiegermutter durchgefallen. Riani winkte beruhigend ab und begutachtete in der Zwischenzeit die Auswahl an Panforte, das es hier in verschiedenen Größen und Sorten gab. Vielleicht sollte er eines seiner Frau mitbringen. Offensichtlich war es um den Familienfrieden in der Familie Manganelli nicht gut bestellt, denn die gerufene Mutter glänzte weiterhin durch Abwesenheit. Die junge Frau wirkte sichtlich ratlos und schickte sich schließlich an, die Treppe hinaufzusteigen.

»Commissario, würden Sie mich einen Augenblick entschuldigen? Ich will nur schnell meine Mutter holen.« Dann verschwand sie im Obergeschoss, wo kurz darauf lautstarkes Gezeter anhob, nur unterbrochen von den leise geflüsterten Beschwichtigungsversuchen von Signorina Manganelli. Schließlich musste ihr gelungen sein, der Mutter klarzumachen, wer dort unten im Laden stand, denn das wüste Geschrei verstummte abrupt. Unmittelbar darauf kam eine stämmige, breit lächelnde alte Frau die Treppe herunter und streckte theatralisch ihre Hand aus.

»Commissario«, rief sie anbiedernd. »Mi scusi tanto. Ich habe nicht gewusst, dass es so wichtig ist.«

Riani ignorierte sie einfach und wandte sich ungeduldig an die Tochter, die hinter ihr verschämt die Treppe herunterkam. »Können wir ein paar Schritte gehen?«

Draußen auf der schmalen Straße musterte er die junge Frau, die ziemlich aufgelöst wirkte, aber er ließ ihr keine Zeit, sich zu fangen. Er war wütend auf sie. Ihre Unterwürfigkeit regte ihn auf. Sie hatte immerhin ein Kind, santa pazienza! »Signora … oder Signorina?«

»Signorina«, hauchte sie kaum hörbar, und er hätte sie schütteln können.

»Also gut, Signorina Manganelli. Ist das Ihr Kind?«

»Ja, er heißt Massimo.«

»Aha, Signorina Manganelli, Sie sind die Verlobte von Signor Della Valle?«

»Ja.«

»Wie lange kennen Sie sich schon?«, fragte er, aber die junge Frau schrak zusammen.

»Oh Gott! Ist etwas mit ihm passiert?«

Riani sah sie verständnislos an. »Wieso sollte etwas passiert sein? Haben Sie heute noch nicht mit ihm gesprochen?«

»Doch, doch.«

»Dann wissen Sie ja, was gestern passiert ist und weshalb ich hier bin«, herrschte er die verschüchterte Frau an. So devote Frauen raubten ihm die letzten Nerven. Er schnaufte unwillig auf und versuchte sich zu beherrschen. »Signorina Manganelli, ich wollte lediglich wissen, wie lange Sie Signor Della Valle schon kennen, um mir ein Bild Ihrer Beziehung zu machen.«

»Ach so …«

»Also?«

»Was also? Ach so, ja also, wir kennen uns seit zwei Jahren und sind seit zwei Wochen verlobt.« An der Stelle errötete sie tief, und Riani schüttelte ungläubig den Kopf. Nun gut, jedem das Seine. Vielleicht schlummerten unter dieser verschreckten unscheinbaren Hülle ungeahnte Talente?

»Signorina Manganelli, Sie wissen, was gestern passiert ist?«

»Ja. Die arme Signora …«

»Kannten Sie sie?«

»Nur flüchtig. Pierfrancesco hat uns im Sommer einmal vorgestellt.«

»Und wie ist dieses Treffen verlaufen?«, fragte Riani neugierig, wohl ahnend, wie das Ganze vonstattengegangen war.

»Wie meinen Sie das?«, fragte sie und sah ihn direkt an.

Großer Gott, Kindchen, dachte Riani innerlich aufstöhnend, sagte aber laut: »Wie haben Sie sich verstanden? War sie nett zu Ihnen? Oder war sie frostig? Gab es gar Streit?«

Ein paar Schritte lief sie stumm neben ihm her, dann antwortete sie: »Ich glaube, sie war der Meinung, dass ich nicht die richtige Frau für ihren Sohn sei.«

Ach, sieh mal einer an, dachte Riani boshaft, staunte aber dann über diese schlichte Selbsterkenntnis, was sie ihm doch etwas sympathischer machte. »Wissen Sie über die finanziellen Verhältnisse Ihres Verlobten Bescheid?«

»Na ja, nicht wirklich«, sie lachte kurz auf, »er weiß es selbst nicht so genau, glaube ich …«

»Aber dass er keine wirklich schlechte Partie sein würde, können Sie sich schon denken, oder?«

Sie errötete. »Ich denke schon, ja.«

Riani ahnte, an was sie gerade dachte, und sah sie prüfend an. »Was sagt denn Ihre Mutter zu Ihrer bevorstehenden Heirat?« Damit schien er einen Nerv getroffen zu haben. Interessiert beobachtete er, wie sie versuchte, ihre negativen Emotionen niederzukämpfen. »Wissen Sie, wie das Verhältnis Ihres Verlobten zu seiner Mutter war?«

Überrascht sah sie ihn an. »Wieso fragen Sie das? Sie denken doch nicht, dass Pierfrancesco schuld am Tod seiner Mutter ist?«

»Signorina, ich denke erst einmal gar nichts, sondern sammle lediglich Informationen. Also, wie standen die beiden zueinander?«

»Nicht so gut.« Die junge Frau rang die Hände. »Commissario, Sie denken doch nicht …?«

»Ich sagte doch schon, dass ich im Augenblick überhaupt nichts denke.«

»Ich glaube, dass sie sich nichts aus ihm gemacht hat«, antwortete sie jetzt erstaunlich hellsichtig.

»Wie kommen Sie darauf?«

»Na ja, die Art, wie sie mit ihm umgegangen ist … Ich habe sie ja nur einmal gesehen, aber da behandelte sie ihn wie …«

»Ja? Wie?«

»Nun, irgendwie wie einen Dienstboten.«

»Wie einen Dienstboten, aha«, wiederholte Riani. »Und er? Wie ging er mit seiner Mutter um? Oder wie sprach er über seine Mutter?«

Jetzt wurde die junge Frau regelrecht lebhaft. »Oh, er begegnete ihr sehr zuvorkommend und irgendwie fürsorglich.«

»Ach ja?«

»Ja, wirklich! Er redete nie schlecht über sie ...« Sie dachte einen Augenblick nach. »Genau genommen redete er fast nie über sie. Und wenn, dann immer in einem etwas neutralen, tendenziell mitleidigen Ton. Aber nie negativ oder so ... Wenn überhaupt, dann eher so, als ob sie nicht ganz richtig im Kopf sei und er nachsichtig mit ihr sein müsse.«

Riani sah Della Valle in Gedanken vor sich und nickte zustimmend. »Signorina, wussten Sie von dem Streit zwischen Ihrem Verlobten und seiner Mutter?«

»Sie meinen den Streit vor etwa zwei Wochen?«

»Ja.«

»Ja. Pierfrancesco erzählte mir, dass sie ihm angedroht hatte, ihn zu enterben, falls er mich heiraten würde.«

»Hat Sie das beunruhigt?«

»Nein. Wieso?« Sie schien ehrlich verwundert. »Sie meinen, dass er mich vielleicht doch nicht geheiratet hätte?«

Riani war baff über so viel Gutgläubigkeit. Und sie schien tatsächlich echt zu sein. »Nun, Signor Della Valle ist nach dem Tod seiner Mutter ein sehr wohlhabender Mann. Ohne das Erbe wäre er nur ein arbeitsloser Ex-Banker. Also mir hätte das schon etwas ausgemacht«, fügte er hinzu.

Jetzt lachte sie heraus. »Ach das! Nein, Commissario, ich kann Ihnen versichern, dass mir das nicht wichtig ist. Ich liebe diesen Mann, und mir ist es egal, ob er Geld hat oder nicht. Ich habe zur Not meinen Laden, wenn er bis nächstes Jahr nichts findet ...«

»Und Ihre Mutter? War ihr das auch so egal?« Der Schuss saß. Signorina Manganelli verstummte augenblicklich.

»Wie meinen Sie das?«, fragte sie.

»Nun, ich wollte nur wissen, ob Ihrer Mutter es auch egal gewesen wäre, ob ihr künftiger Schwiegersohn ein paar Millionen mehr oder weniger auf dem Konto hat.«

»Was sagen Sie da?«, fragte sie entrüstet, aber Riani sah, dass ihr dieser Gedanke nicht zum ersten Mal in den Sinn kam. Signorina, wo waren Sie gestern Früh zwischen acht und neun?«, fragte er deshalb.

»Äh … hier natürlich. Ich bringe um kurz vor acht meinen Sohn zur Schule und mache um zehn den Laden auf.«

»Gut. Ich nehme an, dass das jemand bezeugen kann?«

»Natürlich! Die anderen Mütter in der Schule«, erwiderte sie jetzt aufgebracht. »Was unterstellen Sie mir da?«

Riani hob beschwichtigend die Hände. »Ich unterstelle gar nichts, Signorina. Das ist reine Routine … Und was ist mit Ihrer Mutter? Wo war die gestern um diese Zeit?«

»Fragen Sie sie doch selbst. Sie wissen ja, wo sie ist«, blaffte sie jetzt zornig, und Riani konnte sich ein Lächeln nicht verkneifen. Na also, es ging doch!, dachte er. Friedfertig nahm er sie beim Arm. »Na, na, na, niemand will Ihnen etwas Böses. Lassen Sie uns umkehren, ja?«

Zurück im Laden erwartete ihn eine jovial strahlende Signora Manganelli, der offenbar vollkommen entgangen war, dass ihr unflätiges Gezeter vorhin im Laden durchaus zu hören gewesen war.

»Commissario! Da sind Sie ja wieder! Einen kleinen Caffè für Sie?«, flötete sie und packte rasch ein Stück Peccorino für zwei Kunden ein, die sich neugierig umdrehten.

»Nein, danke.« Riani wartete ungeduldig, bis die beiden

Leute den Laden verlassen hatten. »Sagen Sie, Signora Manganelli, wo waren Sie gestern Früh zwischen acht und neun?«

»Wie bitte?«

»Sie haben mich schon verstanden. Also?«

»Ähm … zu Hause. Wo sonst?«, erwiderte sie jetzt schnippisch. Ihre aufgesetzte Freundlichkeit war wie weggeblasen.

»Zu Hause heißt?«

»Na hier.«

»Können Sie das bestätigen?« Er wandte sich an Signorina Manganelli, die augenblicklich puterrot erglühte. Du meine Güte, dachte Riani, der jungen Frau täte man geradezu einen Gefallen, wenn man die alte Hexe einbuchten würde. Fragend hob er seine buschigen Augenbrauen. »Und?«

»Äh … also … Mamma, es tut mir leid …«

Riani wusste, wann es Zeit war zu gehen. Er wartete die Antwort der jungen Frau gar nicht ab, sondern überließ die beiden Damen Manganelli ihren familiären Zwistigkeiten. Die Alte würde er sich bei Gelegenheit noch einmal vornehmen. So, wie es aussah, hatte sie für die Zeit der Detonation kein Alibi, aber er hielt sie schlicht für zu dumm, sich ein derart ausgeklügeltes Verbrechen auszudenken, damit ihre Tochter ein üppiges Erbe erhalten würde. Wobei … Man konnte nie wissen, zu welch intellektuellen Höhenflügen ein zu erwartendes Millionenerbe befähigte. Böse lächelnd griff er zum Telefon. Er würde die alte Dame heute Abend auf die Questura bringen lassen.

Als er aufgelegt hatte, sah er sich zufrieden um. Höchste Zeit für den obligatorischen Besuch im Dom und anschließend einen Caffè und ein gutes Stück Kuchen. Trotz seines ausgeprägten Lokalpatriotismus war für Riani der Dom in Siena das schönste Gotteshaus weit und breit, und so machte er sich durch die malerischen mittelalterlichen Gassen auf zur Piazza del Duomo. Wie immer verharrte er einen ehrfürchtigen Moment, um das monumentale Bauwerk auf sich wirken zu lassen. Und wie immer sah er auch nach rechts zum unvollendeten Teil des neuen Seitenschiffs, das im Jahr 1339 den Dom zum größten der Christenheit hätte machen sollen. Unglücklicherweise war das ehrgeizige Vorhaben nie vollendet worden, da bereits acht Jahre später die erste große Pestwelle über die Stadt rollte, die die Bevölkerung Sienas um die Hälfte dezimiert hatte. Riani kam die Heilige Katharina von Siena in den Sinn, die ein Jahr vor der großen Pestwelle hier geboren worden war und deren Kopf als Reliquie in der nahe gelegenen Kirche San Domenico aufbewahrt wurde. Er überlegte, ob er die beiden BBC-Leute darauf aufmerksam machen sollte, aber wahrscheinlich wussten sie das ohnehin. Sein Blick wanderte den markanten schwarz-weißen Campanile rauf und runter und an den gotischen Spitzbodenfenstern entlang, aber nicht nur das Äußere dieses ausgefallenen Gotteshauses hatte es ihm angetan, sondern auch das überwältigende Innere dieser Kirche, gegen das der Florentiner Dom geradezu nüchtern wirkte. Die grandiosen Marmorintarsien auf dem Boden, die schwarz-weiß geringelten Säulen und das sternenübersäte Himmelgewölbe bildeten eine reizvolle architektonische und farbliche Gesamtheit, die Riani immer wieder aufs Neue faszinierte. Er schaltete sein Telefon ab und setzte sich auf einen der Stühle, um dieses Meisterwerk und die Atmosphäre zu genießen.

Eine Stunde später trafen ihn die beiden Engländer bei einem Caffè auf der Piazza del Campo. Sie schienen zufrieden mit der heutigen Bildausbeute, und nachdem sich die drei Männer noch einen Aperitif gegönnt hatten, machten sie sich wieder auf den Heimweg nach Florenz, wo Riani um halb acht seine alte Freundin von Rai 1 treffen wollte.

10

Beatrice Matteotti, ihres Zeichens scharfzüngige Journalistin, Klatschkolumnistin und Moderatorin eines Lifestyle-Magazins auf Rai 1, hatte sich nicht verändert. Die zugegeben fabelhaft aussehende Endvierzigerin trotzte seit Jahren heroisch ihren blutjungen, operativ getunten und halb nackten Kolleginnen in den Niederungen des italienischen Fernsehens, und das, wie sie stets nicht ohne Stolz betonte, ohne je eine Injektionsnadel oder gar ein Skalpell in ihre Nähe gelassen zu haben. In diesem Metier geradezu unmöglich. Riani und sie waren vor mehr als einem Vierteljahrhundert für einen Sommer lang ein Paar gewesen, bis er seine Frau kennengelernt, sich in sie verliebt und sie geheiratet hatte. Beatrice hatte ihm das nur kurz übel genommen, denn ihr war schon damals klar gewesen, dass sie für Ehe und Kinder nicht geschaffen war. Zwar hatte sie mittlerweile einen achtjährigen Sohn, den sie allein erzog und über dessen Vater sie sich hartnäckig ausschwieg, doch war sie vom Bild einer treu sorgenden Mutter so weit entfernt wie eine Raub- von einer Hauskatze. Jetzt hatte sie Riani erblickt.

»Lorenzo! Amore! Come stai?« Wie immer in beträchtlicher Lautstärke, wie immer in einer betörenden Duftwolke und wie immer mit besitzergreifender Umarmung und innigen Küsschen. Dann sah sie Ian McNair und riss die Augen auf. »Großer Gott, Lorenzo! Das ist dein erwähnter Begleiter? Madonna, das ist Ian McNair«, rief sie und ließ dessen Hand nicht mehr los. »Oh, Signor McNair ... Piacere …«, gurrte sie mit ihrer rauen Stimme. »Ich bin eine Ihrer größten Bewunderinnen. Darf ich Sie Ian nennen? Ich bin Beatrice.«

Riani warf Harris einen vielsagenden Blick zu, und der schlicht übergangene Kameramann zuckte nur die Schultern. Das passierte ihm sicherlich nicht zum ersten Mal. Sie ließen sich an einem der Außentische des Scudieri nieder, und Riani wurde zum ersten Mal Zeuge, wie Beatrice Matteotti ihre Netze auswarf. So musste es sein, wenn ein Anglerfisch auf Beutefang ging. Amüsiert beobachtete er, wie sie alle Register zog, aber auch, dass McNair, obgleich um einiges jünger, gegen ihre Reize durchaus nicht immun war. Eine halbe Stunde später war klar, auf was das Ganze hinauslaufen würde. Riani und Harris hatten sich einvernehmlich grinsend einen zweiten Whisky bestellt und beobachteten, wie zwischen der temperamentvollen Italienerin und dem etwas unterkühlt wirkenden Engländer die Funken flogen. Nach einer weiteren halben Stunde und einem dritten Whisky tendierte Rianis Belustigung gegen null. Robert Harris beschäftigte sich bereits seit einer Viertelstunde mit seinem iPad, und Riani war zunehmend erbost über die Missachtung seiner Person. Verdammt! Er hatte doch um das Treffen gebeten, um etwas über den Freundeskreis des Mordopfers zu erfahren, und was machte sie jetzt? Diesen Schönling mit den Augen verschlingen. Sicherlich würden die beiden nachher übereinander herfallen. Einfach schamlos. Sie kannte den Mann doch gar nicht. Zweimal schon hatte er erfolglos versucht, ihre Aufmerksamkeit zu erringen, war aber kläglich gescheitert. Jetzt war das Maß voll.

»Signora Matteotti!«, rief er eine Spur zu laut. Jetzt hatte er nicht nur die Aufmerksamkeit seiner alten Freundin, sondern auch die aller anderen Gäste. Sie war ebenfalls schon ein bisschen beschwipst und blickte ihn an, als sähe sie ihn heute zum ersten Mal.

»Lorenzo! Sei tu?«

»Ja, sieh an, ich bin's. Wer denn sonst, per dio«, erwiderte er. »Würdest du vielleicht einen Moment lang die Güte haben, deine Aufmerksamkeit auf mich zu lenken und meine Fragen zu beantworten? Du erinnerst dich, ich habe einen Mord aufzuklären …«

»Ach so … Ja, natürlich! Entschuldige bitte.« Sie strahlte ihren Neuerwerb an, legte ihm besitzergreifend die Hand aufs Knie und lehnte sich zustimmungsheischend zu Riani hinüber. »Was willst du denn wissen, tesoro?«

Riani ignorierte ihren Blick. »Du weißt, was ich will. Ich habe es dir schon am Telefon gesagt. Ich muss wissen, welche Beziehungen Signora Buonarroti hatte – geschäftlich und privat. Wie häufig und wohin sie ausging? Ob sie überhaupt ausging? Ob es irgendwelche Gerüchte gibt …«

»Die Dame war früher das, was man heute eine Society-Lady nennen würde. Steinreich, in den allerersten Kreisen unterwegs. Man sagt, sie wäre nicht nur im Buckingham Palace ein und aus gegangen.«

»Das weiß ich alles schon«, antwortete Riani ungehalten. »Mich interessiert, was sie machte, seit sie nach Florenz gekommen ist.«

»Nichts.«

»Nichts? Was soll das heißen?«

»Na nichts. Seit dem Tod ihres Mannes existiert sie auf dem gesellschaftlichen Parkett nicht mehr. Nichts mehr … Finito.«

»Finito, finito?«

»Finito, finito. Du sagst es. Überhaupt gar nicht mehr. Sie hätte auf einem anderen Planeten sein können, oder tot … Oh, entschuldige bitte.«

»Wie kann das sein?«

»Das, mein lieber Lorenzo, kann ich dir beim besten Willen nicht sagen. Das musst du schon selbst herausfinden.« Nach diesem Satz wandte sie sich wieder McNair zu, und Riani sah mit Schrecken, wie ihre Hand auf dessen Oberschenkel nach oben wanderte. Mit rotem Kopf blickte er rasch weg. Großer Gott! Sein Telefon lenkte ihn glücklicherweise von dieser Ungeheuerlichkeit ab. Der arme Torrini würde nun die volle Breitseite seines gesammelten Unmuts abbekommen: »Che vuole, Torrini?«

»Äh … Commissario … non volevo disturbare, aber Brigadiere Varese ist schon seit einer halben Stunde hier und Signora Manganelli auch.«

»Herrgott noch mal«, entfuhr es Riani, der nicht zum ersten Mal einen bestellten Zeugen auf der Questura vergessen hatte. »Vengo subito!« Ungnädig warf er einen Fünfzigeuroschein auf den Tisch und erhob sich, während McNair keine Anstalten machten, ihn zu begleiten. Erst hing er einem am Arsch wie eine Zecke, und kaum kamen ein paar stramme Titten daher, fiel er ab, dachte er und warf ihm einen bösen Blick zu, den dieser breit grinsend quittierte.

Beatrice ließ einen Augenblick von ihrer Eroberung ab, um ihn zu verabschieden. Sie drückte und busselte ihn und kniff ihm dann freundschaftlich in die Wange. »Dai, amore, komm schon! Mach nicht so ein böses Gesicht. Grüß mir Giovanna und lass mich wissen, wie der Fall ausgegangen ist, ja?«

Fünfzehn Minuten später rauschte Riani noch immer erbost auf der Questura ein. Die Mitarbeiter, die noch da waren, zogen bei seinem Anblick instinktiv den Kopf ein, nur Agente Fabbri war so unvorsichtig, ein bisschen zu auffällig hinter ihm her zu schnuppern. Riani blieb abrupt stehen und drehte sich zu dem erschrockenen jungen Mann um.

»Was gibt's?«

Zum Glück besaß der junge Beamte genug Geistesgegenwart, den schon geöffneten Mund wieder zu schließen und nur dienstmäßig stramm zu salutieren. Riani ließ von ihm ab und steuerte sein Büro an, während der neben ihm hereilende Torrini ein Stoßgebet gen Himmel schickte. Riani warf seinen Mantel über die Garderobe. »In welchem Raum ist er?«

»Varese in der Fünf, Commissario, Signora Manganelli in der Drei …«

»Irgendwelche Anrufe?«

»Äh, nein, Commissario. Nichts Wichtiges!« Dass der Questore ihn und die beiden BBC-Männer für den nächsten Tag zu einem offiziellen Essen eingeladen hatte, musste ihm morgen jemand anderes beibringen. Unauffällig gab er Agente Fabbri ein Zeichen, einen Espresso zu besorgen, und fragte betont munter: »Wen wollen Sie zuerst sehen, Commissario?«

»Wer ist denn ungeduldiger?«

Torrini lachte kurz auf. »Die Signora. Alter Schwede, ist die wütend.«

»Gut«, kommentierte Riani zufrieden, »dann lassen wir sie noch ein bisschen warten. Andiamo!«

Genau genommen war Riani überhaupt nicht in der Verfassung, ein Verhör zu führen. Abgesehen davon, dass er noch nicht einmal wusste, wem genau der gestrige Bombenanschlag gegolten hatte, hätte er nach drei Whiskys auf nüchternen Magen und ohne Vorbereitung das Ganze entweder verschieben oder einem Kollegen überlassen müssen. Aber Selbsterkenntnis war nicht immer Rianis Ding, weshalb er jetzt wie ein Stier in den Verhörraum platzte. Als er den erschrocken zusammenfahrenden jungen Mann erblickte, drehte er sich fragend zu Torrini um, der nur entschuldigend mit den Schultern zuckte. Brigadiere Domenico Varese, der angeblich eifersüchtige Ehemann, vor dem selbst seine Gattin erschrak und der in Rianis Gedanken ganz oben auf der Liste der Verdächtigen rangierte, war ein unscheinbarer junger Mann mit sanften braunen Augen und einem weichen Händedruck. Riani drehte sich noch einmal zu seinem Ispettore um und formulierte tonlos eine Frage, die dieser genauso tonlos beantwortete: Dieser Mann war der Richtige.

Irgendwie hatte Riani einen vierschrötigen, nervösen, selbstgerechten, kaltäugigen Mann mit niedriger Aggressionsschwelle erwartet, aber nun gut. Vielleicht war der Kleine nur gut getarnt. Interessanterweise hatte er eine gewisse Ähnlichkeit mit Alessandro Filipepi. Riani setzte sich und musterte einen Moment lang neugierig sein Gegenüber, der sich unbehaglich räusperte. Schließlich erlöste er ihn von seiner Pein.

»Signor Varese?«

»Sì.«

»Sie sind der Ehemann von Mariangela Varese?«

»Sì, Commissario.«

»Wo waren Sie gestern Früh zwischen sieben und acht?«

»Im Dienst. Stazione Carabinieri di Rovezzano. Wieso?«

Riani nickte. Unmöglich, dass er die Bombe gezündet haben könnte. Seufzend kratzte er sich am Kinn. »Wie lange sind Sie verheiratet, Signor Varese?«

»Wie lange ich verheiratet bin?« Der junge Mann war verblüfft. »Vier Jahre. Wieso wollen Sie das wissen? Ist etwas mit meiner Frau?«

»Signor Varese, hat man Ihnen gesagt, warum Sie hier sind?«

Der Mann sah ihn offen an. »Nein. Und um ehrlich zu sein, bin ich jetzt wirklich gespannt.«

»Signor Varese, sagt Ihnen der Name Alessandro Filipepi etwas?«

Der Gefragte zog verblüfft die Augenbrauen hoch. »Hat das hier ... etwas mit ihm zu tun?«

»Ja. Gestern wurde ein Mordanschlag auf ihn verübt, den er nur durch Zufall überlebte.«

»Sie glauben doch nicht im Ernst, dass ich mit dieser Sache etwas zu tun haben könnte?«

Riani beschwichtigte den jetzt lebhaft gewordenen Brigadiere. »Nein, nein, reine Formalität. Sie wissen doch, wie so etwas geht.«

»Hat er etwa behauptet ...«

»Nein, nein, niemand hat irgendetwas behauptet, Signor Varese. Wir gehen nur jeder Eventualität nach. Und nachdem Sie ein wasserdichtes Alibi haben, ist diese Angelegenheit für Sie ohnehin erledigt. Eine Frage noch: Kennen Sie Signor Filipepi persönlich?«

»Sie meinen, ob ich schon einmal mit ihm gesprochen habe?«

»Nun, ja ...«

»Also gesprochen nicht, aber ich weiß, wie er aussieht.«

»Woher?«

»Ich hole meine Frau manchmal von der Arbeit ab.«

»Haben Sie dafür einen besonderen Grund?«

»Äh, wie meinen Sie das? Für das Abholen?«

»Ja. Machen Sie sich Sorgen, dass sie nicht nach Hause kommt?«

Varese schien jetzt ehrlich verwirrt zu sein. »Wie bitte? Ich verstehe nicht, was Sie meinen. Ich hole sie manchmal ab, und dann bummeln wir noch durch die Boboli-Gärten, oder wir gehen ein Eis essen, so etwas halt. Machen Sie das nie?«

Riani zog die Augenbrauen hoch. »Um ehrlich zu sein,

nein. Aber sagen Sie, Signor Varese, ist Ihnen in letzter Zeit etwas an Ihrer Frau aufgefallen?«

Der junge Carabiniere setzte zu einer raschen Antwort an, überlegte es sich aber offensichtlich anders, denn er seufzte nach kurzer Überlegung etwas resigniert auf. »Ich habe keine Ahnung, auf was Sie hinauswollen, Commissario. Aber Sie haben recht. Mir ist tatsächlich aufgefallen, dass sich meine Frau verändert hat.«

»Seit wann? Und inwiefern?«, fragte Riani und lehnte sich interessiert vor.

Varese musste einen Augenblick nachdenken. »Ganz genau kann ich es nicht sagen.«

»Versuchen Sie's.«

»Irgendwie habe ich das Gefühl, als wäre sie nicht mehr zufrieden mit unserem Leben … mit ihrem Leben.«

»Hatten Sie Streit?«

»Nein, das direkt nicht. Aber sie meckert immer häufiger an allem herum.« Er lachte bitter auf. »Besonders an mir.«

»Glauben Sie, dass es einen anderen Mann gibt?«

»Wie bitte?« Der junge Mann schien ehrlich erstaunt. »Nein.« Er dachte einen Moment lang nach. »Nein, das glaube ich nicht … nicht wirklich. Obwohl sie in letzter Zeit ziemlich viel von ihrem Kollegen gesprochen hat … eben diesem Alessandro …«

»Was hat sie denn von ihm erzählt?«

»Na ja, dass er gerade seinen Doktor macht … und dass er so gut Bescheid wisse über die Bilder im Museum, und dass er so viel Geld geerbt hätte … So etwas halt … und … Ach ja«, er lachte belustigt auf, »dass er ein Nachfahre von Sandro Botticelli sei. Das ist wirklich witzig. Der Typ muss ein bisschen schräg sein. Alessandro Filipepi … Sie verstehen, Commissario?«

»Ja«, erwiderte Riani knapp. »Natürlich verstehe ich! Sonst noch etwas?«

»Nein. Eigentlich nicht.«

»Glauben Sie, dass Signor Filipepi vorhatte, Ihnen Ihre Frau auszuspannen?«, fragte Riani jetzt direkt und beobachtete sein Gegenüber aufmerksam.

»Der? Nein, das glaube ich nicht.«

»Und warum nicht, wenn ich fragen darf?«

»Commissario, haben Sie ihn schon einmal gesehen?«

»Ja, wieso?«

»Na, dann wissen Sie, was ich meine.«

Riani wusste nicht, was er meinte, aber er hatte keine Lust mehr, das Ganze zu vertiefen. Domenico Varese konnte er mit an Sicherheit grenzender Wahrscheinlichkeit von seiner Liste streichen. Das sagten ihm dessen Alibi und sein Instinkt, auch wenn er nicht ganz nüchtern und unterzuckert war. Der junge Mann hatte nie und nimmer vorgehabt, Alessandro Filipepi in die Luft zu jagen. Aber eine Frage musste er noch stellen.

»Sagen Sie, wissen Sie, wo Alessandro Filipepi wohnt?«

»Nein. Sollte ich das?«

»Nein, nein.« Riani winkte seufzend ab und schickte sich an, sich zu erheben.

Während Ispettore Torrini Brigadiere Varese hinausbegleitete, stützte Riani stöhnend seinen Kopf in die Hände und rieb sich die Stirn. Agente Fabbri stellte ihm rasch einen Caffè hin und verschwand ebenso schnell wieder. Der Kaffeeduft holte Riani in die Realität zurück. Er rührte das Päckchen Zucker ein und stürzte ihn mit einem Schluck hinunter. Dann erhob er sich und machte sich auf in Raum drei. Auf dem Flur begegnete ihm Torrini, der Signor Varese hinausbegleitet hatte. »Was halten Sie von ihm?«

»Sie meinen von Varese?«

»Ja.«

»Hm …« Torrini wählte seine Worte mit Bedacht. »Also in Anbetracht der Tatsache, dass er für den Zeitpunkt der Zündung der Bombe ein wasserdichtes Alibi meilenweit vom Tatort entfernt hat, denke ich, dass wir uns beruhigt auf andere Tatverdächtige konzentrieren können. Möglicherweise war Filipepi wirklich nicht das Ziel.«

Die vorsichtigen Formulierungskünste seines Ispettore entlockten Riani ein Lächeln. »Wenn ich das Gesagte richtig interpretiere, halten Sie unsere zweite Kandidatin für weitaus interessanter.«

Torrini grinste nur und hielt ihm die Tür auf, hinter der die wutschnaubende Signora Manganelli wartete.

Als Riani um halb elf die Wohnungstür aufschloss, empfingen ihn köstliche Essensdüfte, Stimmengewirr und Gelächter aus der Küche. Seine älteste Tochter war da und foppte den Kater, der sich trotz seines fortgeschrittenen Alters vor Freude immer äußerst albern benahm, wenn sie da war. Gerade gab er die wilde Bestie, die mit tollkirschengroßen Pupillen ihr imaginäres Opfer belauerte, um sich dann mit bocksbeinigen Seitensprüngen auf ihre Hand zu stürzen. Riani strahlte zufrieden.

»Ciao, ragazze«, begrüßte er seine beiden Frauen liebevoll, küsste seine Tochter auf die Stirn, strich seiner Frau über das Haar und schob den Kater von seinen Schnürsenkeln weg. »Was gibt's zu essen? Ich verhungere!«

Seine Frau erhob sich, und während sie ihm ein paar Crostini röstete, Wasser für frische Pasta aufsetzte und das Wildschweinragout aufwärmte, streckte er zufrieden seufzend die Füße unter dem Tisch aus und ließ sich von seiner Tochter den neuesten Klatsch und Tratsch von der Uni erzählen.

Das Essen war fantastisch, und Riani langte ordentlich zu. So musste es sein! Dass er nachher nicht würde schlafen können, war ihm egal. Sie redeten über alles Mögliche, und als Riani zum Dessertwein noch eine Tüte Cantuccini verspeiste, erzählte er seiner Tochter von seinem aktuellen Fall.

»Stell dir vor, wen ich gestern kennengelernt habe … einen gewissen Alessandro Filipepi, der eine Dissertation über Botticelli schreibt. Kennst du ihn?«

»Alessandro Filipepi? Nein. Den kenne ich nicht, aber es ist witzig, dass er genauso heißt wie sein Forschungsobjekt.«

»Er würde dir gefallen.« Riani grinste sie an, wohl wissend, dass sein liebes Töchterlein bei diesem Thema ziemlich heikel war. Wie erwartet, reagierte sie mäßig interessiert.

»Ach ja? Wieso denkst du das?«

»Nun, er sieht gut aus, er ist gebildet, er hat vollendete Manieren … und er schreibt über ein ähnliches Thema wie du.«

»Ja, ja …«, erwiderte sie abwesend und hievte den Kater auf ihren Schoß.

»Doch, wirklich. Ich werde euch mal bekannt machen.«

»Papà!«, ermahnte sie ihn jetzt gedehnt. »Würdest du bitte aufhören, mich immerzu verkuppeln zu wollen? Mamma, sag doch du auch mal was.«

»Ich halte mich da raus«, wehrte ihre Mutter ab. Sie kannte die Diskussionen seit Jahren. Das, was sich ihre mittlere Tochter zu früh und zu wild geleistet hatte, interessierte ihre Älteste überhaupt nicht, aber das war ihr nur recht. Die Befürchtung ihres Mannes, dass sie möglicherweise an Männern generell nicht interessiert sei, teilte sie nicht. Dafür gab es keinerlei Hinweise. Nicht, dass sie das im Falle eines Falles tatsächlich erschüttert hätte, sie war einfach überzeugt, dass ihr der Richtige noch nicht begegnet war. Der würde schon noch kommen. Um der Diskussion ein Ende zu bereiten, erhob sie sich.

»Ihr Lieben … Sono stanca morta … Ich bin sterbensmüde. Und wenn ihr nichts dagegen habt, ziehe ich mich jetzt zurück, ja? Caterina, dein Bett ist frisch bezogen, wenn du hierbleiben möchtest …«

»Nein, danke, Mamma. Ich mach mich jetzt auf. Wir sehen uns die Tage, ja?« Sie küsste ihre Mutter, die sich zurückzog, und raffte einen Stapel Ausdrucke zusammen, die sie offenbar mit ihr durchgearbeitet hatte.

»Sind das die neuesten Fortschritte?«, fragte Riani. »Darf ich sie lesen?«

»Du?«

»Äh, ja, wieso? Darf ich nicht?«

»Doch, natürlich. Es ist nur … Bisher hast du dich nie sonderlich für meine Arbeiten interessiert. Außerdem ist es bisher kaum mehr als die Einleitung, eine Verortung …«

»Ich habe mich immer dafür interessiert, Amore, aber ich habe immer so schrecklich viel zu tun. Jetzt würde ich es gerne lesen. Natürlich nur, wenn es dir nichts ausmacht.«

»Dein plötzliches Interesse hat nicht zufällig etwas mit diesem Mordfall zu tun?«

Riani setzte gerade zu einem wortreichen Dementi an, schloss aber nach einem Blick seiner Tochter kleinlaut den Mund. »Beh! Also gut, du hast wie immer recht. Es hat mit meinem aktuellen Fall zu tun. Aber das heißt nicht, dass ich mich sonst nicht dafür interessiert hätte. Ich habe sogar zwei Bücher gekauft. Im Palazzo Pitti. Über die Renaissance …«

Seine Tochter hob die Augenbrauen »Zwei Bücher …«, spottete sie liebevoll. »Ich bin beeindruckt!«

Ihr Vater betrachtete sie mit einem prüfenden Blick. »A proposito. Mir fällt gerade etwas ein: Könntest du uns nicht einen kleinen Vortrag halten? Über die Renaissance in Oberitalien? Einen Überblick über Politik, Wissenschaft, Kultur und Kunst und so? Das wäre doch perfekt! Möglicherweise habe ich dafür sogar noch ein bisschen Etat frei …«

Caterina Riani kniff misstrauisch die Augen zusammen. »Wer ist uns?«

»Nun … Also ich, mein Ispettore und ein englisches Reporterteam von der BBC, das derzeit eine Dokumentation über die Toskana und die Polizeiarbeit in Italien dreht.«

»Ah«, erwiderte sie mäßig enthusiastisch. »Und wann sollte das sein?«

»Na ja, möglichst bald. Die sind nur zwei Wochen da …«

»Papà!«

»Komm schon! Du würdest mir wirklich einen großen Gefallen tun. Du bist doch die Expertin! Ein paar Bilderchen … Ein bisschen Info …«

»Bilder auch noch?«

»Ja. Schon …« Riani bedachte seine Tochter mit einem schmeichelnden Blick. »Nur ein paar … klitzekleine …«

»Mann! Papà, du nervst!«

Riani gab ihr einen schmatzenden Kuss auf die Wange. »Danke, Amore. Du bist ein Schatz!«

Mit verdrehten Augen drückte sie ihrem Vater den Stapel Blätter in die Hand. »Lies du erst einmal selbst! Ich werde darüber nachdenken.« Dann schulterte sie ihre Tasche und war weg.

Und so kam es, dass Commissario Riani noch im Stehen das Manuskript seiner Tochter durchblätterte, sich dann unbeabsichtigt festlas und anschließend zunehmend interessiert über das Florenz des Rinascimento las, über die Macht der zahlreichen Zünfte, die häufig gewaltsamen Auseinandersetzungen der einzelnen Viertel, den stilistischen Einfluss der orientalischen Entourage der Patriarchen aus dem Morgenland, die während des Florentiner Konzils 1439 in der Stadt weilten, auf die Kunst und die prachtvoll ausgestatteten, das Rittertum idealisierenden Feste, die seit jeher mehr als ausschließlich Volksbelustigung waren, da sie, nicht erst von den Medici, politisch instrumentalisiert wurden. Zur Zurschaustellung von Macht, zur politischen Konsensbildung und nicht zuletzt zur eigenen Heroisierung mit dem Ziel der Legitimation – strebten mit den Medici doch Bürger in die Signoria, die noch im dreizehnten Jahrhundert einfache, zeitweise sogar wenig angesehene, weil unsoziale und in einigen Fällen sogar delinquente Zeitgenossen gewesen waren.

11

Zur selben Zeit bastelte er in seiner Küche an einem zweiten Sprengsatz. Dieses Mal ging es ihm weit besser von der Hand, obwohl ihm der kalte Schweiß auf der Stirn stand. Es machte entschieden einen Unterschied, ob man ein derart perfides Mordinstrument ein jungfräuliches erstes Mal bastelte oder schon ein weiteres Mal, wohl wissend, was es anrichten konnte. Seine Hände zitterten, als er die Drähte anlötete, und einen Augenblick lang überlegte er, ob es nicht doch eine andere Möglichkeit gab, aber die gründliche Prüfung aller Eventualitäten zwang ihn schließlich weiterzumachen. Nur wenn die Bombe morgen früh am vorgesehenen Ort detonierte, war er am Ziel.

12

Im Hause Varese hing an diesem Abend der Haussegen schief. Signora Varese tupfte ununterbrochen ihre rot verweinten Augen mit einem zerknüllten Taschentuch, und ihr Mann lief aufgebracht in der kleinen Wohnküche hin und her.

»Ich wurde zur Befragung auf die Questura beordert«, rief er wütend: »Ich! Brigadiere Varese! Die dachten, ich hätte etwas mit dem Anschlag auf diesen Filipepi zu tun. Ist das zu fassen?« Eine dicke Zornesader auf seiner Stirn schwoll gefährlich an. »Hör endlich auf zu heulen! Dieser verdammte Filipepi hängt mir langsam wirklich zum Hals heraus. Ich kann es nicht mehr hören. Alessandro hier, Alessandro da. Hörst du dir denn manchmal selber zu?«

Der Heulkrampf seiner Frau schraubte sich jammernd in die Höhe. »Domenico, amore …«

»Amore, amore … È finito l'amore! Ich habe es endgültig satt! Dein Gemecker, deine Unzufriedenheit, dein … dein kranker Ehrgeiz. Da kommt dein feiner Herr doch ganz recht, gib's zu! Verdammt! Kannst du nicht einmal zufrieden sein mit dem, was wir haben? Uns geht es doch gut.« Er hielt einen Moment inne, dann schimpfte er weiter. »Aber nein, der Signora ist das alles nicht genug. Sie will immer noch mehr. Eine noch größere Wohnung, ein noch besseres Stadtviertel … Herrgott, wer soll das alles bezahlen? Ich bin Brigadiere, kein Geldsack.« Er trat ans Fenster und blickte über das Dächermeer der Stadt, aus dem in der Ferne der Duomo ragte. »Mariangela, wir sind einfache Leute. Mach dir nichts vor. Wir werden nie zur sogenannten höheren Gesellschaft gehören, aber dafür müssen wir uns nicht schämen. Wir arbeiten hart und sind anständige Menschen. Was ein gewisser feiner Herr nicht wirklich von sich behaupten kann …«

»Das war gemein! Alessandro arbeitet auch, obwohl er das nicht müsste, und anständig ist er auch …«

»Ach ja? Das nennst du anständig? Einer verheirateten Kollegin den Hof zu machen und Flöhe in den Kopf zu setzen?«

»Er setzt mir keine Flöhe in den Kopf. Er ist ein durch und durch ehrenwerter Mann, der weiß, wie man eine Frau behandelt.«

Jetzt platzte dem jungen Brigadiere endgültig der Kragen. »Ach ja? Und ich weiß das etwa nicht? Ich behandle dich schlecht? Ist es das, was du denkst? Das schlägt doch dem Fass den Boden aus! Weißt du was? Geh doch zu ihm. Vielleicht heiratet er dich ja. Wobei ich mir an deiner Stelle nicht allzu viel Hoffnungen machen würde.«

»Wie meinst du das?«

»Schau ihn dir doch an, dein Goldjüngelchen. Diese verklemmte kleine Schwuchtel ist doch noch nicht einmal der Mutterbrust entwöhnt.«

»Domenico!«

»Domenico«, äffte er sie nach. »Ich meine es ernst. Ich werde wieder nach Neapel gehen. Gleich morgen werde ich mein Versetzungsgesuch schreiben. Du hast die Wahl: Entweder du gehst mit oder du lässt dich scheiden.«

»Tesoro! Che dici? Was sagst du da? Du wolltest es doch auch.«

»Was wollte ich auch? Aus Neapel weg? Nein. Ich nicht. Du wolltest es. Du wolltest in den Norden, damit es unsere Kinder einmal besser hätten. Kinder! Welche Kinder? Mariangela, mal ehrlich. Du wolltest mich eigentlich nie wirklich heiraten, oder? Du hast mich als Sprungbrett benutzt, um etwas Besseres zu werden, um in den Norden zu kommen und einen Besseren zu finden. Du wusstest genau, dass du ohne Schulabschluss keine Zukunft hast!« Im selben Moment bereute er seinen Vorwurf. Es war nicht ihre Schuld. In dem schäbigen Vorort von Neapel, in dem sie mit sechs Geschwistern aufgewachsen war, hatten viele Menschen keinen Schulabschluss, geschweige denn eine Berufsausbildung oder einen Job. Ihr Vater brachte die Familie mehr schlecht als recht als Hilfskoch einer Krankenhausküche durch, die Mutter bügelte für diverse Familien aus einem besseren Viertel die Wäsche, und nur das ungewöhnliche Aussehen der Zweitjüngsten hatte ihr zu einer Teilzeitstelle in der Herrenabteilung bei Upim verholfen, einem Kaufhaus, in dem sie sich seinerzeit kennengelernt hatten. Domenico Varese setzte sich an den Tisch und betrachtete resigniert seine Frau, die ihn jetzt vollkommen entgeistert anstarrte.

»Domenico! Das ist nicht wahr …«

»Dann beweise es mir. Geh mit mir zurück.«

»Das kann ich nicht.«

»Wieso nicht? Läuft da doch etwas mit diesem reichen Jüngelchen? Mariangela, wach auf! Mit dem Kerl stimmt etwas nicht. Schlag ihn dir aus dem Kopf oder lass mich in Ruhe.«

»Du verstehst das nicht.«

»Doch. Ich verstehe besser, als du denkst! Aber so funktioniert das nicht.«

»Aber …«

»Nichts aber … Du weißt, dass ich recht habe. Mir gefällt es ganz gut hier, aber zu Hause fühle ich mich nicht. Du vielleicht? Ganz ehrlich?«

»Ich schon«, erwiderte sie trotzig.

Domenico Varese, der seinem Zorn Luft gemacht hatte, hatte keine Lust mehr zu streiten. Jetzt war ohnehin nicht der Zeitpunkt, irgendwelche Entscheidungen zu treffen. Er nahm die Hände seiner Frau und betrachtete mitleidig ihr verquollenes Madonnengesicht. »Lass uns jetzt zu Bett gehen. Domani è un altro giorno …«

Aber das Paar kam nicht zur Ruhe. Während sich Mariangela Varese schlafend stellte, lauschte sie den nackten Füßen ihres Mannes auf dem Steinboden im Wohnzimmer und roch den herüberziehenden Rauch seiner Zigarette. Er hatte wieder mit Rauchen angefangen. Schon kamen ihr Tränen des Selbstmitleids, aber auch ein paar ihres Mannes wegen. Er hatte recht, wenn er vermutete, dass sie ihn nicht genauso liebte wie er sie. Aber was konnte sie dafür? Natürlich hatte sie ihn gern, schon immer gehabt, vom ersten Moment an, er war ja auch ein gut aussehender junger Mann, anständig, fleißig, mit sicherem Job bei den Carabinieri. Da konnte ein Mädchen schon schwach werden, auch wenn sie nicht himmelhoch jauchzend verliebt war. Irgendwie hatte sie sich die große Liebe immer anders vorgestellt: als colpo di fulmine, als Liebe auf den ersten Blick, als Blitzschlag, der einen mit Macht traf und das Leben aus den Fugen hob, so wie sie es an endlosen, glühend heißen Sommernachmittagen in den zahllosen kitschigen Fernsehserien gesehen hatte. Es war doch nicht ihre Schuld, dass der Blitzschlag ausblieb, und sie hatte mehr als einmal überlegt, ob sie dem Werben Domenicos nachgeben oder auf den Einen warten sollte. Ihre Mutter hatte sie schließlich dazu überredet, ihn zu heiraten. »Dein Märchenprinz wird nicht kommen, meine Kleine, nimm ihn, er ist ein ehrbarer Kerl, der dir ein gutes Leben bieten kann. Er ist kein Camorrista und er liebt dich aufrichtig. Das ist weit mehr, als die meisten von uns Frauen hier erwarten können.« Und sie hatte ihn geheiratet, in der Turnhalle ihrer alten Schule, mit einem lauten und fröhlichen Fest, bei dem das ganze Viertel eingeladen war. Anfangs hatte sie sogar etwas wie Glück verspürt, ihr Mann war liebevoll, rücksichtsvoll und aufmerksam, aber bereits nach wenigen Monaten hatte sie wieder diese Unruhe ergriffen. Dieses schmerzhafte Sehnen und Ziehen nach mehr. Dieses alles vergiftende Gefühl, dass das noch nicht alles gewesen sein konnte. Sie wollte sich partout nicht damit abfinden, dass sie für den Rest ihrer Tage dieses vorhersehbare Leben führen und eines Tages wie ihre Mutter enden sollte, die, noch keine fünfzig Jahre alt, ausgebrannt war. Ausgebrannt, verhärtet und müde. Müde von ihren vielen Kindern, müde von nie endenden Sorgen, müde von harter Arbeit und müde vor lauter Ausweglosigkeit und Resignation. Und so hatte sie begonnen, ihren Mann zu bearbeiten. Die Lösung lag für sie im Norden. Nördlich von Rom. Am besten Mailand, Turin oder Genua. Alle erstrebenswerten Dinge lagen für sie im Norden von Italien. Im reichen Norden, dort, wo es noch eine blühende Industrie gab, dort, wo die Arbeitslosigkeit die Menschen nicht erdrückte, dort, wo sich die Gesellschaft nicht im Würgegriff der Camorra wand, dort, wo man nicht an Müll und Hoffnungslosigkeit erstickte. Ein Jahr nach der Hochzeit war ihrem Mann die Versetzung nach Florenz geglückt, und Mariangela wähnte sich im siebten Himmel. Ohne Skrupel hatte sie ihre Familie und alle Freunde hinter sich gelassen. Alles war wunderschön, sauber, ruhig und friedlich. Und als sie die Stelle im Palazzo Pitti bekam, weinte sie vor Freude: die perfekte Kulisse für ihren Märchentraum.

Mariangela hörte, wie sich ihr Mann einen Caffè machte, und prompt rollten noch mehr Tränen. Es bedeutete, dass er nicht ins Bett zurückkehren würde, sondern bis zum Morgengrauen brütend in der Küche sitzen und dann zum Laufen gehen würde, bevor er zur Arbeit musste. Wann hatte ihre Unruhe wieder eingesetzt? Ihre Gedanken wanderten zu Alessandro Filipepi. Alessandro, dem Wunderschönen, Alessandro, dem Gebildeten, Alessandro, dem Höflichen, Alessandro, dem Distanzierten, Alessandro, dem Reichen. Da hatte es angefangen. Als sie erfahren hatte, dass ihr attraktiver Kollege nicht nur nicht verheiratet, sondern auch millionenschwer war. Vor ziemlich genau einem Jahr, als seine Mutter gestorben war, gingen die Gerüchte um, dass er jetzt ganz allein wäre und dass er ein ungeheures Vermögen erben würde. Ohne dass sie es gewollt hatte, hatten sich ihre Gedanken wieder verselbstständigt, hatten sich wieder zu drehen begonnen. Wie musste es sein, so viel Geld zu besitzen? Wie kam es, dass der attraktive Kollege noch nicht in festen Händen war? Wie würde ihr Leben aussehen, wenn sie nicht Domenico geheiratet hätte, sondern Alessandro? Wie wäre es, sich scheiden zu lassen und Alessandro zu heiraten? Wäre das möglich? Bemerkte er sie überhaupt? Sollte sie die Chance nutzen? Man lebte schließlich nur einmal. Ihre verwerflichen Gedanken spann sie seinerzeit ohne besonders schlechtes Gewissen. Die Aussicht auf ein möglicherweise in ferner Zukunft drohendes Fegefeuer schien ihr gering im Vergleich zu einem abenteuerreichen Leben an der Seite eines schönen und wohlhabenden Mannes. Allein Alessandro schien ihre Bemühungen nicht zu bemerken. Ihr immer häufiger offen getragenes Haar, ihre fraulicher werdende Garderobe, ihr neues Parfüm und nicht zuletzt ihre immer häufiger werdenden, nicht ganz zufälligen Begegnungen während der Arbeit. Ihr war gar nicht bewusst, dass ihre Veränderungen, und vor allem der Grund dafür, von ihrem Mann nicht unbemerkt geblieben waren. Dachte er anfangs noch, dass ihre ausgesprochen attraktive Entwicklung ihm galt, wurde er eines Besseren belehrt, als er eines Tages, als er sie von der Arbeit abholte, den Blick bemerkte, mit dem sie sich von ihrem Kollegen verabschiedete. Aber er vertraute auf ihr Ehegelübde und die heilende Wirkung der Zeit und schwieg. Vor zwei Wochen schließlich war dann das von ihr nicht mehr erwartete Wunder passiert: Alessandro lud sie in der Mittagspause zu einem Eis ein. Dann einmal zum Mittagessen, das nächste Mal abends ins Kino. Sie schwebte auf rosa Wolken, und mit einem Mal machte sie sich Gedanken darüber, wie sie sich aus ihrer Ehe befreien könnte. Nicht, dass sie wirklich konkrete Pläne gehabt hätte, dazu war ihr die Zuneigung ihres angehimmelten Kollegen dann doch etwas zu ungewiss, doch der nagende Wurm der Habgier war geweckt und begann sein zerstörerisches Werk.

Im Morgengrauen übermannte sie endlich der Schlaf, und während ihr Mann in der Küche einen weiteren Espresso trank, eine Zigarette nach der anderen rauchte und gegen sieben das Haus verließ, träumte sie unruhig von einem Großbrand im Museum.

13

Am darauffolgenden Morgen stellte Signora Riani ihrem Gatten kommentarlos ein Glas Wasser und ein Aspirin hin, als er in die Küche kam. Eine Stunde später betrat er mäßig gut gelaunt die Questura, wo er von dem aufgeregten Ispettore Torrini empfangen wurde.

»Commissario! Finalmente!«

»Che c'è?«, fragte Riani und musterte grimmig den hervorragend aussehenden McNair.

»Ein weiterer Bombenanschlag, Commissario.«

»Was? Wann? Wo?«

»Das werden Sie nicht glauben.«

»Torrini! Keine Ratespielchen am frühen Morgen!«

»Äh, ja, Commissario, scusi … Im selben Haus. Diesmal in der Wohnung von Alessandro Filipepi.«

»Cosa? Ist er tot?« Riani fühlte einen Stich in der Magengegend. Großer Gott, hätte er den Mann unter Personenschutz stellen sollen? Und was war mit der Überwachung seiner Post?

»Nein, zum Glück nicht. Er ist unverletzt …«

Riani runzelte unwirsch die Augenbrauen und rieb sich nachdenklich das Kinn. »Bestellen Sie das Ermittlungsteam in mein Büro. Subito!«

Eine halbe Stunde später stand er im Wohnzimmer von Alessandro Filipepi, dem die Sanitäter gerade die Infusionsnadel aus dem Arm zogen. Rianis besorgter Blick wanderte nach ausgiebiger Musterung der weißen angespannten

Gesichtszüge über die erstklassige Garderobe. Das dezent blau gestreifte Hemd, dessen hochgerollte Ärmel er gerade kraftlos herunterstreifte, die rot gemusterte, exquisite Seidenkrawatte mit dem gelockerten Knoten, die dunkle Hose und die blank gewienerten Schuhe. Kaum zu glauben, dass diese makellose Erscheinung gerade einen Sprengstoffanschlag nur knapp überlebt hatte.

»Signor Filipepi … Ich störe Sie nur ungern, aber fühlen Sie sich in der Lage, ein paar Fragen zu beantworten?«

»Ja, ja, es geht schon«, erwiderte dieser matt und zog den Krawattenknoten fest.

»Können Sie mir sagen, was genau passiert ist, nachdem Sie heute Morgen aufgestanden sind? Mich interessiert wirklich jede Kleinigkeit, jeder Anruf, alles, was eventuell anders gewesen ist als an anderen Tagen.«

Der junge Mann holte tief Luft. »Nun ja, wie Sie wissen, stehe ich jeden Tag um dieselbe Zeit auf. Heute war alles wie sonst auch, der Wecker klingelte, ich ging ins Badezimmer, duschte, rasierte mich und kleidete mich an. Anschließend ging ich in die Küche, um Caffè zu machen. Ich frühstücke in der Regel um kurz nach acht und verlasse um halb neun das Haus …«

Riani lauschte gespannt.

»Gerade als ich meinen Mantel vom Haken nahm, um zu gehen, klingelte es.«

»Sind Sie erschrocken?«

»Äh, ja, natürlich.«

»Warum haben Sie überhaupt die Tür geöffnet?«, wollte Riani wissen. »Nach dem, was vorgestern passiert ist, hätte ich etwas mehr Vorsicht erwartet.«

»Aber ich fragte doch an der Gegensprechanlage nach …«

»Aha.«

Filipepi, dem der Sarkasmus des Polizisten nicht entging, erwiderte etwas ungnädiger als nötig: »Es war nur der Bote …«

»Der Bote? Welcher Bote?«

»Na, der Paketbote.«

»Um halb neun Uhr morgens?«

»Sicher. Warum nicht?«

»Von welcher Firma?«

»Von welcher Firma? Wie meinen Sie das?«

»Herrgott, der Paketdienst. War es UPS, FEDEX, TNT oder die Post?«

»Äh … Ich weiß es nicht.«

»Sie wissen es nicht?« Riani, der über die Unvorsichtigkeit des jungen Mannes mehr als verärgert war, konnte seinen Groll nicht mehr zurückhalten. »Warum haben Sie nach dem Anschlag am Dienstag überhaupt ein Päckchen angenommen? Das verstehe ich ehrlich gesagt nicht ganz. Hatte ich Sie nicht zur Vorsicht ermahnt?«

»Schon«, erwiderte Filipepi und sah mit zerknirschter Miene zu dem Commissario auf. »Aber ich kannte doch den Absender.«

»Nämlich?«

»Ein Onlineversand …«

»Geht es etwas präziser? Sie hatten etwas bestellt?« Riani war stocksauer.

»Natürlich habe ich etwas bestellt, würde ich sonst eine Lieferung erwarten?«

»Immer mit der Ruhe, Signor Filipepi, Ihnen ist doch sicherlich auch daran gelegen, herauszufinden, wer Ihnen ganz offensichtlich nach dem Leben trachtet, oder nicht? Was hatten Sie bestellt?«

Der so Gerügte errötete und zupfte mit einer nervösen Geste seine Hosenbeine glatt. »Ein Mobiltelefon …«

»Ein Mobiltelefon. Ha! Na, das nenne ich mal Ironie, oder, Torrini?« Riani schüttelte genervt den Kopf und sah zu seinem Inspektor hinüber, der das Gespräch im Hintergrund verfolgt hatte.

Die Mitarbeiter der Spurensicherung hatten mittlerweile ihre Arbeit beendet und bedeuteten Riani, dass sie gehen würden. Die wertvolle antike Kommode in der Diele war schwer beschädigt und der darüber hängende Spiegel war vollkommen zersplittert, aber außer den Rußspuren an den Wänden und auf dem Boden war der Schaden, den der Sprengsatz angerichtet hatte, vergleichsweise gering. Der junge Mann hatte ein unglaubliches Glück gehabt. Riani wandte sich wieder Filipepi zu, der unter den missbilligenden Blicken des Commissario mittlerweile etwas unruhig auf dem kleinen Sofa hin und her rutschte.

»Signor Filipepi, was passierte dann, nachdem Sie das Päckchen angenommen hatten?«

Der Angesprochene seufzte. »Ich legte es in der Diele auf die Kommode.«

»Warum?«, unterbrach ihn Riani.

»Warum?«

»Warum legten Sie das Päckchen auf die Kommode und machten es nicht gleich auf?«

»Äh … Ja, äh, weil ich ja eben im Begriff war, zur Arbeit zu gehen.«

»Das heißt, dass Sie im Hausflur waren, als die Detonation erfolgte?«

»Äh, nein, ich war im Badezimmer, weil ich etwas vergessen hatte.«

»Was?«

»Wie bitte?«

»Was hatten Sie vergessen?«

Filipepi blinzelte einen Augenblick lang mit seinen unglaublich langen Wimpern. »Aspirin. Ich wollte noch ein Aspirin nehmen. Heute Morgen habe ich ziemlich starke Kopfschmerzen.«

Riani nickte langsam, und Filipepi schickte sich an, sich zu erheben.

»Sie erlauben … Ich würde das Aspirin gerne jetzt einnehmen.«

Während der junge Mann ins Badezimmer ging, rieb sich Riani nachdenklich das Kinn. Komische Sache. Zwei Mordanschläge innerhalb von drei Tagen. Beide fehlgeschlagen beziehungsweise einmal das falsche Opfer getötet. Wieso wählte der Mörder eine derart unsichere Mordwaffe? Natürlich war es praktisch, zum Zeitpunkt der Detonation in sicherer Entfernung zu sein und gleichzeitig ein perfektes Alibi zu haben, aber dennoch. Das eigentliche Opfer war noch immer am Leben. Als Alessandro Filipepi zurückkam, nahm Riani unaufgefordert Platz.

»Signor Filipepi, ich muss Sie noch einmal fragen, wer einen Grund haben könnte, Sie umzubringen. Ist Ihnen in der Zwischenzeit jemand eingefallen?«

Der Gefragte ließ sich wieder auf dem Sofa nieder, das Wasserglas noch in der Hand. »Nein, tut mir leid. Ich habe seit vorgestern ununterbrochen überlegt, wer mir das antun könnte, aber außer dem Ehemann meiner Kollegin Mariangela ist mir niemand eingefallen.«

»Gab es vor Signora Varese eine andere Frau in Ihrem Leben?«

Filipepi errötete tief. »Nein.«

»Was mich wirklich interessiert, ist, warum Sie die reizende Signora Varese erst vor zwei Wochen gewissermaßen entdeckten. Sie ist doch nun wirklich eine ganz außergewöhnlich hübsche junge Frau und sie ähnelt verblüffend der Madonna della Melagrana. Finden Sie nicht?«

»Äh …«

Riani beobachtete genau die Reaktion des sichtlich verlegenen Mannes. »Hatten Sie seit Dienstag Kontakt zu ihr?« Riani sah zu Torrini hinüber, der ihm ein Zeichen machte, nach der Wohnung zu fragen. »War sie denn einmal hier? In Ihrer Wohnung?«

»Nein.«

»Nein was?«

»Nein, ich hatte keinen Kontakt zu ihr, und nein, sie war nie hier.«

»Sie weiß also nicht, wo Sie wohnen?«

»Doch, schon …«

»Weiß sie Bescheid über das, was passiert ist?«

»Keine Ahnung. Von mir nicht.«

»Dann weiß sie auch nicht, dass Sie heute nicht zur Arbeit kommen?«

»Sie wird es erfahren. Ich rief heute früh im Palazzo Pitti an, um Bescheid zu geben, dass ich vorerst nicht zur Arbeit kommen könne.«

»Sagten Sie, warum?«

»Nein. Ich weiß nicht wieso, aber ich schob eine Erkältung vor.«

»Hm …« Der Commissario drehte nachdenklich an seinem Ehering, hob den Kopf und sah dann Filipepi fest an. »Nun gut. Lassen wir das, Signor Filipepi, Sie werden mir aber jetzt sagen müssen, wer Ihr Vater war, denn ab heute ist klar, dass Sie in akuter Lebensgefahr sind. Und wir müssen in jeder, absolut jeder möglichen Richtung nach dem Täter oder der Täterin ermitteln.«

Filipepi wurde lebhaft. Er setzte sich noch aufrechter hin

und hob zu einer abwehrenden Erwiderung an, die Riani aber mit einer ungehaltenen Handbewegung abschnitt: »Basta! Was soll diese Abwehr? Wissen Sie vielleicht mehr, als Sie zugeben wollen? Ich rate Ihnen wirklich im Guten, etwas kooperativer zu sein, weil ich Sie sonst wegen Behinderung der Ermittlungen belangen werde.« Das war eine leere Drohung, die er nie und nimmer hätte wahr machen können, so etwas konnte nur der Staatsanwalt, aber sie wirkte. Filipepi knickte sofort ein.

»Marchese Lamberto Di Maffei …«, kam es tonlos.

Riani zog seinen Notizblock heraus und notierte den illustren Namen. »Weiß irgendjemand über Ihre verwandtschaftlichen Verhältnisse Bescheid?«

»Nein, nicht, dass ich wüsste …«

»Vielleicht Signora Buonarroti?«

»Nein. Wie kommen Sie auf die Idee?«

»Könnte doch, nicht? Sie sagten, Ihr Vater sei schon lange tot? Stimmt das?«

»Natürlich stimmt das. Was unterstellen Sie mir da?« Sein Aufbegehren war mitleiderregend, und Riani beschloss, es gut sein zu lassen.

»Va bene.« Er erhob sich ächzend und blickte auf den jungen Mann nieder. »Ich werde einen Beamten vor dem Haus postieren.«

»Das wird nicht nötig sein.«

»Signor Filipepi, seien Sie doch vernünftig! Jemand hat es auf Sie abgesehen, und Sie sind allein im Haus.«

»Das möchte ich aber nicht.«

Riani, der ohnehin schon ein schlechtes Gewissen hatte, ließ nicht locker. »Dann ziehen Sie in ein Hotel. Oder können Sie bei Freunden unterkommen?«

»Auf gar keinen Fall!«

»Na gut. Wie Sie wollen.«

Riani gab Torrini, der sich die ganze Zeit im Hintergrund gehalten hatte, ein Zeichen, dass er sich um den Personenschutz für Filipepi kümmern solle, und wandte sich zum Gehen.

14

Um die Mittagszeit saß Riani mit seinem Ispettore an einem der Tischchen vor dem Caffè Paszkowski, löffelte gedankenversunken sein Eis und betrachtete das Treiben auf der Piazza della Repubblica. Die Musik von dem Kinderkarussell schallte herüber. Am Nachbartisch hatte das BBC-Team seine Kameraausrüstung abgelegt und probierte sich durch die Patisserie des Hauses, während Torrini sich einen zweiten Espresso gönnte. Während der stets korrekt in Jackett und Krawatte gekleidete Riani verständnislos die beiden Engländer musterte, die, nur in T-Shirt und per Zipper gekürzten Trekkinghosen, die ungewöhnlich warme Herbstsonne genossen, kam sein Gedankenkarussell abrupt zum Stehen.

»Torrini … Diese Maffeis …«

Ispettore Torrini, der die zeitweiligen Absenzen und kühnen unvermittelten Gedankensprünge seines Vorgesetzten schon lange kannte, stellte die Tasse ab, griff zu seinem Mobiltelefon, das auf dem Tischchen vor ihm lag, tippte einen Augenblick lang konzentriert darauf herum und hielt es dann breit grinsend seinem Chef hin. »Schon erledigt, Commissario. Agente Rocca hat mir soeben das Dossier über die Familie gemailt. Marchesa Francesca Di Maffei, die Witwe des alten Marchese, lebt ganz in der Nähe, in Fiesole. Sie erwartet uns um vier. Falls Sie nichts anderes vorhaben.«

Riani starrte mit hochgezogenen Augenbrauen seinen Ispettore an, der ihn einmal mehr verblüffte: »Torrini, Sie sind …«

»Ich weiß«, erwiderte dieser verschmitzt und leerte sein Tässchen, während Riani vor sich hin grinste. Dieser Teufelsbraten, dachte er anerkennend, aber nicht ohne ein bisschen Neid auf diesen gewitzten Burschen, der vor gut einem Jahr zu seinem Ermittlungsteam gestoßen war. Er stammte aus Noto auf Sizilien und hatte sich bald unentbehrlich gemacht, durch seinen ansteckenden Humor, seine unbekümmerte Heiterkeit, seine schier magischen technischen Fähigkeiten, das unerhört leckere Gebäck und Eingemachte seiner Mamma, das in regelmäßigen Abständen in großen Paketen in der Questura eintraf und seine Diätpläne regelmäßig durchkreuzte, und nicht zuletzt durch seine Gabe, die Gedanken seines Chefs lesen zu können.

Torrini, dem die intensive Musterung nicht entgangen war, steckte schmunzelnd sein Telefon ein, zog seinen Krawattenknoten fest und erklärte McNair und Harris, warum sie zu diesem Termin nicht mitkönnten. Er würde ihnen empfehlen, sich den Duomo und das Baptisterium anzusehen. Der Glockenturm von Giotto sei der schönste der Welt, schwärmte er, und die sensationell große Kuppel, von Brunelleschi gebaut und hundert Jahre später von Vasari mit Fresken ausgestattet, dürfte in ihrer Dokumentation nicht fehlen. Auch nicht das Baptisterium mit den Bronzetüren von Ghiberti. Weltkulturerbe! Riani grinste über seinen eifrigen Ispettore, der, zugegeben, mehr über Florenz wusste als er selbst. Die beeindruckende Kuppel zum Beispiel, mit den kunstvollen Fresken, die das Paradies, aber auch mehr als eindrücklich die Qualen der Hölle darstellten, hatte er seit ihrer Restaurierung nicht gesehen. Peinlich. Und an dem viel gerühmten Glockenturm ging er jeden Tag vorbei, ohne ihn je eines Blickes zu würdigen. Nun ja. Vielleicht sollte er Torrini bitten, den beiden Engländern eine Stadtführung zu organisieren, und sich selbst wie zufällig anschließen? Als sie auf dem Weg zurück in die Questura die beiden BBC-Leute am Duomo zurückließen, warf Riani immerhin einen pflichtschuldigen Blick auf die prachtvolle Marmorfassade und erhaschte im Vorbeigehen auch einen Blick auf die in der Sonne gleißenden Bronzeportale des Baptisteriums.

Das Anwesen der Familie Di Maffei lag etwas außerhalb von Florenz, in den Hügeln unterhalb von Fiesole. Auf dem Weg dorthin teilte Torrini seinem Chef mit, was ihm sein Kollege über die Familie gemailt hatte: altes Geld, jahrhundertelang vererbt und vermehrt durch Wein-, Tuch- und Rohstoffhandel sowie Immobilienspekulationen rund um den Globus. Der alte Marchese, der Mann auf den Fotos und angeblich Alessandro Filipepis leiblicher Vater, starb Ende der Neunzigerjahre und hinterließ eine Witwe und fünf eheliche Nachkommen: Vittoria, Ferdinanda, Elisabetta, Francesca und Giorgia. Bis auf die Jüngste waren alle Töchter beruflich etabliert, verheiratet, hatten ihre Mutter zur siebenfachen Großmutter gemacht und lebten in Arezzo, Rom, Pistoia und Triest. Giorgia, die Jüngste, wohnte noch zu Hause und studierte Modedesign in Florenz. Weitere unmittelbare Verwandtschaft gab es nicht. Der alte Marchese und seine Gattin waren beide ohne Geschwister aufgewachsen. Laut Auskunft des Polizeicomputers waren sowohl finanzielle Situation als auch Leumund der Familie ausgezeichnet. Nicht ein einziges Knöllchen oder klitzekleines Drogenvergehen der Jugend war dokumentiert. Schwer vorstellbar, dass sich ein Angehöriger einer solchen Familie gezwungen sehen sollte, den unehelichen Spross des Patriarchen zu eliminieren. Sofern sie von dieser außerehelichen Verwandtschaft überhaupt etwas wussten.

»Weiß denn die Marchesa, in welcher Angelegenheit wir sie sprechen wollen?« Riani fühlte mit einem Mal eine überwältigende Schläfrigkeit und hätte den Termin am liebsten auf den frühen Abend verschoben.

»Jein«, erwiderte Torrini ausweichend und präzisierte nach einem strengen Blick seines Vorgesetzten kleinlaut: »Nein. Ich habe ihr gesagt, dass Ian McNair von der BBC gerne eine Homestory über ihre Familie drehen würde …«

»Torrini! Sind Sie verrückt geworden?«

»Aber ich bin sicher, dass er das gerne tun würde«, rechtfertigte sich der junge Ispettore verlegen und sah besonders konzentriert auf die Straße.

»Torrini, sosehr ich Sie auch schätze, irgendwann werde ich Sie mit einem großen Stein um den Hals im Arno versenken …«

Der Familiensitz der Marchesi Di Maffei lag inmitten eines gepflegten Parkgeländes, am Ende einer langen Zypressenallee, und war umgeben von Palmen und Schirmakazien. Die Villa stammte aus dem Jahr 1372 und war die Jahrhunderte hindurch im Besitz der Familie gewesen. Das ockerfarbene Gebäude hatte die typische quadratische Form der Gegend mit einem zurückgesetzten Seitenflügel und einem Türmchen, das unter dem Dach eine umlaufende, von schmalen Säulen gesäumte offene Loggia besaß. Die gesamte Front des Haupthauses wurde von hohen Arkadenbögen überdacht, die im zweiten Obergeschoss eine großzügige Terrasse bildeten, auf deren Balustrade Dutzende verwitterte Terrakottatöpfe mit Oleander, Hibiskus und Zitronenbäumchen standen. Die mit Schotter bedeckte Auffahrt endete an einem gewaltigen steinernen Brunnen in Form einer Barkasse, der von einer niedrigen, sauber gestutzten Buchsbaumhecke umrandet war.

Bevor sie aus dem Wagen stiegen, reichte Torrini seinem Chef zaghaft einen kleinen Bilderrahmen.

»Was ist das?« Als er erkannte, wer auf dem gerahmten Foto abgebildet war, nahm er es mit einem vernichtenden Blick entgegen. »Bitte ... Ich möchte nicht wissen, wie Sie da drangekommen sind!«

Die Dame des Hauses empfing sie persönlich und war über das bedauerliche Missverständnis höchst verärgert, aber eines musste man Torrini lassen: Reden konnte er. Wortreich und charmant entschuldigte er sich für die unentschuldbare Verwechslung und schob alles auf einen erfundenen neuen Mitarbeiter, der gerade seine Mutter verloren hätte, während Riani die säuerliche Marchesa beobachtete. Sie entsprach ziemlich genau dem, was er sich unter einer waschechten Gräfin vorgestellt hatte: sehr aufrecht und gut erhalten für ihre siebenundsechzig Jahre, etwas schmallippig, die halb langen Haare dunkel gefärbt und tadellos frisiert. Sie trug eine elegante helle Hose, einen passenden Kaschmirpullover, eine Perlenkette und auffällige goldene Ohrclips. Auf leisen Wildledersohlen ging sie den beiden Männern in den Salon voraus, die personifizierte Missbilligung. Die naturfarbenen Steinböden und die aufwendig geschnitzten Holzdecken waren noch original erhalten, doch die Einrichtung war, bis auf einzelne Antiquitäten, auffallend modern. Die Marchesa hieß sie auf einer weißen Sofalandschaft Platz nehmen, wo sie einen Blick auf die große Terrasse und den hinteren Teil des Parks hatten. Aufgrund der außergewöhnlichen Temperaturen waren die gusseisernen Sitzgarnitur und die bepflanzten großen Kübel noch nicht winterfest verpackt.

»Nehmen die Herren einen Tee?«

Riani, der sich noch vor fünf Minuten nicht ganz wohl gefühlt hatte, verspürte jetzt, angesichts der latent frostigen Marchesa, keinerlei Skrupel mehr. Mehr noch, leiser Groll kam in ihm hoch. Was bildeten sich diese Menschen ein, die sich qua Geburt über alle anderen erhaben fühlten? Es ging immerhin um eine polizeiliche Ermittlung! Dabei entging ihm vollkommen, dass die Dame des Hauses sich zu Recht getäuscht sah und allen Grund hatte, verstimmt zu sein.

»Nein, vielen Dank, sehr freundlich. Marchesa, wenn Sie erlauben, würde ich gleich auf den eigentlichen Grund unseres Besuches zu sprechen kommen.«

Als ob sie die Antwort Rianis nicht gehört hätte, gab sie dem soeben erscheinenden Dienstmädchen den Auftrag, Tee für die beiden Herren zu bringen. Riani und Torrini wechselten einen kurzen Blick. Na gut, wie Sie wünschen, dachte Riani kampflustig, zog das Foto hervor und reichte es der Dame des Hauses, die sich mit graziös gekreuzten Beinen auf der Kante eines Sessels niedergelassen hatte.

»Marchesa, kennen Sie eine oder mehrere Personen auf diesem Foto?«

Sie nahm den Bilderrahmen mit spitzen Fingern entgegen und warf einen kurzen Blick darauf: »Nein, bedaure. Sollte ich?«

Riani brachte den unruhig gewordenen Torrini mit einer knappen Handbewegung zum Schweigen, beugte sich vor und lächelte die Marchesa leutselig an: »Sehen Sie sich das Foto ganz genau an. Es ist schon etwas älter.«

Sie betrachtete die abgebildeten Personen noch einmal, nur eine Millisekunde länger, ohne eine Miene zu verziehen. »Nein. Ich bedaure wirklich außerordentlich, Sie enttäuschen zu müssen. Ich erkenne niemanden.«

Riani nahm das Foto wieder entgegen und lehnte sich mit einem Seufzer zurück. Entweder befand sich der kleine Filipepi in einem grandiosen Irrtum über seinen leiblichen Vater, oder aber die abweisende Marchesa Di Maffei war die Selbstbeherrschung in Person und log wie gedruckt. Jetzt richtete sie sich auf und lächelte maliziös.

»Commissario, ich möchte Ihre knappe Zeit wirklich nicht über Gebühr beanspruchen. Wenn ich weiter nichts für Sie tun kann …«

Riani war sprachlos. Die wollte ihn hinauswerfen. Torrini hielt die Luft an. Der Commissario setzte sein Lächeln auf, das seine Mitarbeiter in der Questura nur zu gut kannten und das ihnen regelmäßig das Blut in den Adern gerinnen ließ. Lo Squalo, der Hai, so nannten sie ihn insgeheim.

»Marchesa, ich weiß Ihre Fürsorge durchaus zu schätzen, aber Sie könnten in der Tat noch eine klitzekleine Kleinigkeit für uns tun. Es macht Ihnen sicherlich nichts aus, uns noch ein paar Fragen zu beantworten, immerhin geht es um Mord.«

»Nun …«

Riani sah, dass die alte Dame Widerstand nicht gewohnt war, aber sie hatte ihn durch ihr vornehmes Getue bereits derart in Wallung gebracht, dass Torrini vorsichtshalber ein paar stumme Stoßgebete an seinen Hausheiligen San Corrado schickte.

»Wenn es Ihnen angemessener erscheinen sollte, unsere Fragen auf der Questura zu beantworten, schicke ich Ihnen gerne einen Wagen …« Lo Squalo zeigte die Zähne.

»Was wollen Sie wissen?« Frostig, frostiger, am frostigsten.

Es ging doch, lächelte Riani böse. »Sagt Ihnen der Name Alessandro Filipepi etwas?«

Sie wollte gerade zu einer spöttischen Antwort ansetzen, als ihr Riani barsch das Wort abschnitt: »Und ich meine selbstverständlich nicht Sandro Botticellis Familiennamen.«

Die Marchesa Di Maffei, äußerst ungehalten über den unehrerbietigen Ton dieses Polizisten, kniff die Lippen zusammen: »Nein.«

»Der Name sagt Ihnen gar nichts? Sicher? Und Giuseppina Filipepi?«

»Nein. Auch dieser Name sagt mir nichts. Bedaure.«

Riani setzte seine ehrlich erstaunte Miene auf. »Die Familie Filipepi gehört seit Jahrhunderten zur Florentiner Oberschicht, und Sie kennen beziehungsweise kannten Sie nicht? Das verstehe ich nicht.«

Jetzt leistete sie sich einen groben Schnitzer: »Wir erben unsere Kunstschätze, Commissario, wir kaufen sie nicht.« Als sie Rianis Lächeln bemerkte, war es zum Zurückrudern bereits zu spät.

Bevor Riani entsprechend kontern konnte, betrat eine junge Frau den Raum, ein Tablett mit Teegeschirr in den Händen. »Mamma, Irina sagte mir, dass du Tee bestellt hättest.«

Aus den Augenwinkeln sah Riani erfreut, dass die Marchesa zusammenzuckte. Aha! Das Erscheinen ihrer Tochter war ihr wohl nicht recht.

»Giorgia, amore, stell doch den Tee ab und richte bitte Eugenio aus, er möge etwas Holz im kleinen Salon nachlegen.«

Riani erhob sich rasch, nachdem die junge Frau das Tablett abgestellt hatte. »Buonasera, Marchesa Giorgia? Molto lieto, angenehm, Commissario Riani und Ispettore Torrini.«

Die Tochter des Hauses gab den beiden eine kühle Hand und sah leicht irritiert zu ihrer Mutter, die ihr mit einem scharfen Blick bedeutete, den Raum zu verlassen.

»Ach, einen Augenblick noch, Signorina. Würden Sie so freundlich sein und sich dieses Foto einmal ansehen?« Riani war nicht gewillt, nach der Pfeife der alten Dame zu tanzen. Jetzt erst recht nicht mehr.

»Genug!«, fuhr die Marchesa scharf dazwischen. »Giorgia, vielen Dank. Du darfst gehen.«

Riani beobachtete die überrascht errötende junge Frau, die die schon ausgestreckte Hand wieder zurückgezogen hatte, dann aber, nach einem wütenden Blick auf ihre Mutter, entschlossen nach dem Bilderrahmen griff. Endlose Sekunden starrte sie das Foto an, dann gab sie mit eisiger Miene das Bild zurück. »Sie entschuldigen mich?«, sagte sie und verließ rasch den Raum.

Riani hatte genug gesehen und gehört. Er erhob sich und verneigte sich mit einem zuckersüßen Lächeln in Richtung der Hausherrin: »Marchesa, vielen Dank für Ihre Hilfe. Wir finden alleine hinaus.«

Auf der Rückfahrt in die Questura sprach Riani kein Wort. Torrini beobachtete verstohlen seinen grimmig grübelnden Chef, hielt sich aber zurück. Erst als sie in den Innenhof einbogen, fand dieser seine Sprache wieder.

»Torrini, Sie bringen mir umgehend die kleine Maffei hierher. Und lassen Sie sich ja nicht von irgendwelchen Rechtsverdrehern aufhalten, die sicher schon bei Fuß stehen.«

15

Wieder stand er vor dem Badezimmerspiegel und betrachtete sein Gesicht. War ihm seine Angst ins Gesicht geschrieben? Er zog ein paar Grimassen und beugte sich so weit vor, dass er die hellen Sprenkel in seinen Augen sehen konnte. Einen Augenblick lang verharrte er regungslos. Da sich die Dinge offenbar nicht ganz so entwickelten wie geplant, musste er improvisieren. Verdammt! Er krampfte die Hände um den Waschbeckenrand. So analytisch sein Verstand arbeitete, so sehr hasste er imponderable Ereignisse. Alles, was außerhalb seines minutiös abgezirkelten Umfelds passierte, versetzte ihn in beinahe unkontrollierbare Unruhe, und der Umstand, dass die Polizei nicht die erwarteten Schlussfolgerungen zog, stellte ihn vor ein schier unlösbares Problem. Seine etwas speziell gelagerte Psyche hinderte ihn daran, die Gedankengänge und nonverbalen Signale seiner Mitmenschen zu deuten, was ihm unter normalen Umständen keine unüberwindbaren Probleme bereitete, aber eine Situation wie diese war eine enorme Herausforderung. Plötzlich zuckte eine perfide Idee durch sein Gehirn, und ein abstoßendes, spasmisches Lachen entrang sich seiner verkrampften Kehle. Das war's! Natürlich! Er würde einfach noch eine Bombe schicken. Adressiert an Lorenzo Riani. Commissario Lorenzo Riani. Dottor Riani. Doktor der Rechtswissenschaften Riani. »Wie würde es dir gefallen, ein ganz spezielles Päckchen zu bekommen? Es würde dich auf zündende Ideen bringen!« Er verzog den Mund zu einem furchterregenden Grinsen. Diesmal müsste es allerdings ein selbstauslösender Sprengsatz sein. Das Auslösen per Telefon war doch entschieden zu ungenau. Eine Explosion in dem Augenblick, in dem er den Umschlag öffnete, und er wäre alle Sorgen los! Grimmig entschlossen drehte er den Wasserhahn auf, wusch sich mit eiskaltem Wasser das Gesicht, warf das benutzte Handtuch in den Wäschekorb und ging ins Arbeitszimmer, um den Computer hochzufahren. Sicher gab es auch dafür eine genaue Bauanleitung. Eine Stunde später klappte er den Laptop zu, griff seinen Mantel und verließ eilig das Haus. Morgen. Morgen schon war er ein freier Mann.

16

Eine Stunde später saß Signorina Di Maffei tatsächlich mit dem Anwalt der Familie im Vernehmungszimmer. Hab ich's doch gewusst! Ohne Kavallerie geht in diesen Kreisen nichts. Sie wusste genau, dass sie Dreck am Stecken hatte. Riani räusperte sich entschlossen, zupfte einen Fussel vom Ärmel, nickte Torrini zu und betrat den Raum.

Die Ähnlichkeit zwischen Giorgia Di Maffei und Alessandro Filipepi war so frappierend, dass sich ein Vaterschaftstest höchstwahrscheinlich erübrigte. Fragte sich jetzt nur, ob sie ihren Halbbruder kannte oder nicht.

Sie war eine natürliche Schönheit, brünett, mit denselben feinen ebenmäßigen Gesichtszügen ihres Bruders, dunklen Augen und auffallend langen Wimpern. Die Haare hatte sie zu einem lockeren Knoten gebunden. Zu Jeans und Reiterstiefeln trug sie einen grob gestrickten Mohair-Pullover und einen auffallend gemusterten Seidenfoulard. Schlicht und dennoch elegant. Ihre äußere Ruhe war nur aufgesetzt. Riani bemerkte, dass sie nervös mit dem Fuß wippte und die Fingerknöchel ihrer verschränkten Hände weiß hervorstachen. Nach einer knappen Begrüßung und Vorstellung blätterte Riani einige Minuten lang gewichtig in seinen Unterlagen und blickte die junge Frau dann freundlich an.

»Signorina … Ich darf Sie doch Signorina nennen? Ich hatte heute Nachmittag den Eindruck, dass Ihnen auf dem Foto, das ich Ihnen gezeigt habe, eine oder mehrere Personen bekannt vorkamen.«

»Darf ich das Foto einmal sehen?«, mischte sich ihr Anwalt ein, bevor seine Mandantin antworten konnte.

»Sicher.« Riani reichte ihm das Bild und wandte sich wieder seiner Zeugin zu. Bevor er etwas fragen konnte, fiel ihm der Anwalt ins Wort.

»Commissario ...«

»Riani ...«

»Commissario Riani, Sie klären uns sicher zuerst auf, um was es in dieser Angelegenheit geht?« Sein Ton ließ keinen Zweifel aufkommen, dass er nicht gewillt war, unnötige Worte zu machen.

»Es geht im weitesten Sinne um Mord«, erwiderte Riani knapp. »Mehr müssen Sie im Augenblick nicht wissen.«

»Wollen Sie damit sagen, dass meine Mandantin in Zusammenhang mit einem Mordfall gebracht wird?« Der Tonfall wurde schärfer.

»Haben Sie mich irgendetwas in dieser Richtung sagen hören?«, konterte Riani gereizt. »Denn wenn nicht, würde ich die Signorina bitten, ihrer Bürgerpflicht nachzukommen und sich noch einmal das Foto anzusehen.«

Der Anwalt nickte seiner Mandantin knapp zu und reichte ihr das Foto. Sie nahm es nicht in die Hand, sondern warf nur einen kurzen Blick darauf.

»Und?«, fragte Riani ungeduldig, war aber fast sicher zu wissen, was sie antworten würde.

»Es tut mir leid, aber ich kenne diese Personen nicht.«

»Niemanden?«

»Nein.«

»Sind Sie sicher?«

»Ja.«

»Ganz sicher?«

Riani lehnte sich seufzend in seinem Sessel zurück. Er

verzichtete darauf, präziser zu fragen. Das war nicht nötig. Noch nicht. Er legte seine Fingerspitzen aneinander und sah auf den Tisch, als müsse er seine Worte sorgfältig wählen. »Bei allem Respekt. Und das gilt für Sie beide ...« Er sah auf und bedachte beide mit seinem berüchtigten Blick für üble Delinquenten. »Sie werden mir doch nicht weismachen wollen, dass Sie den Marchese Di Maffei nicht erkennen? Ihren Mandanten und Ihren Herrn Vater, auch wenn er bereits seit über zwanzig Jahren tot ist?«

Der Anwalt reichte das Foto zurück und schickte sich an aufzustehen. »Sie haben die Antwort meiner Mandantin gehört. Dem habe ich nichts hinzuzufügen.« Er half der jungen Marchesa in den Mantel und verabschiedete sich eilig.

Ispettore Torrini war empört: »Es war sonnenklar, dass sie zumindest ihren Vater erkannt hat. Und falls doch nicht, hat sie anschließend nicht einmal erstaunt getan, als Sie ihr sagten, um wen es sich handelt. Das ist doch eine unglaubliche Frechheit. Was glauben die denn! Und außerdem ... Haben Sie bemerkt, wie ähnlich sich die beiden sehen? Sie hätte doch auch einen Augenblick lang glauben können, dass sie das war ... Als Kleinkind, meine ich.«

Riani amüsierte sich über seinen temperamentvollen Ispettore. »Torrini, tranquillo, wir werden die nötigen Informationen schon bekommen.« Riani hatte gewusst, dass er sie heute und jetzt zu keiner Aussage zwingen konnte. Wenn es der Stand der Ermittlungen erforderte, würde er ihr eine Vernehmung durch den Staatsanwalt androhen. Sollte auch dieser sie zu keiner Aussage bewegen können, würde nur eine Befragung durch einen Richter beziehungsweise eine durch diesen angeordnete Beugehaft zum Ziel führen. Aber so weit musste es nicht kommen.

Er sah auf die Uhr. Fast sieben. Draußen war es schon dunkel, und er freute sich auf einen faulen Abend vor dem Fernseher, mit Arturo auf dem Schoß und einem Bier in der Hand.

»Torrini, Sie suchen sich gleich morgen ein paar aktuelle Fotos von Signorina Giorgia und befragen Filipepis gesamtes Umfeld nach ihr. Kollegen, Kommilitonen, Doktorvater, eventuelle Freunde und Bekannte, klar? Wer kennt sie, wer hat sie wann und wo schon einmal gesehen. Sie wissen schon.« Er legte den Stift weg und erhob sich müde. »So, Feierabend. Gönnen Sie sich auch einen schönen Abend, Torrini, bis morgen.« Torrini lächelte gequält und wich seinem Blick aus.

Riani holte seinen Mantel und verließ erleichtert sein Büro, als im selben Moment der Questore und die beiden Engländer aus seinem Büro traten. McNair und Harris in Anzug und Krawatte, der Questore in Uniform und Amtsschärpe.

»Oho«, witzelte Riani ahnungslos, als er der gestriegelten Herren ansichtig wurde. »So offiziös. Haben die Herren etwas Besonderes vor heute Abend?«

Der Polizeipräsident reagierte unsicher; und war sich nicht sicher, ob das einer der derben Scherze seines Commissario war. »Äh, ja ... Haha ... Wir warten unten, bis Sie fertig sind.«

»Ich? Fertig? Haha ... Der war gut«, erwiderte Riani humorig und schickte sich an zu gehen.

»Commissario Riani!« Den Ton kannte er bereits. »Beim offiziellen Essen des Provinzpräsidenten heute Abend werde ich Sie unter gar keinen Umständen entschuldigen. Haben Sie verstanden? Unter absolut gar keinen! Wir erwarten Sie unten. In zehn Minuten.«

Wie vom Donner gerührt stand Riani da und blickte den Männern nach, die in lebhafter Unterhaltung die Treppe hinuntergingen, dann drehte er sich langsam um: »Torrini!«

Der Abend war nicht so schlimm, wie es der repräsentationsscheue Riani befürchtet hatte. Nachdem er unter heftigen Verwünschungen seines plötzlich unauffindbaren Ispettore seine Präsentationsuniform angezogen hatte, die immer in seinem Büroschrank hing, und sich am Waschbecken hinter der Bürotür rasch mit dem Trockenrasierer durchs Gesicht gefahren war, hatte er ganz passabel ausgesehen. Im Wagen des Questore waren sie dann zum Palazzo Vecchio gefahren, in dessen prachtvollem Ratssaal zunächst ein Sektempfang stattgefunden hatte, bevor alle geladenen Gäste zu den Uffizien hinübergingen. Die Uffizien bei Nacht. Spätestens hier war Riani versöhnt. Es war fantastisch. Die großen Säle und der lange u-förmige Flur lagen in verzaubertem Dämmerlicht. Man hatte die Beleuchtung ausgeschaltet, und so war der prächtige Gang mit dem schwarz-weißen Rautenmuster und den freskenbemalten – von geschnitzten und vergoldeten Balken unterteilten – Decken nur schwach erhellt durch die großen Fensterfronten. Die beeindruckten Gäste wurden von einem sichtlich stolzen Provinzpräsidenten geführt. An der Kopfseite des langen Flurs, dort, wo der Blick auf den Arno und den Ponte Vecchio frei wurde, ging ein Raunen durch die Gruppe. Das Panorama war sensationell. Der Blick war frei auf den bei Nacht schwarzen und geheimnisvollen Arno, auf dessen träge Fluten sich zu beiden Ufern die festlich beleuchteten Palazzi spiegelten, und im Hintergrund waren die scherenschnittartigen Silhouetten der Brücken zu erkennen. Direkt unter ihnen lag der Ponte Vecchio, genau so, wie er sich den Blicken schon vor fünfhundert Jahren dargeboten haben musste. Riani wünschte, seine Frau wäre hier. Denn es kam noch besser. Auf der anderen Längsseite des Flurs stoppte die Gruppe vor einer großen hölzernen Tür. Hier befand sich der Eingang zum Corridoio Vasariano, dem Geheimgang des seinerzeit ausgesprochen populären Architekten Giorgio Vasari. Wie Riani jetzt zum ersten Mal hörte, war dieser – weltweit als geheimer Gang der Medici berühmte Korridor – zur Zeit seiner Erbauung keineswegs geheim. Der tunnelartige Bau, der sich über einen Kilometer weit über den Dächern der Stadt und dem Ponte Vecchio hinzog und den Palazzo Vecchio mit dem Palazzo Pitti verband, hatte Cosimo I. im Jahre 1565 erbauen lassen, anlässlich der bevorstehenden Vermählung seines Sohnes Francesco mit Johanna von Österreich. Es sollte der Familie und den Gästen ermöglichen, sich zwischen den Palästen hin- und herzubewegen, ohne sich den Blicken des Volkes aussetzen zu müssen. Das Projekt wurde in größter Eile realisiert und durchschnitt ohne Rücksicht auf Verluste zahlreiche Häuser und eine Kirche, die Chiesa di Santa Felicita. Einer der Hausbesitzer, ein Geldeintreiber der Brücke, der sich damals der Verkleinerung seines Besitzes widersetzte und eine Umleitung des Ganges erzwang, bezahlte diesen Eigensinn später mit seinem Leben. Riani folgte der Gruppe. Der Korridor war wider Erwarten licht und hell und zu beiden Seiten mit Bildern behängt. Ab und zu eröffnete ein kleines Fenster einen atemberaubenden Blick auf die Stadt und den Arno. Nachdem sie etwa ein Viertel des Weges zurückgelegt hatten, begann die Collezione degli Autoritratti, die Sammlung der Selbstporträts. Diese weltweit einmalige Kunstsammlung beherbergte die Porträts nahezu aller berühmten Künstler von der Renaissance bis fast in die Gegenwart. Alle hatten sie ihre Selbstbildnisse nach Florenz gesandt, als Empfehlung ihres Könnens und Demonstration ihres Ruhmes. Raffaello, Rubens, Van Dyck, Dürer, Rembrandt, Caravaggio und viele andere. Riani war tief beeindruckt und beschämt zugleich. Wie peinlich war es, dass er als Florentiner keine Ahnung gehabt hatte, was es mit dem Geheimgang des Giorgio Vasari auf sich hatte. Wobei er da durchaus in guter Gesellschaft war. Die Uffizien und der Palazzo Pitti waren den meisten gut bekannt, aber darüber hinaus bot der Alltag eines jeden Einzelnen wenig Gelegenheit, tiefer in die Geschichte und Kunst der eigenen Stadt einzudringen. McNair grinste ihn breit an und hob anerkennend den Daumen. Die Führung endete im Innenhof des Palazzo Pitti, in dem auch das anschließende Galadiner stattfand. Riani hatte ein angeregtes Gespräch mit Harris, den er weit aufgeschlossener und witziger erlebte, als er gedacht hatte, und kam weit nach Mitternacht ausgesprochen gut gelaunt nach Hause.

17

Am Freitagmorgen war das Thermometer um fünfzehn Grad gefallen und eiskalte Regenschauer hatten in den frühen Morgenstunden den Marktstandbetreibern in der Innenstadt das Leben schwer gemacht. Die aufgestockte Ermittlungsgruppe saß im überhitzten Konferenzraum, dessen Fensterscheiben beschlagen waren. Es roch nach feuchten Kleidern, Kaffee und dem starken Rasierwasser von Agente Rocca. Die Heizung fauchte gegen Commissario Riani an, der noch etwas müde vor dem Flipchart stand und die neuesten Ermittlungsergebnisse zusammenfasste.

»Signori …«, hob er an und schrieb als Überschrift »Indagine Filipepi – Buonarroti« mit seiner dynamischen und absolut unleserlichen Schrift auf den Chart, was unter den älteren Beamten einen mühsam unterdrückten Heiterkeitsausbruch auslöste. Rianis Aufschriebe waren berüchtigt.

»Was ist?« Als alle unisono abwiegelnd murmelten, fuhr er fort: »Wir haben folgende Sachlage: zwei Bombenanschläge innerhalb von drei Tagen mit einem Selbstlaborat. Eine Tote, Signora Buonarroti, und einen Unverletzten, Signor Filipepi. Beide Bomben hatten dieselbe Bauart und wurden durch einen Telefonanruf ausgelöst. Beide Päckchen waren an Alessandro Filipepi adressiert und wurden einmal von der Post und einmal von einem noch unbekannten Paketservice ausgeliefert …« Riani schrieb schwungvolle Stichworte, die er mit verschiedenen Linien und Verweisen versah. Das Gekicher wurde lauter und die beiden Engländer sahen sich irritiert um. Riani bemerkte von all dem nichts. Er dozierte ungerührt weiter. »Wir gehen vorläufig davon aus, dass es sich um einen Täter handelt, und haben, aufgrund möglicher Motive und fehlender Alibis, folgende Verdächtige im Blick: Pierfranceso Della Valle, Sohn des Opfers, Signora Manganelli, künftige Schwiegermutter des Sohnes, Domenico Varese, Ehemann einer Kollegin Filipepis, und schließlich noch Giorgia Di Maffei, Halbschwester des illegitimen Alessandro Filipepi …«

Während Riani schrieb, sagte jemand leise »Jackson Pollock« und löste bei einem jungen Agente Assistente einen derartigen Lachanfall aus, dass sich Riani ungehalten umdrehte.

»Was zum Teufel ist denn so lustig?«

Der junge Beamte entschuldigte sich erschrocken und verließ, von Lachsalven geschüttelt, den Raum, während sich die anderen mühsam beherrscht über ihre Notizen beugten.

»Du meine Güte«, schnaubte Riani kopfschüttelnd und vervollständigte seinen Aufschrieb. Dann stellte er sich breitbeinig vor seine Männer und verteilte zügig die Aufgaben. »Torrini, Sie kümmern sich, wie ich gestern schon sagte, um Giorgia Di Maffei. Rocca, Sie überprüfen bitte den Paketdienst: Wir müssen wissen, wer an Filipepi ausgeliefert hat. Lassen Sie sich Filipepis Bestellung zeigen! Fabbri, Sie überprüfen bitte Domenico Vareses Alibi der fraglichen Zeit. Zwei neu dazugekommenen Kollegen übertrug er die Überprüfung der Alibis von Signora Manganelli und Pierfrancesco Della Valle. Dann machte er eine kurze Pause und sah seine Männer an. »Signori, buon lavoro, wir treffen uns wieder um fünf!«

Als alle ausgeschwärmt waren, bemerkte er, dass McNair und Harris sich anschickten, ihm zu folgen. Ohne Skrupel pfiff er Agente Rocca noch einmal zurück und hängte diesem die beiden Reporter an.

Eine halbe Stunde später hatte er sich endlich von allen Verpflichtungen befreit und eilte mit großen Schritten über die tiefen Pfützen der Marktstraße. Es goss noch immer in Strömen, und von den Planen der Stände rann das Wasser. Im Café Sieni war es warm und behaglich, und Riani ließ sich seufzend auf einen der kleinen Stühle fallen. Zwei ofenwarme Brioche, zwei Cappuccini und eine La Gazzetta dello Sport später trat er wieder in den Regen hinaus. Er wollte ein Paar hasenfellgefütterte Handschuhe für seine mittlere Tochter kaufen, als ihm plötzlich die Brioches sauer aufstießen. An einem der Lederwarenstände hingen, neben den zahlreichen Handschuhen, auch Babyschuhe aus Lammfell. Mit einem Schlag fiel ihm wieder ein, was ihm noch vor zwei Tagen erst schlaflose Nächte bereitet und was er tatsächlich für einen Moment lang verdrängt hatte. Das Sodbrennen loderte heiß, und er verfluchte seine verdammte Verfressenheit und sein verdammtes Unvermögen, mit dieser unvermeidlichen Situation fertigzuwerden. Wütend starrte er auf die kleinen Schühchen, die noch immer genauso aussahen wie jene, in denen damals schon seine Töchter ihre ersten Schritte getan hatten.

»Posso aiutarLa?«

»No, grazie!«, erwiderte er brüsk und flüchtete über das überschwemmte Pflaster in die Markthalle gegenüber, wo er sein Telefon zückte und Dario anrief, seinen besten Freund. Er musste diese Bürde mit jemandem teilen, sonst würde er verrückt.

Das Büro lag in einer Parallelstraße zum Arno und war in einem großen Palazzo untergebracht, der sich über drei Hausnummern erstreckte. Die Renovierungsarbeiten waren erst kürzlich abgeschlossen worden und das Ergebnis konnte sich sehen lassen. Wie immer hatte Dario tausend Dinge zu tun und wie immer erledigte er alle gleichzeitig. Den Freisprechknopf im Ohr, winkte er Riani herein, und während er am Telefon einen neuen Kunden akquirierte, schickte er seine Bürokraft zum Kaffee-Machen, kopierte einen Vertrag und makelte ein eingehendes Gespräch. Riani ließ sich auf einem der braunen Lederclubsessel nieder und sah sich um, während er auf seinen Freund und den Caffè wartete. Die großen und hohen Räume, die alle ineinander übergingen, hatten noch die originalen Deckenfresken und Parkettböden, waren aber modern und clean eingerichtet. Riani, der von Möbeln und Design überhaupt keine Ahnung hatte und die chaotisch-gemütliche Einrichtung ihrer Wohnung gerne seiner Frau überlassen hatte, rümpfte die Nase. Chromstahl und Lack, wohin das Auge reichte, an der Wand moderne Kunst, und neben der Sitzgruppe eine übermannsgroße Skulptur aus rostigem Eisen, das war mehr, als er als eher traditionell orientierter Langweiler ertragen konnte.

»Ti piace?«, fragte Dario, als er endlich aufgelegt hatte.

»Beh ...« Riani hasste solche Fragen und rang heftig gestikulierend um eine ehrliche Antwort: »Es sieht ... wow aus!«

»Es gefällt dir nicht!«

»Oh ... Nein! Das würde ich nicht sagen ... Ich ... Du weißt, dass ich deinen Individualismus immer bewundert habe. Außerdem ...«, er machte eine raumgreifende Armbewegung, »das bist hundert Prozent du.«

»Ha, du heuchlerischer Ignorant.« In diesem Punkt waren sie so verschieden wie nur etwas. Dario stöhnte jedes Mal innerlich auf, wenn er sich in dem Flohmarkt-, Nippes- und Antiquitätenlabyrinth der Familie Riani das Kreuz auf den wackligen Holzstühlen der Küche brach oder aber in den zahlreichen bunten Kissen der weichen Sofalandschaft erstickte. Nachsichtig lächelnd erlöste er seinen Freund: »Was gibt's zu so ungewöhnlicher Stunde? Dimmi!«

Riani wurde plötzlich ernst. Eigentlich hatte er mit Dario über das reden wollen, was seit Montag seine Welt erschütterte, aber wie sollte er das tun? Wohl wissend, dass sein Freund, ein erfolgreicher Immobilienmakler, Motorradrennfahrer, Schauspieler und Frauenfreund, sich seit Jahr und Tag nach der richtigen Frau, einer Familie mit Kindern verzehrte?

»Ach ... Nichts ... Ich wollte nur mal das Gesamtkunstwerk bestaunen ...«

Dario, der eigentlich schon aufspringen und das nächste Telefongespräch annehmen wollte, stutzte. Er gab seiner Mitarbeiterin ein Zeichen, das Gespräch anzunehmen, und sah seinen Freund prüfend an: »Riani, du warst schon immer ein schlechter Lügner. Gehen wir etwas trinken?«

»Nein. Es ist nichts. Wirklich. Lass gut sein.« Riani grinste verlegen. Er war ein Idiot.

»Ich bin dein Freund. Willst du mich beleidigen?«

»Nein, natürlich nicht, aber ...«

»Riani, was immer es ist, ich will es jetzt wissen. Lass uns einen Aperitif nehmen!« Und ohne auf Rianis Widerstand einzugehen, gab er ein paar Anweisungen, nahm Mantel und Schal von der Garderobe und bugsierte seinen Freund zur Tür hinaus.

»Riani ... Dai!«, insistierte er zehn Minuten später, als sie beide vor einem Crodino saßen. »Jetzt spuck's schon aus!« Aber als er seinen Freund so freudlos und grau die Nüsse runterfuttern sah, erschrak er plötzlich. »Großer Gott, was ist los? Hast du Krebs? Oder ist etwas mit deiner Familie?«

»Krebs? Großer Gott, nein!« Riani lachte unvermittelt über den theatralischen Einfall, gab sich aber einen Ruck:

»Nein. Keine Sorge, alle sind wohlauf, niemand ist krank, im Gegenteil … Giovanna ist schwanger …«

»Was?« Dario war überrascht. »Und deswegen machst du so ein Gesicht? Das verstehe ich nicht.«

Wie sollte er auch, dachte Riani, war doch sein Familienleben das wohl Erstrebenswerteste überhaupt für seinen Freund. Er seufzte tief. Wie sollte er ihm das erklären? Seinen Schock, als er davon erfahren hatte, seinen Widerstand, seine Ängste, seinen Wunsch zu fliehen, so weit er nur konnte? Obwohl er seine Frau und seine drei Töchter mehr liebte als alles auf der Welt?

»Dario, versteh mich nicht falsch …«

»Dann erklär's mir!«

Riani seufzte noch tiefer. Grübelnd reihte er die Nüsse nebeneinander auf dem Tresen auf. Wie sollte er das erklären? Schon der Versuch kam ihm wie Verrat vor. Verrat an seiner Frau, an seiner Familie. Deshalb sagte er nichts.

Dario gab dem Barista ein Zeichen und orderte zwei Whiskys. Er beobachtete, wie Riani seinen hinunterkippte, und wartete schweigend. Im Grunde ahnte er, was seinen Freund so erschreckte, aber er war nicht gewillt, ihm so viel Verständnis entgegenzubringen. Was hätte er gegeben für eine so witzige, kluge und attraktive Frau. Und wie glühend hatte er ihn beneidet um die drei bildhübschen und selbstbewussten Töchter. Sein Blick wanderte über Riani, über dessen massige Statur, die wirren grauen Haare, die ausgeprägten Stirnfalten und die nachlässig rasierten, schon schlaff werdenden Wangen. Mit einem Mal wurde ihm klar: Sein Freund wurde alt! Plötzlich empfand er Mitleid.

»Riani, alter Knabe … Erinnerst du dich noch, wie es war, als ihr Caterina erwartet habt?«

»Ja natürlich!«

»Und erinnerst du dich auch an deine allererste Reaktion, als du diese Nachricht bekommen hast?«

»Äh, ja …«, gab Riani zögernd zu. »Aber da waren wir beide noch im Studium.«

»Ja, ich weiß. Und wie war es bei Alessandra?«

Riani drehte nachdenklich sein Glas in der Hand. »Da hatte Giovanna gerade ihre neue Stelle angetreten …«

»Und bei Raffaela?«

Riani seufzte tief und blickte schuldbewusst in sein leeres Glas. »Ich weiß, auf was du hinauswillst.«

»Und? Was war damals dein allererster Gedanke? Sag's mir! Wie war es bei eurer Jüngsten?«, insistierte Dario erbarmungslos.

»Da hatten wir gerade die Wohnung im vierten Stock gekauft … Ohne Aufzug …«

Dario nickte zufrieden. »Und jetzt sieh mich an!«

Riani blickte auf.

»Und als die Kinder dann geboren waren? Wie war das?«

Riani grinste schief. »Es war unbeschreiblich schön.«

»Hast du jemals auch nur eine Sekunde lang bereut, dass du sie hast?«

Darauf musste Riani nicht antworten. Seine Töchter waren seine Augäpfel, sosehr sie ihn auch strapaziert und gefordert hatten, besonders die Jüngste. Dario grinste, und Riani gab ihm einen freundschaftlichen Stoß. »Du musst gar nicht so selbstzufrieden grinsen.«

Der Angesprochene zahlte und erhob sich: »Caro mio, ich muss los. Gehen wir die Tage einmal essen? Ich hätte mal wieder Lust auf ein ordentliches Bistecca. Wie wäre es gleich mit morgen um acht? Auf einen Aperitif bei Scudieri, dann in die Trattoria del Carmine? Ich kümmere mich um die Reservierung.«

Riani ging im noch immer strömenden Regen zurück in die Innenstadt und fühlte sich ruhiger als noch eine Stunde zuvor. Als er jedoch sein Telefon wieder einschaltete und ein Anruf nach dem anderen auf ihn einprasselte, war es mit seiner Ruhe schlagartig vorbei. Eine Briefbombe auf der Questura hatte einen Mitarbeiter schwer verletzt, Mariangela Varese lag nach einem missglückten Selbstmordversuch im Krankenhaus, ihr Mann Domenico besaß für die Tatzeit kein Alibi, Pierfrancesco Della Valle war wie vom Erdboden verschluckt und die junge Marchesa war wohl mehr als einmal um ihren Halbbruder herumgeschlichen. Panik in der Ermittlungsgruppe, da er nicht erreichbar gewesen war, und seine Tochter wollte wissen, ob der Termin am Nachmittag noch stand. Höchst alarmiert stampfte Riani durch die Pfützen in Richtung Questura. Porca miseria! Das durfte doch nicht wahr sein! Da war er mal eine Stunde lang nicht erreichbar, und dann gleich so ein Chaos. Und was war das mit dieser Bombe? War dieser irre Briefbomber wieder aufgetaucht, der vor einigen Jahren sämtliche Behörden und Ämter in Angst und Schrecken versetzt hatte?

18

»Bitte sehr, Signorina, hier ist die passende Größe.«

»Legen Sie es zu den anderen Sachen.« Ohne ein Wort des Dankes sah sie die Pullover durch, wählte einen und drückte ihn der unsicher lächelnden Verkäuferin in die Hand. »Sind die Lederjacken endlich da?«

»Ich …« Die junge Frau warf einen Hilfe suchenden Blick auf ihre Kollegin, die ihr umgehend beisprang. Bei einer so guten und speziellen Kundin durften keine Fehler passieren.

»Sie haben Glück, Signorina, heute Morgen sind sie gekommen. Wenn Sie einen Augenblick Geduld haben, gehe ich sie rasch holen.«

»Das ist nicht nötig! Das wäre alles. Wenn Sie jetzt bitte so freundlich wären …«

Wenig später trat Giorgia Di Maffei hinaus in den kalten Novemberregen und spannte ihren Regenschirm auf. An ihrem Arm baumelten bereits zahlreiche Tüten renommierter Marken: Gucci, Stefanel, Passionata, Sephora, Armani und jetzt noch Guess. Aber heute wollte sich die gewohnte Befriedigung nicht einstellen. Das lag nicht nur am Regen, den sie bereits heute Morgen beim Verlassen des Hauses als persönlichen Affront empfunden hatte. Sie fühlte sich miserabel, seit dem Augenblick, als ihr dieser schrecklich grobe Mensch das Foto gezeigt hatte. Als ob sie nicht schon genug Probleme hatte, die sie nachts nicht schlafen ließen. Wie konnte er nur! Wie konnte er es wagen, das Bild dieser Hure und dieses Bastards in ihr Haus zu bringen. Altbekannter Hass und Abscheu loderten ätzend auf, und ganz neue Angst schnürte ihr die Kehle zu. Sie war nicht so dumm zu glauben, dass sie ihm etwas vormachen konnte. Es war sonnenklar, dass er Verdacht geschöpft hatte. Nein, mehr noch, er wusste, dass ihr die drei Menschen auf dem Bild sehr wohl bekannt waren. Avvocato Capponi hatte ihr zwar versichert, dass es keinen Grund zur Besorgnis gäbe, dass nichts und niemand sie dazu zwingen könne, irgendjemand wiederzuerkennen, und dass der Mord, den es angeblich zu ermitteln galt, nur typisches Polizeigetöse wäre, doch wurde sie das unangenehme Gefühl nicht los, dass er ihr nicht die ganze Wahrheit sagte. Er hatte diesen Blick gehabt. So wie ihre Mutter, wenn sie sie bei einer ihrer zahlreichen Zwangshandlungen ertappte oder wenn sie das fünfte Mal unter einem fadenscheinigen Vorwand nach oben in ihr Zimmer gerannt war, um zu kontrollieren, ob ihr Computer wirklich heruntergefahren war, während ihre Mutter ungeduldig hupend im Wagen wartete.

Giorgia überlegte ungeduldig, wohin sie sich jetzt wenden sollte. Vielleicht brachte ein ausgiebiger Besuch bei der Kosmetikerin die erhoffte Entspannung? Eigentlich wusste sie gar nicht, warum ihr dieser Polizist eine solche Angst einjagte. Niemand, absolut niemand konnte wissen, dass es ihre Schuld gewesen war. Dass sie ihren Vater auf dem Gewissen hatte. Dieses grauenvolle Geheimnis hatte sie tief in ihrem Herzen begraben, so wie sie damals den Vater begraben hatten. Keine Menschenseele wusste, dass sie ihm damals den Tod gewünscht hatte, damals, als er wieder einmal keine Zeit für sie gehabt und stattdessen seinen Sportwagen gewaschen hatte. Das Bild war unauslöschlich in ihre Netzhaut geprägt. Ihr Vater hatte ihr auf seine ewig zerstreute Art etwas versprochen, um es anschließend nicht zu halten. Wie so häufig. Hatte Müdigkeit, wichtige Termine oder etwas anderes vorgeschoben. Und dann war er drüben vor den Garagen gestanden und hatte mit einem großen Schwamm die kühn geschwungenen Kotflügel seines geliebten Wagens eingeschäumt. Nicht heute, Principessa, hatte er gesagt, und sie hatte ihn, unendlich enttäuscht und tief verletzt, wutentbrannt angeschrien, dass sie ihn hasse, dass sie wünschte, er wäre tot, dass sie wünschte, er möge mit dem verdammten Auto gegen einen Berg fahren. Und das hatte er am selben Nachmittag getan. Zwar nicht gegen einen Berg, aber gegen eine steinerne Umgrenzungsmauer. Er hatte die Kontrolle über den Wagen verloren und war eine zehn Meter tiefe Böschung hinuntergestürzt. Sie trug also die Schuld an seinem Tod. Sie selbst und diese … Sie und ihr Bastard, die der Grund dafür gewesen waren, dass ihr über alles geliebter Babbo nie Zeit für sie gehabt hatte. Wieso hatte ihr dieser grässliche Polizist dieses Foto gezeigt? Ausgerechnet eines mit diesem Auto? Avvocato Capponi hatte ihr gesagt, er wüsste es nicht. Mord. Hatten sie nach all diesen Jahren herausgefunden, dass sie schuld war am Tod ihres Vaters?

Ihr schönes Gesicht verzerrte sich zum Weinen, und die schier erdrückende angstvolle Vorahnung ließ ihren Herzschlag stolpern, sodass sie eilig ein Taxi herbeirief und sich zu Dottor Tuttolomondo fahren ließ, ihrem Psychiater, der ihr als Einziger Halt und Hilfe gab. Der ihr immer wieder versicherte, dass sie, die seinerzeit Fünfjährige, nicht schuldig war am Tod ihres Vaters, dass sie ein Opfer ihres damaligen, durchaus typischen, magischen kindlichen Denkens sei, dass ihr Vater auch ohne ihren Wunsch gestorben wäre, dass er schlicht die Kontrolle über den Wagen verloren hatte und dass das bedauerlicherweise jeden Tag vorkäme. Und dass alles gut werden würde, sie werde schon sehen. Sie waren so unendlich tröstlich, seine Worte, zumindest für eine kurze Zeit, doch sie wusste, dass er unrecht hatte. Als sie eine Viertelstunde später in einem Torbogen in der Innenstadt verschwand, bemerkte sie nicht, dass sie beobachtet wurde.

Nicht weit entfernt, in einem prachtvollen holzgetäfelten Büro, fand ein hitziges Krisengespräch statt, das denselben Todesfall vor zwanzig Jahren zum Thema hatte.

»Ich versichere Ihnen noch einmal bei meiner Berufsehre, dass die Polizei nichts, aber auch gar nichts in der Hand hat. Ich sagte es bereits. Nach so vielen Jahren gibt es keinerlei Beweise mehr.«

»Aber es ist nicht verjährt.«

»Das habe ich auch nicht in Abrede gestellt. Da gebe ich Ihnen recht, Mord verjährt nie. Aber ... bitte ...« Er lehnte sich vor und blickte sie eindringlich an. »Verlieren Sie nicht die Nerven! Es gibt keinerlei Beweise! Der Wagen ist längst auf irgendeinem Schrottplatz, und das Wichtigste überhaupt«, er legte einen besonderen Nachdruck in seine Worte, »der Mörder ist tot. Tot und begraben, seit vielen Jahren. Er kann nicht mehr aussagen. Sie haben nichts zu befürchten.«

Sie hörte seine Worte, doch ihrem Gesichtsausdruck war zu entnehmen, dass sie seine Beteuerungen nicht im Mindesten beruhigten. »Aber was, wenn er vor seinem Tod etwas hinterlassen hat? Eine Art Geständnis? Oder wenn er seinerzeit Padre Aurelio gebeichtet hätte?«

Er seufzte unmerklich. So überdrüssig! Er war dieser ganzen Geschichte so überdrüssig! Seit dreiundzwanzig Jahren schon war er unfreiwilliger Mitwisser und in regelmäßig wiederkehrenden Angstschüben Berater und Tröster. Nach außen hin wahrte er jedoch die Fassade und schüttelte jetzt pflichtschuldig den Kopf. »Marchesa! Das hatten wir doch schon. So oft. Basta! Kein Geständnis und keine Beichte. Es existiert nichts, was Sie in Zusammenhang bringt mit dem tragischen Unfalltod Ihres Gatten. Nichts. Ich versichere es Ihnen.« In Wahrheit war er alles andere als sicher. Ihre Einwände waren gar nicht so verkehrt. Es stimmte, dass der alte Hilfsgärtner, der seinerzeit für eine üppige finanzielle Zuwendung das Lenkgestänge des Wagens manipuliert hatte, bereits vor Jahren verstorben war. Dennoch gab es keine hundertprozentige Gewissheit, dass nicht doch noch irgendwo ein Schriftstück, eine Art Geständnis, Rückversicherung oder Beichte existierte. Außerdem machten damals durchaus Gerüchte die Runde, dass der Marchese beabsichtigte, sich scheiden zu lassen, obwohl offiziell noch nichts entschieden war und auch die Töchter noch ahnungslos waren. Zwar existierte der Entwurf für die Scheidungspapiere nicht mehr, die hatte er nach dem Unfall wohlweislich verschwinden lassen, aber sicherlich wären noch ein paar Zeugen auffindbar, die die Pläne des Marchese kannten, wenn man nur intensiv genug suchte. Er schloss einen Augenblick die Augen, um sich gleich darauf wieder seiner Mandantin zuzuwenden.

»Sie können vollkommen beruhigt sein. Aber ich muss Sie eindringlich bitten, künftig nicht mehr ohne mich mit der Polizei zu sprechen. Dasselbe gilt für Giorgia, ganz besonders für Giorgia. Haben Sie übrigens meinen Rat befolgt?«

»Nein.« Energisch und unmissverständlich.

Er war es so leid. »Marchesa, bitte, ich kann Ihnen nicht eindringlich genug raten, mit der Polizei zu kooperieren. Niemand nimmt Ihnen ab, dass Sie Ihren Gatten nicht erkannten. Bei allem Respekt!«

»Auf gar keinen Fall! Das Bild war mindestens zwanzig Jahre alt. Außerdem waren da noch diese … Frau und dieses Kind! Es ist mein gutes Recht, ihn nicht zu erkennen.«

»Wie Sie meinen. Aber ich bin nach wie vor der Ansicht, dass es hilfreich sein könnte zu wissen, in welcher Angelegenheit die Polizei ermittelt. Denken Sie nicht? Vielleicht machen Sie sich vollkommen unnötig Sorgen?«

»Nein! Ich krieche doch nicht zu Kreuze.«

Zu Kreuze kriechen sah definitiv anders aus, dachte er, aber laut sagte er: »Gut. Wie Sie wünschen.« Für ihn war das Gespräch hiermit beendet und er erhob sich. Sie blieb sitzen.

»Könnten Sie nicht herausfinden, was die Polizei …?«

»Nein!« Ebenfalls kurz und bündig.

»Wenn Sie mich jetzt entschuldigen würden … Ich muss …« Er machte eine unbestimmte Bewegung in Richtung seines Talars. »Sie wissen ja, wo Sie mich finden, sollte etwas Unvorhergesehenes geschehen.«

Als sie gegangen war, trat er nachdenklich ans Fenster und betrachtete die Menschen auf der Via Cavour, wie sie durch den Regen hasteten. Wenn das nur kein übles Nachspiel hatte! Eine gewisse Nervosität konnte er nicht leugnen, obwohl er sich hundertprozentig abgesichert hatte. Mit dem Mord konnte er unter gar keinen Umständen in Zusammenhang gebracht werden. Dennoch. Sollte diese Sache jemals an die Öffentlichkeit gelangen, würde auch an ihm ein fader Beigeschmack haften bleiben. Aber vielleicht sollte er abwarten, was die Polizei von der Familie Maffei wollte.

19

Punkt fünfzehn Uhr ließen sich Ian McNair und Robert Harris im Wohnzimmer der Familie Riani nieder, wo Caterina Riani ihren Laptop und einen Beamer nebst Leinwand aufbaute. Arturo beschnupperte erst ausgiebig die Fremdlinge, bevor er mit einem Satz auf McNairs Schoß sprang, der erschrocken zurückwich. Der Kater drehte sich zweimal um die eigene Achse, wobei er jedes Mal seinen hocherhobenen Schwanz durch McNairs Gesicht strich, und ließ sich dann nieder. Harris beobachtete amüsiert seinen ängstlichen Freund und Kollegen und begann das Tier zu streicheln, das prompt anfing zu schnurren. »Der ist ja süß! Wie heißt er?«

»Arturo«, erwiderte Riani, der gerade Chips, gesalzene Nüsse, Grissini und Oliven aus der Küche brachte.

»Ja, süß!«, bestätigte McNair mit hocherhobenen Händen und wandte sich bittend an Harris. »Kannst du nicht mal …?«

»Wieso? Er fühlt sich doch wohl bei dir.«

»Mann, Harris! Mach das Vieh weg!«

Harris kraulte grinsend weiter, und der Kater begann, tretend und knetend, seine Krallen in McNairs Schenkel zu bohren. Der Brite hingegen wusste nicht, wie er unauffällig gewisse Körperteile schützen sollte, ohne das Tier zu berühren.

Harris lachte vergnügt. »Der macht nichts. Das ist ein Zeichen von Sympathie und Wohlbefinden.«

»Ach ja? Lass du dir doch die Beine piercen! Äh … Signorina …?« Er traute sich nicht, den riesenhaften Kater anzufassen, der ihn unverwandt anstarrte. Caterina, die über diesen Auftrag dezent sauer war, ignorierte den Mann in Not, während Riani für jeden einen Spritz mixte.

»Papà, es ist drei Uhr nachmittags«, raunte sie ihm zu, aber er winkte gut gelaunt ab. »Engländer vertragen was. Die trinken den ersten Whisky schon zum Frühstück.«

Nachdem sie eine Viertelstunde lang vergeblich auf Torrini gewartet hatten, begann Caterina mit ihrem Vortrag. Anfänglich etwas unsicher, wurde sie bald selbstbewusster. Man hielt ja nicht jeden Tag eine Präsentation vor dem eigenen Vater. Sie berichtete über die Zeit der Renaissance und die Umstände, die zu dieser Epoche der Erneuerung geführt hatten. Sie gab einen anschaulichen Überblick über die Geschichte Italiens, das in der Antike durch Griechen, Phönizier und Etrusker kolonialisiert wurde und ab vierhundert vor Christus, als Römisches Reich, halb Europa, Nordafrika und den Nahen Osten dominierte, bis es vierhundert nach Christus zusammenbrach. Sie erklärte, wie das zerstörte Reich unter germanische Herrschaft fiel, Normannen, Franzosen und Spanier kommen und gehen sah, während im Süden die Araber und Byzantiner herrschten. Das Land war nie eine Nation. Die daraus resultierenden zersplitterten Fürstentümer, Territorialstaaten und natürlich der machthungrige Kirchenstaat bildeten deshalb am Ende des Mittelalters den Nährboden für eine neue Epoche, auf dem sich ein neues Selbstverständnis entwickelte. Genua, Pisa, Venedig und Florenz waren im Laufe des Mittelalters durch rege Handelsaktivitäten zu finanzstarken und einflussreichen Stadtkommunen gewachsen, in denen sich ein selbstbewusstes Handelsbürgertum entwickelte. Während Caterina referierte und verschiedene Bilder zeigte, kippte der von Arturo unbeirrt belagerte McNair rasch hintereinander drei Spritz, die Riani emsig neu mixte. Schon bald war er deutlich entspannter und lehnte mit glasigem Blick im Polster, während Caterina, ohne sich stören zu lassen, fortfuhr. Ihr Vater war beeindruckt. Obwohl sie, Harris wegen, der kaum Italienisch sprach, den Vortrag auf Englisch hielt, konnte er ihr gut folgen. Ihm waren die Zusammenhänge nie ganz klar gewesen, die dazu geführt hatten, dass das als dunkel und sinnenfeindlich empfundene Mittelalter durch eine neue Epoche abgelöst wurde. Eine Epoche, in der sich die Wissenschaft zunehmend von der Theologie abgrenzte, eine Epoche, die sich auf die Ideale der Antike rückbesann, und eine Epoche, in der ein neues Menschenbild entstand: ein vom Humanismus geprägtes, den Menschen in den Mittelpunkt stellendes, neues Weltbild. Mit den Worten seiner Tochter erklärt, erschien ihm die Entwicklung erstmals plausibel. Nur in diesem Klima der Erneuerung konnte bahnbrechend Neues entstehen.

Caterina lächelte verstohlen über die konzentrierte Miene ihres Vaters. Sie kam von der großen Zeitlinie auf den Aufstieg und Fall der Medici, der Familie, die die Renaissance in Florenz seinerzeit maßgeblich mitgestaltete und die bis heute die Stadt dominierte und definierte. Caterina, die sicher war, dass die beiden Engländer gewisse Grundkenntnisse hatten, gab dennoch einen kurzen Überblick über den Familienstammbaum. Harris und Riani lauschten aufmerksam, während es McNair zunehmend schwerfiel, sich zu konzentrieren. Einen Augenblick lang musste er weggedöst sein, denn als er die Augen wieder öffnete, war die Referentin bereits bei Papst Sixtus.

»Papst Sixtus IV. jedoch, der ursprünglich als Franziskaner Bettelmönch Armut und Bescheidenheit gepredigt hatte, entdeckte nach seiner Wahl zum Papst im Jahr 1471 erst Reichtum und Luxus, dann seinen Familiensinn. Der schon bekämpft geglaubte Nepotismus erlebte eine Neuauflage.«

»Nepotismus?«

»Die Begünstigung von Verwandtschaft, umgangssprachlich auch Vetternwirtschaft genannt«, grinste sie. »Bei Sixtus waren es eine ganze Reihe von Neffen, die er mit Land, Ämtern und Macht ausstatten wollte …«

»Und was hat das mit den Medici zu tun?«

»Dazu komme ich gleich.« Sie warf einen kurzen Blick auf den sichtlich unaufmerksamen McNair, der sich, von Arturo okkupiert, systematisch betrank. Wie konnte so ein Prachtexemplar von Mann eine solche Angst vor Katzen haben? Na ja, wenigstens hörten ihr die anderen zu. Sie wandte sich wieder ihrem Skript zu, klickte in ihrer PowerPoint-Präsentation eine Seite weiter und fuhr fort: »Sixtus ließ Lorenzo de' Medici nach Rom kommen, um mit ihm über einen Kredit zu verhandeln. Dass die Medici als die Bankiers der Päpste bezeichnet wurden, wisst ihr aber, ja?« Alle nickten. »Sixtus wollte einen Kredit, um seinen Neffen als zentrale Macht in Mittelitalien zu etablieren. Lorenzo lehnte allerdings ab, weil das den Einflussbereich der Familie gefährdet hätte, und verärgerte so den Papst.«

»Ziemlich riskant, oder?« Harris schien aufmerksam bei der Sache zu sein.

»Allerdings«, bestätigte sie. »Sixtus setzte sich umgehend mit der Familie Pazzi und Federico de Montefeltro in Verbindung. Die Pazzi, eine alte, reiche und einflussreiche toskanische Adelsfamilie, kämpften gegen die Medici um Macht und Einfluss in Florenz und waren ein idealer Verschwörungspartner. Ebenso Francesco Salviati, neu ernannter Erzbischof von Pisa, ein erbitterter Gegner Lorenzos, der den Bischofshut von Florenz anstrebte, und Montefeltro, ein typischer Renaissancemensch seiner Zeit: humanistisch hochgebildet und kriegerisch zugleich, der seine Söldnerheere jedem zur Verfügung stellte, der genug zahlte …«

»Aber war dieser Montefeltro nicht ein Freund Lorenzos?«
Caterina hob anerkennend die Augenbrauen. Da hatte aber jemand seine Hausaufgaben gemacht. Dieser blasse Freak hatte entschieden mehr drauf, als sie gedacht hatte. »Das stimmt. Das war er, aber Sixtus bot ihm den Titel eines Erbherzogs von Urbino an. Dem konnte er nicht widerstehen. Francesco de Pazzi und Francesco Salviati planten das Attentat, während Montefeltro außerhalb der Stadtmauern seine Truppen bereithielt, und so kam es am sechsundzwanzigsten April 1478 zu dem Attentat auf die Brüder Giuliano und Lorenzo de' Medici, das nur Lorenzo überlebte.«

»Das Pazzi-Attentat …«

»Ja.«

»Soweit ich weiß, ist Montefeltros Beteiligung nicht bewiesen.«

»Doch, mittlerweile ja«, bestätigte Caterina. »Ein Kunsthistoriker konnte einen gut erhaltenen codierten Brief von Montefeltro an Papst Sixtus entschlüsseln. Darin ist das Abkommen detailliert dokumentiert. Er erinnert darin sogar an die versprochene Bezahlung.«

»Wow!« Harris war beeindruckt. »Das wusste ich nicht.«

Caterina Riani lächelte. So machte das Ganze entschieden Spaß. Sie zeigte noch ein paar zeitgenössische Abbildungen und nahm den Faden wieder auf: »Die Pazzi-Verschwörung ging schief, wie ihr wisst, die Verschwörer wurden gelyncht und die florentinischen Besitztümer der Familie Pazzi enteignet … ihr Name aus den Stadtannalen getilgt …«

»Und die Medici wurden mächtiger denn je.«

»Genau. Aber ich wollte nicht nur über die Medici berichten. Ich sehe, dass ihr darüber genug wisst, oder? Die Heiratspolitik? Das Bankwesen? Ihre Macht in ganz Europa? Savonarola?«

»Ja. Ich denke schon.«

»Also gut …« Caterina warf einen Blick auf die Uhr. »Dann mache ich nur noch einen kurzen Ausflug in die Wissenschaft, die Literatur und die Kunst, einverstanden?«

Commissario Riani war schwer beeindruckt. So hatte er seine Tochter noch nie erlebt. So eloquent, so selbstsicher und so versiert. Wie sie in einfachen Worten und vielen Bildern die wichtigsten Errungenschaften dieser Epoche umriss. Und zwar so, dass Laien wie er es auch verstanden. Bemerkenswert! Die aufblühenden Wissenschaften mit Vertretern wie Leonardo Fibonacci und Galileo Galilei. Die innovative Literatur von Dante Alighieri, Petrarca oder Boccaccio, und natürlich den Einfluss der Antike auf die bildende Kunst, die sich in dieser Zeit grundlegend veränderte: exakte Abbildungen menschlicher Körper, mythologische Themen, die Entdeckung der Zentralperspektive und naturnahe Porträts lösten den bis dahin vorherrschenden Stil und die oft christlichen Motive ab. Wirklich erstaunlich! Nach eineinhalb Stunden war Caterina am Ende ihres Vortrags angelangt, klappte ihren Laptop zu und schaltete den Beamer aus. Riani und Harris klatschten begeistert Beifall und weckten McNair, der, mittlerweile sturzbetrunken, schlafend in den Seilen hing, während der Kater tiefenentspannt auf seinem rechten Bein lag, die Pfoten rechts und links herunterbaumelnd. Breit grinsend blickte er in die Runde: »Habe ich was verpasst?«

Caterina zwinkerte ihrem Vater zu: »Rufen wir ein Taxi, oder legen wir ihn in Arturos Katzenkorb?«

20

Die Sonne ging mit einem spektakulären Farbenspiel über den toskanischen Hügeln auf, doch nur Suor Rosetta hatte einen Blick für den flammenden Himmel, als sie die allmorgendlichen Schälchen für die Katzen vor das Gartenmäuerchen stellte. »Colazione bimbi«, rief sie mehrmals laut in Richtung Garten und hielt, einen Augenblick den müden Rücken reibend, vor dem Naturschauspiel inne, während die Katzen eilig angetrabt kamen. Die Luft war herbstlich kühl und schwacher Nebeldunst hing noch über der Landschaft, es würde heute ein sonniger Tag werden.

Commissario Riani lag um diese Zeit noch laut schnarchend im Bett. Sein festes Vorhaben, früh aufzustehen, um bei einem morgendlichen Spaziergang in der Natur seine Seele zu reinigen, hatte genau eine Sekunde gehalten. Blöder Vorsatz! Wer kann schon nachdenken, wenn er noch im Halbschlaf ist? Außerdem war es ja noch fast dunkel und er hatte das ganze Wochenende Zeit. Gut Ding will Weile haben! Was hatte Suor Rosetta gesagt? Bis wann gab es Frühstück? Nur noch ein Minütchen! Schließlich war Wochenende! Hatte den Wecker ausgeschaltet und sich wohlig seufzend noch einmal umgedreht.

Zwei Stunden später, nach einem starken Kaffee und einem ausgiebigen Frühstück, fühlte er sich so gut wie lange nicht. Er war einer von sechs Gästen, neben einem älteren amerikanischen Ehepaar und einer Gruppe von drei jungen Frauen um die dreißig, die er freundlich anlächelte.

Nachdem die gestrige Sitzung am späten Abend derart ergebnislos verlaufen war, hatte er kurzerhand beschlossen, das Wochenende zum Nachdenken und Entspannen zu nutzen. Es war wirklich zum Aus-der-Haut-Fahren! Erst der volltrunkene McNair, dann eine vollkommen nutz- und ergebnislose Besprechung. Der Fall des von der Briefbombe schwer verletzten Beamten war glücklicherweise seinem Kollegen übertragen worden, aber er hatte auch so genug Unannehmlichkeiten am Hals. Mariangela Varese, dieses dumme Kind, hatte sich die Pulsadern aufgeschnitten, nachdem ihr Mann, Domenico Varese, in den frühen Morgenstunden des fraglichen Donnerstags zum Laufen aufgebrochen war. Sie war außer Gefahr beziehungsweise nie in Lebensgefahr gewesen. Inzwischen war sie in die psychiatrische Abteilung verlegt worden. Ihr Mann Domenico hatte noch immer kein Alibi für die Zeit des zweiten Anschlags. Er will bis Fiesole und zurück gelaufen sein, nur leider konnte das bisher niemand bezeugen. Giorgia Di Maffei hatte den Morgen zu Hause verbracht und war gegen neun Uhr dreißig zu einer Shoppingtour in der Innenstadt aufgebrochen. Anschließend verweilte sie lange bei einem gewissen Dottore Giancarlo Tuttolomondo, medico, clienti privati, und war danach für den Rest des Tages nach Hause zurückgekehrt. So weit, so unauffällig, aber Torrini hatte herausgefunden, dass sie Alessandro Filipepi gekannt haben musste. Zumindest vom Sehen. Einigen seiner Kolleginnen war die hübsche junge Frau aufgefallen, die eine Zeit lang mehrmals die Woche durch die Säle flaniert war und die eine so verblüffende Ähnlichkeit mit ihrem Kollegen hatte. Weiteres würden hoffentlich noch umfangreichere Recherchen ergeben, die Riani seinem Ispettore für dieses Wochenende aufgetragen hatte. Und, last but not least, Pierfrancesco Della Valle, der Sohn der getöteten Signora Buonarroti, blieb wie vom Erdboden verschluckt. Nicht einmal seine Verlobte wusste, wo er sich aufhielt. Ja, das passiere immer wieder, dass er für ein paar Tage nicht erreichbar sei. Nein, sie wisse ganz sicher nicht, wo er sich aufhalte, und nein, sie sei nicht beunruhigt. Wieso auch? Riani dagegen war beunruhigt, doch bisher gab es keinen Anlass, den Mann zur Fahndung auszuschreiben. Alles in allem also waren sämtliche Infos nur ein Schuss in den Ofen. Alle Ermittlungen seit dem tödlichen Bombenanschlag auf Signora Buonarroti am Dienstagmorgen hatten sie keinen Schritt weitergebracht. Sie hatten nichts. Nichts. Null Komma gar nichts! Viele Fäden und diverse verdächtige Personen, aber nicht einmal ein Hauch von einem Durchbruch. Alessandro Filipepi hatte zumindest seit Donnerstag heimlichen Personenschutz.

Rianis Miene hatte sich immer mehr verdüstert, und nach der unerfreulichen Sitzung hatte er kurz entschlossen seine Männer zum Wochenenddienst verdonnert und sich selbst spontan in der Villa i Cancelli angekündigt, einem von Ursulinen geführten Gästehauses nahe Florenz. Er trug schließlich schwer an der Verantwortung. Dann hatte er die Verabredung mit Dario auf Sonntagabend verschoben, bevor er nach Hause gefahren war, seine Frau um Zustimmung gefragt und eine kleine Reisetasche gepackt hatte. Nur ein klitzekleines Wochenende! Nur Freitag bis Sonntag! Bei Nonnen! Ganz in der Nähe! Ruhe, Frieden und Erholung! Ambrosia für seine strapazierten Nerven! Er hätte endlich Zeit und Muße, über die familiäre Zukunft nachzudenken! Ohne Telefon und ohne Störung! Im Notfall war er ja über Suor Rosetta erreichbar. Signora Riani wusste, wann eine Diskussion zwecklos war, und quittierte seine wortreichen Rechtfertigungen kommentarlos mit mechanischem Nicken. »Jaja, mach du nur, im Moment gehst du mir sowieso nur auf die Nerven.«

Und so saß er jetzt auf einer kleinen Gartenbank, mit einem grandiosen Blick auf Florenz und die liebliche Hügellandschaft, versank in einem Krimi über Pisa, den ihm sein dortiger Kollege geschickt hatte, und vergaß alles drumherum, im Reinen mit sich und der Welt.

21

Der Sonnenaufgang war sensationell, und wenn die Nebelschleier über den Wäldern verdunstet wären, würde es ein kühler, klarer und sonniger Herbsttag werden. Der würzige Geruch der Zypressen vereinte sich mit dem Duft des Rosmarins aus dem nahen Kräutergarten und vereinzelter später, überreifer Feigen auf dem weichen Nadelboden. Die Temperatur war ideal für die Arbeit, die vor ihm lag. Das Anwesen war über hundert Jahre alt und mindestens zwanzig Jahre lang nicht bewohnt gewesen. La Lucertola, ein großes Bauernhaus in den weitläufigen Hügeln der Maremma, dem südwestlichen Ausläufer der Toskana. Vollkommen abgelegen, auf einem Hügel, mitten in der Macchia, und nur über einen abenteuerlich steilen, steinigen Hohlweg zu erreichen. Ein Freund hatte ihm davon erzählt. Dieser, ein passionierter Jäger, jagte mit Vorliebe in den ausgedehnten Wäldern der Maremma die dort heimischen Wildschweine und war eines Tages auf das verwunschene Anwesen gestoßen. Hinter gusseisernem Torbogen. Zweistöckig, natursteingemauert, mit Außentreppe an der Westseite, Glyzinien berankter Terrasse auf steinernen Arkadenbögen und mit Blick auf einen schattigen parkähnlichen Garten, dessen steinerne Begrenzung längst von der wild wuchernden Macchia überwunden war. Ein Traum für jeden schönheitsliebenden, fantasiebegabten und handwerklich ambitionierten Menschen. Er war eines Tages hingefahren und hatte es vom Fleck weg gekauft. Dass es so abgelegen war, störte ihn nicht. Er legte sich einen geländegängigen Wagen zu, ein Gewehr zur Abschreckung vierbeiniger Eindringlinge und alles andere, was nötig war, um ein solches Anwesen wieder bewohnbar zu machen. Und es hatte sich als wahre Herkulesarbeit erwiesen. Da kein Fundament vorhanden war und sich das Haus senkte, mussten zunächst stählerne Stützträger angebracht und Risse verputzt werden. Das hatten heimische Fachkräfte erledigt, die ihn ungläubig angestarrt hatten und nicht glauben konnten, dass er hier wohnen wollte. Mamma mia! Alles andere erledigte er anschließend selbst. Zuerst reinigte er die Kamine von Laub, Piniennadeln, Vogelnestern und einem Rattenkadaver, um mit prasselnden Kaminfeuern das alte Gemäuer zu erwärmen. Das war vergangenen September gewesen. Mittlerweile hatte er sämtliche Fensterrahmen und -läden abgeschliffen und neu gestrichen, kaputte Scheiben ersetzt, den Schutt ausgekehrt, die Spinnen aus den Ecken vertrieben, die Wände frisch geweißelt, neue elektrische Leitungen verlegt, eine funktionierende Küche eingebaut, die Wasserleitungen ersetzt, eine elektrische Pumpe für die hauseigene Quelle installiert, die Trinkwasserzisterne erneuert und ein Badezimmer eingebaut. Alles schlicht, aber funktional. Viele Abende hatte er nach getaner Arbeit mit schmerzendem Rücken und verschrammten Händen vor dem Kamin gesessen, Wein getrunken und Pläne gemacht.

Seit heute war er dabei, die Macchia zu lichten. Mit Hacke und Säge rückte er dem dornigen Gestrüpp zu Leibe und verbrannte es mit einem gewaltigen Feuer im Garten. Blieb lediglich der Kräutergarten an der Westseite des Hauses, neben der Außentreppe. Das Gärtchen mit der niedrigen Natursteinmauer war mit den Jahren zu einem verwilderten Serpentarium geworden, das er im kommenden Frühjahr komplett neu anlegen würde. Und die Möbel. Die hob er sich bis zum Schluss auf. Nicht nur, weil ihn der Transport vor eine bislang ungelöste Aufgabe stellte, sondern weil sie erst kommenden Monat fertig würden. Betten, Schränke, Tische, Stühle und Kommoden hatte er bei einem Schreiner im Tal in Auftrag gegeben, der ausschließlich nach traditionellem toskanischem Vorbild arbeitete. Er musste nur noch ausreichend Brennholz hacken und auf dem Markt in Follonica das typische handbemalte bunte Keramikgeschirr kaufen. Dann wäre es vollbracht. Hoffentlich gefiel es ihr!

Schwitzend legte er die Hacke weg und ging ins Haus, um sich ein Bier zu holen.

22

Torrini und das BBC-Team nutzten derweil das Wochenende für ein bisschen Sightseeing. Der Auftrag des Fernsehsenders war eine Dokumentation über die Polizeiarbeit an einem der schönsten und begehrtesten Flecken Europas. McNair hatte bereits vor zwei Tagen den Ispettore gefragt, ob er ihnen ein wenig die Stadt zeigen könne, falls es die laufende Ermittlung erlaube, und dieser hatte mit Vergnügen zugestimmt. Eifrig hatte er eine Liste aller Orte angefertigt, die, seiner Meinung nach, die beiden Engländer beziehungsweise der Rest der Welt unbedingt sehen müssten. Den Duomo und das Baptisterium hatten sie schon, deshalb war da unbedingt San Lorenzo zu nennen, die Medici-Kirche, und die direkt nebenan liegende Biblioteca Medicea Laurenziana, die wunderschöne Bibliothek von Lorenzo Il Magnifico, entworfen vom großen Michelangelo. Natürlich durften die Boboli-Gärten nicht fehlen und auch nicht das Kloster San Marco, Torrinis liebste Sehenswürdigkeit. Die unfassbar modernen Fresken von Fra Angelico aus dem fünfzehnten Jahrhundert faszinierten und berührten ihn über die Maßen.

Zuallererst aber trafen sie sich am Samstagmorgen zum Frühstück in der Antica Pasticceria Sieni. Die drei Männer, alle ähnlich alt und mit ähnlichem Humor, verstanden sich gut und der tendenziell etwas einsame Torrini genoss ihre Gesellschaft. Die beiden Engländer probierten die noch ofenwarmen Brioches, bestellten Zuccotto, tranken Cappuccino und freuten sich über die Atmosphäre in dem Café, in dem sich die ganze Nachbarschaft traf und in dem die Baristi alle

Kunden persönlich zu kennen schienen. Im Anschluss bummelten sie über den großen Mercato di San Lorenzo, der unmittelbar vor dem Café vorbeiführte. Die Marktstände mit Lederwaren, Wollschals und diversen anderen Dingen, die das Leben schöner machten, erstreckten sich zu beiden Seiten der Straße, hinein in Seitengassen und um die halbe Piazza di San Lorenzo. Harris drehte gut zwanzig Minuten, gab dann seine Kamera in McNairs Obhut und ergab sich einem wahren Kaufrausch. Von Torrini unterstützt und gedolmetscht, handelte er, als habe er nie etwas anderes getan, und erstand in einer knappen Stunde eine schwarze Lederjacke, zwei Paar Handschuhe, einmal mit Fellfutter, einmal ohne, drei Schals, zwei Gürtel und eine große lederne Umhängetasche, in der er seine Einkäufe verstaute. Nach dem Kaufrausch mussten sie sich in der großen Markthalle, Mercato Centrale, stärken. Die große, am Samstagvormittag brechend volle Markthalle aus dem Jahr 1874, Augenweide für Architekturfans und Paradies für Feinschmecker, war ein fabelhaftes Motiv für die Dokumentation. Harris schulterte seine Kamera und filmte McNair und Torrini, die sich durch die Menge schoben und an verschiedenen Ständen Salami, Schinken, Käse, Oliven, Wein und Brot für ein üppiges Picknick kauften. Anschließend gönnten sie sich ein Glas Prosecco.

Kurz vor elf bestiegen sie einen der touristischen Doppeldeckerbusse, da McNair ein bisschen schwächelte. Eine Stunde lang ließen sie sich quer durch Florenz bis hoch nach Fiesole fahren und bekamen so einen groben Überblick über diese an ungewöhnlichen Sehenswürdigkeiten so reiche Stadt. Das Wetter war mittlerweile perfekt. Der Frühnebel hatte sich verzogen, die Sonne strahlte und Torrini war der perfekte Touristguide. Gut informiert, engagiert und unterhaltsam. Bei Palazzo Pitti stiegen sie schließlich aus, um in den

Boboli-Gärten zu drehen. Die eindrucksvolle Parkanlage war im Jahr 1550 von den Medici angelegt worden, nachdem sie den Palazzo ein Jahr zuvor von den Erben des ruinierten ursprünglichen Bauherren Luca Pitti erworben und fertiggestellt hatten. Gut zwei Jahrhunderte später wurde die kunstvoll angelegte und immer wieder erweiterte Parkanlage der Öffentlichkeit zugänglich gemacht und war seither ein verzauberter Ort romantischer Projektionen für Generationen.

Harris machte wundervolle Aufnahmen vom Amphitheater, von den Statuen, den versteckten Nischen, Hecken, Alleen und Brunnen. Der kleine Rokokopavillon, der mittlerweile ein Kaffeehaus war, wurde in verschiedenen Einstellungen abgedreht, ebenso wie die kleine Villa mit Rosengarten am oberen Ende des Parks, in dem das Porzellanmuseum untergebracht war und die einen spektakulären Blick auf die herbstlich gefärbte Landschaft rund um Florenz bot. Auf einer verborgenen Parkbank, etwas abseits der Zypressenallee, machten sie schließlich Pause und packten ihre eingekauften Delikatessen aus. Gegen vier brachte Torrini die beiden Engländer zurück in ihr Hotel. McNair wollte sich ein bisschen ausruhen, und er selbst hatte noch einiges für Commissario Riani zu erledigen, bevor er und seine englischen Gäste heute Abend bei seiner Hauswirtin zum Abendessen eingeladen waren.

23

Ispettore Salvatore Torrini nahm seine Arbeit stets ernst, aber die Erkundigungen über die junge Marchesa Di Maffei nahm er noch ein bisschen ernster. Möglicherweise lag es daran, dass sie ein so reiches, schönes und noch dazu adeliges Mädchen war. Nur mit Mühe konnte er seine Gedanken zusammenhalten, die immer wieder in alle Richtungen abschwirrten. Wie es wohl wäre, ein solches Mädchen zur Freundin oder gar zur Frau zu haben? Ob sie wohl ebenso nett wie hübsch war? Ihr Benehmen bei den beiden ersten Begegnungen ließ nicht darauf schließen, aber man durfte nicht vergessen, dass sie gestresst war. Würde eine wie sie einen wie ihn überhaupt eines Blickes würdigen? Vermutlich nein. Bemerkt hatte sie seine Observation bisher jedenfalls nicht. Vielleicht, wenn er groß, schlank und gut aussehend wäre. So wie Agente Fabbri. Dem flogen die Frauenherzen nur so zu. Aber ihm? Da gab er sich keinen Illusionen hin. Zwar konnte er seine vermeintlichen äußerlichen Mängel mit viel Charme und Witz wettmachen, aber diese sympathischen Eigenschaften kamen meist nur im beruflichen Kontext zum Vorschein, wenn er sich sicher fühlte. In der freien Wildbahn, in seiner Freizeit, in Gegenwart hübscher Frauen eigentlich nie. Aber er ging auch selten aus. Wenn, dann ausschließlich mit seinen Kollegen, und wenn Agente Fabbri mit von der Partie war ... Ja, dann ... Aber wenn er ganz ehrlich war, hätte er ohnehin nicht gewusst, wie man Frauen für sich gewann. Bisher hatte er nur eine Freundin gehabt, Laura, mit der er sogar verlobt gewesen war, bis sie ihn vor zwei Jahren für einen anderen verlassen hatte. Sie kannten sich aus der Schule, und er hatte sich nie wirklich um sie bemühen müssen, da sie die treibende Kraft gewesen war. Vollkommen überwältigt von dem Gedanken, dass ein derart hübsches und munteres Mädchen Interesse an ihm haben könnte, hatte er sich augenblicklich rasend verliebt. Laura war für seine Eltern wie eine Tochter, die sie nie hatten, und im verflixten siebten Jahr wurde mit einem rauschenden Fest Verlobung gefeiert. Bis auf die drei Jahre seines Studiums auf dem Festland, das immer wieder längere Trennungen forderte, waren sie zehn Jahre zusammen. Vom siebzehnten bis zum siebenundzwanzigsten Lebensjahr. Torrini zwang seine abschweifenden Gedanken wieder auf die Tastatur zurück. Mit flinken Fingern tippte er eine Folge von Zahlen und Passwörtern ein und ging sich einen Caffè holen, solange der Computer verschiedene Datenbanken durchsuchte. Er liebte die stillen Stunden in der Questura und war Commissario Riani keineswegs böse, dass er ihn mit der Recherche über Giorgia Di Maffei beauftragt hatte. Er bewunderte seinen Chef. Seine herzliche Ruppigkeit, seinen Humor, seine Fairness gegenüber seinen Mitarbeitern, seinen Gerechtigkeitssinn und seine unschlagbare Polizistenintuition. Zwar bemerkte auch er den gewissen Hang zur Drückebergerei, den sein keineswegs so makelloser Vorgesetzter manchmal an den Tag legte, aber wenn es darauf ankam, war er stets zuverlässig und voll bei der Sache. Außerdem hegte Torrini eine glühende Bewunderung für Signora Riani. Sie war für ihn der Inbegriff der perfekten Frau. Hübsch, klug, lustig, zupackend, nachsichtig und mütterlich. Und sie konnte kochen! Ahi!

Als Torrini mit dem Becher aus dem Kaffeeautomaten zurückkam, sah er sofort, dass er einen Treffer gelandet hatte. Rasch stellte er den Caffè beiseite und setzte sich. Ach! Das war ja interessant! Eine knappe Stunde und zwei Telefonate später hatte er ein wirklich gutes Motiv entdeckt, doch sein Chef war non raggiungibile. Na gut. Bis Montag würde nichts anbrennen. Wenig wahrscheinlich, dass sie verschwinden würde. Er fuhr alles herunter und machte sich auf den Weg nach Hause, wo ihn seine Hauswirtin mit seinen beiden englischen Gästen zu einem ihrer fantastischen Abendessen erwartete.

24

Commissario Riani grunzte vor Behaglichkeit. Den ganzen Tag hatte er sich kaum einen Schritt bewegt, außer zu zwei wirklich köstlichen Mahlzeiten, während derer er sich angeregt mit den anderen Gästen unterhalten hatte. Jetzt saß er mit einem guten Whisky und bereits dem zweiten Buch, diesmal einem Krimi von Håkan Nesser, auf seinem Zimmer. »Mensch ohne Hund«. Er konnte das Buch gar nicht weglegen. Es beruhigte ihn irgendwie, dass Ispettore Barbarotti und sein Team so lange im Dunkeln tappten. Dass erst ein Zufall dazu führte, dass die beiden merkwürdigen Fälle gelöst werden konnten. Dass auch er nicht wusste, ob er es mit einem oder zwei Fällen zu tun hatte. Dass das Ganze lediglich Fiktion war, interessierte ihn nur marginal. Denn genau so war es doch! Sein Questore sollte dieses Buch lesen. Es ist keineswegs immer möglich, ein Tötungsdelikt innerhalb der ersten achtundvierzig Stunden zu lösen. Manchmal konnte ein Fall überhaupt nicht aufgeklärt werden. Shit happens! Und außerdem war nicht immer der Täter in den Reihen der eigenen Familie zu finden. Dieser ... Aktenhengst! Herrgott! Die Alte hatte doch kaum Familie! Nur den Sohn, der weder Motiv noch sonst was hatte. Dass er im Moment nicht erreichbar war, musste überhaupt nichts bedeuten. Und dieser zweite Anschlag ... Nun gut, der war irgendwie ... Riani schnaubte unwillig: »Soll er doch die Ermittlung übernehmen, wenn er glaubt, er könne es besser.«

Ob er schon versucht hatte, ihn zu erreichen? Unwillig schob er die unangenehmen Gedanken wieder beiseite, schenkte sich noch einmal nach und las weiter.

Seine Frau war indessen keineswegs unglücklich, dass sie ein ruhiges Wochenende allein zu Hause verbringen konnte. Mit dem Kater auf dem Schoß, einem alten Film und Schokolade. Nie hätte sie es zugegeben, doch sie fühlte sich neuerdings zunehmend erschöpft. Konnte es sein, dass sie diese späte Schwangerschaft so strapazierte? Oder war es die Schule, diese immer wiederkehrenden ermüdenden Taktiereien im Kollegium, oder die, wie sie fand, zunehmend unmotivierten Schüler? Vielleicht beides. Vielleicht lag es aber auch an ihr. Vielleicht hatte sie, nachdem jetzt alle drei Töchter mehr oder weniger aus dem Haus waren, keinen Elan mehr? Im Grunde war es egal. Aber wenn sie dieses Kind tatsächlich bekommen wollte, brauchte sie Hilfe. Das war so sicher wie das Amen in der Kirche. Sie sah sich definitiv nicht mehr in der Lage, Kind, Beruf und Ehemann zu jonglieren, so wie sie es fünfundzwanzig Jahre lang getan hatte, ohne sich je zu beklagen. Ihre Mutter hatte ebenfalls mit siebenundvierzig noch ihr letztes Kind bekommen, aber die hatte die Sicherheit eines sehr wohlhabenden Ehemannes und diverser dienstbarer Geister im Rücken gehabt. Wenn man Hauswirtschafterinnen, Köchinnen, Gärtner und Kindermädchen hatte, konnte man locker sieben Kinder zur Welt bringen, dachte sie. Zwar hatte sie immer ein etwas reserviertes Verhältnis zu ihrer sehr mit sich selbst beschäftigten und häufig abwesenden Mutter gehabt und wollte das für ihre eigenen Kinder nie, aber manchmal war sie doch nahe dran, ihre Mutter um finanzielle Unterstützung zu bitten – in Form einer Haushaltshilfe und eines Kindermädchens. Stundenweise. Das wäre eine enorme Erleichterung. Sie sah schon den Ich-hab's-dir-doch-gesagt-Gesichtsausdruck ihrer Mutter. »Wieso um Himmels willen muss es ausgerechnet ein Polizist sein? Hast du dir das gut überlegt, Kind? Er ist so ... unter deinen Verhältnissen!« Allein ihr Stolz hielt sie zurück. Außerdem hätte sich das ihr Mann verboten. Der selbst ohne Mutter aufgewachsene Riani hatte ein äußerst angespanntes Verhältnis zu seiner Schwiegermutter, die er stets »la strega« nannte, die Hexe. Na gut. Ein klärendes Gespräch war auf jeden Fall dringend nötig. Und zwar sobald er sein Erholungs- und Nachdenkwochenende beendet hatte. Was hatte er gesagt? Ambrosia für seine Nerven? Du meine Güte! Wenn er am Montag noch zu keiner Entscheidung gekommen war, würde sie ihm Ambrosia geben, dachte sie kampflustig. Aber heute war erst Samstagabend. Zufrieden seufzend stieg sie aus der Badewanne, schlüpfte in einen alten Jogginganzug, stellte Milch, Kekse und Schokolade bereit, nahm Arturo vom Sessel und ließ sich mit ihm vor dem Fernseher nieder. Den blinkenden Anrufbeantworter bemerkte sie nicht.

25

Es hatte den Falschen erwischt! Fahl vor Überraschung und Wut hatte er heute Morgen die Meldung über die Briefbombe in der Zeitung gelesen. Außer sich vor Zorn hatte er sie zerknüllt. Dann entlud sich plötzlich die Anspannung der letzten anderthalb Tage in einem nie gekannten Ausbruch von Raserei. Der Stuhl krachte rücklings auf den Steinboden, als er unvermittelt aufsprang und mit einer Bewegung alles vom Tisch fegte, was vom Frühstück dort noch stand. Die Marmeladengläser zerplatzten zu rotem Mus, Teller und Tassen zerschellten in tausend Scherben, die in alle Richtungen schlitterten, Kaffee und Milch spritzten, die Butter landete mit einem dumpfen Plumps auf den Fliesen, die Schale unversehrt wie ein Schildkrötenpanzer obenauf. Schwer atmend starrte er auf die Unordnung und trat mit Vehemenz gegen ein Messer, das gegen die Tür knallte und eine deutlich sichtbare Macke hinterließ. Jetzt war er dran, dieser verfluchte Commissario! Jetzt würde er eine Bombe nach Hause bekommen! Jetzt war Schluss mit lustig! Und noch bevor seine Wut verraucht war, stürmte er aus der Küche, riss den Mantel von der Garderobe und rannte aus dem Haus.

26

Signora Ravello war eine bemerkenswerte Person. Als emeritierte Professorin für Philosophie und Witwe eines weltweit renommierten Meeresbiologen blickte sie auf ein langes und bewegtes Leben zurück. In der großen Wohnung in Oltrarno, in der Via Maggio, unweit des Palazzo Pitti, befand sich ein Sammelsurium von Büchern, Kunst und Zeugnissen fremder Kulturen. Die Wände waren bedeckt mit überquellenden Bücherregalen, historischen Landkarten, großformatigen Fotografien und Kunst aus allen Epochen. Auf den zahlreichen Kommoden und Beistelltischchen zeugten präparierte Fische, Korallen, abstrakte Strandholzstücke und Muscheln, neben afrikanischen Masken, urtümlichen Instrumenten, asiatischen Tuschezeichnungen und historischen nautischen Geräten von den vielen Reisen rund um die Welt. Signora Ravello war kaum über achtzig, wie sie Torrini augenzwinkernd mitgeteilt hatte, noch immer geistig beweglich und körperlich fit. Ihr freundliches Gesicht war von unzähligen Falten durchzogen und ihre wachen braunen Augen verrieten Witz und Diskutierfreude. Seit der einzige Sohn der Eheleute Ravello und Taricone in den frühen Sechzigerjahren an Leukämie verstorben war, beherbergten die verwaisten Eltern immer wieder ausländische Studenten oder Gastprofessoren und führten ein offenes und gastfreundliches Haus. Nach dem Tod ihres Mannes vor zwei Jahren setzte sie diese Tradition allein fort, und so war seit einem Jahr Torrini ihr Mieter, Schützling und Gast. Was zunächst nur als Übergangslösung gedacht war, hatte sich mit der Zeit als angenehmer Dauerzustand erwiesen. Signora Ravello war humorvoll, belesen, klug und fürsorglich. Sie bekochte den jungen Ispettore regelmäßig mit Rezepten aus aller Welt, zeigte ihm jeden Winkel ihrer geliebten Stadt und klärte ihn ausführlich über Kunst und Kultur auf. Torrini vergalt ihr die interessanten Gespräche, die Filmabende mit Hitchcock und Co. und ihre Kochkünste, indem er sie ab und zu ins Museum führte, ins Theater begleitete oder sie und ihre Freundinnen nach Arezzo zum Antiquitätenmarkt fuhr.

Schon im Treppenhaus duftete es köstlich. Torrini schnupperte voller Vorfreude. Lammkeule! Oh! Als er Signora Ravello von dem englischen Filmteam berichtet hatte, das für zwei Wochen seinen Commissario begleiten würde, hatte sie drauf bestanden, die beiden jungen Männer zum Essen einzuladen. Die BBC! Wie interessant. Ihr Mann war in den Siebzigerjahren an einer Produktion für die BBC beteiligt gewesen, und sie konnte es gar nicht erwarten, die beiden Reporter kennenzulernen.

»Sono io«, rief Torrini, als er die Wohnungstür hinter sich schloss. Aus dem Wohnzimmer drangen Stimmen und deutlich vernehmliches Gelächter. Er legte seinen Schlüssel auf die Kommode in der Diele, hängte den Mantel an die Garderobe und verschwand kurz in der Gästetoilette, um sich die Hände zu waschen.

Als er ins Wohnzimmer kam, bot sich ihm eine witzige Szene: McNair auf der ausladenden Chesterfield Couch, sichtlich unentspannt, linkisch den aufdringlichen Abessinierkater mit dem prosaischen Namen Gatto abwehrend. Und daneben Harris, der, sich zu ihm hinübergelehnt, lachend das Tier streichelte, das laut schnurrend um McNairs Aufmerksamkeit buhlte. McNair, der Torrini aus den Augenwinkeln erblickte, sandte ihm einen flehenden Blick.

»Salvatore, würdest du mich bitte von diesem Tier befreien?«

Torrini spürte ein Lachen in sich aufsteigen. Es war wirklich zu lustig. Der Kater hatte eine echte Gabe, sich immer den Richtigen auszusuchen. Im selben Augenblick trug Signora Ravello das Tablett mit den Aperitifs und den Oliven herein.

»Salvatore! Buonasera! Sie sind schon da. Wie schön.« Sie stellte das Tablett auf dem Couchtisch ab und bemerkte ihr geliebtes Haustier, das sich an ihren Gast schmuste. »Oh, wie ich sehe, haben Sie Gatto schon kennengelernt! Katzen sind erstaunliche Tiere. Sie suchen sich immer ihre Menschen, nicht wahr?«

»Hm«, grinste McNair verkrampft, während der Kater den Kopf an seinen vor der Brust verschränkten Armen rieb.

»Das finde ich auch«, bestätigte Harris und hatte den Spaß seines Lebens.

Torrini beschloss, die beiden ihrem Schicksal zu überlassen, und ging seiner Hauswirtin noch ein wenig zur Hand. Viel war nicht mehr vorzubereiten. Er drapierte auf ihre Anweisung hin den Schinken und die Salami auf die vorbereitete Platte und bestrich je die Hälfte der gerösteten Crostini mit ihren hausgemachten Steinpilz- und Birnen-Gorgonzola-Cremes. Im Ofen schmorte die Lammkeule, und Signora Ravello musste nur noch die Kartoffelschnitze in Olivenöl, Rosmarin und Knoblauch wälzen. Nachdem sie sie zu der Keule in den Ofen geschoben hatte, strahlte sie wohlwollend den konzentrierten Torrini an. »Sie sind nett, die beiden Engländer, nicht wahr?«

»Oh, das sind sie. Ich danke Ihnen sehr für die heutige Einladung. Sie haben sich wieder eine solche Mühe gegeben.«

»Ach, papperlapapp! Das Vergnügen, Sie alle drei heute hier zum Essen zu haben, ist jede Mühe wert. Kommen Sie, der Wein wird sonst warm.« Sie stellte den Küchenwecker, nahm die Schinkenplatte und ging Torrini voraus ins Wohnzimmer.

Der Abend sollte einer der vergnüglichsten Abende werden, den er seit Langem erlebt hatte. Signora Ravellos Englisch war vorzüglich, und so konnten sich die beiden Engländer ungehindert verständigen. Nach dem Aperitif, von dem sich McNair gleich zweimal nachschenken ließ, entspannte er sich zusehends, und als die Dame des Hauses zu Tisch bat, erbarmte sich Torrini und befreite ihn von dem zudringlichen Kater. Signora Ravello hatte das festliche Familienporzellan mit den passenden silbernen Kerzenleuchtern gedeckt, altes Silberbesteck und Weingläser aus geschliffenem Kristall rundeten die Tafel ab. Der Rotwein war vorbildlich dekantiert und die gestärkten Stoffservietten kunstvoll gefaltet. Torrini zündete die Kerzen an, während die Gäste Platz nahmen und die Dame des Hauses die Lammkeule auftrug. Das Essen war fantastisch und der Wein floss in Strömen. Signora Ravello erzählte von der Dokumentation, die ihr Mann für die BBC gemacht hatte. Über Hammerhaie, die bizarrsten aller Haie, die sich vor Hawaii in den Tiefen des Pazifiks tummelten und sie damals das Fürchten lehrten. Über das Leben dieser seltsamen Knorpelfische war nicht allzu viel bekannt, und Dottor Taricone hatte es sich zur Lebensaufgabe gemacht, das Geheimnis um die seltsame Form ihres Kopfes zu lüften. So hatte das Paar über viele Jahre hinweg anstrengende Wochen auf schwankenden Booten verbracht, war in engen Taucheranzügen in gefährlichen Gewässern getaucht und hatte manch unangenehme Begegnung mit Tieren gehabt, denen man sich nicht wirklich gern Auge in Auge gegenübersieht. Signora Ravello berichtete, dass sie, niederträchtigerweise, hoch beglückt war, als ihrem Mann von ärztlicher Seite untersagt worden war, weiter zu tauchen. So war sie von den ungeliebten Tauchgängen befreit, und ihr Mann, der es nicht aushielt, anderen beim Tauchen zuzusehen, hatte sich endlich dem Buch zugewandt, das er zeit seines Lebens hatte schreiben wollen: ein populärwissenschaftliches Buch über Evolutionsbiologie. Das Paar hatte daraufhin noch zwanzig gemeinsame Jahre verbracht, in denen Dottor Taricone Vortragsreisen um die ganze Welt unternahm, während seine Frau, Professoressa Ravello, immer wieder Lehraufträge an der Universität von Florenz annahm. Seit dem Tod ihres Mannes reiste sie nicht mehr.

»Ach, ich habe so viel erlebt und gesehen in meinem Leben, ich bin zufrieden …«, versicherte sie und wandte sich liebenswürdig an McNair und Harris. »Ian, Robert, ich darf Sie doch so nennen … Jetzt habe ich so viel von mir geredet. Machen Sie einer alten Dame den Gefallen und erzählen Sie mir doch ein wenig über Ihr hochinteressantes Metier. Arbeiten Sie schon lange zusammen?« Sie sah erwartungsvoll von einem zum anderen.

»Sehr lange schon«, antwortete McNair, sichtlich beeindruckt von Signora Ravello. »Wir kennen uns bereits aus dem College.«

»Wir haben beide Publizistik studiert«, ergänzte Harris. »Aber mich hat es dann eher in den technischen Bereich gezogen, während Ian den Platz vor der Kamera liebt.« In dem Moment sprang der Kater auf McNairs Knie, wo er sich, so gut es ging, lang ausstreckte.

Harris ergänzte prustend: »Und alle mögen Ian … Besonders Katzen …«

»Das ist mir schon aufgefallen«, lächelte die alte Dame. »Er scheint ja geradezu in Sie verliebt zu sein.«

»Ja, scheint so …« McNair lächelte eisern, während er unauffällig versuchte, das Tier abzuschütteln. Aber je mehr er schüttelte, desto beharrlicher krallte es sich fest.

»Und die Affen erst«, hob Harris an. »Die lieben ihn fast genauso …«

»Rob, bitte!«

»Sie mögen Affen?«, fragte Signora Ravello nach.

»Oh ja. Ian liebt Affen, ebenso wie er Katzen liebt.« Harris grinste breit.

McNair, der den Kater nicht loswerden konnte, griff stattdessen beherzt nach seinem Glas. »Dürfte ich vielleicht noch …«

Signora Ravello schenkte ihm nach und stellte die Karaffe wieder hin. »Das müssen Sie mir erklären. Das mit den Affen.«

McNair lächelte gequält, und Torrini fragte sich, ob die alte Dame wirklich nicht merkte, dass der Engländer mit ihrer Katze seine liebe Not hatte, oder ob sie es absichtlich ignorierte.

Harris nahm den Faden auf: »Also die Geschichte mit den Affen ist wirklich lustig. Wir hatten den Auftrag, eine Dokumentation über die heiligen Affen in Indien zu drehen. Sie wissen, Hanuman, der Affengott …«

»Rob!«

Harris tat, als hätte er ihn nicht gehört. »Das ist wirklich interessant. Die Affen sind mancherorts eine echte Plage geworden. Wir drehten in verschiedenen Hindutempeln … Ich weiß nicht, ob Sie das je gesehen haben, es ist kaum zu glauben …«

»Persönlich nie«, erwiderte Signora Ravello. »Aber ich habe einmal einen Bericht darüber gesehen.« Sie lachte plötzlich auf. »An eine Szene erinnere ich mich noch genau, das war wirklich lustig. Während der Reporter berichtete, kamen die Affen und haben ihn belagert. Der arme Mann war wie versteinert vor Schreck. Manche sind ja furchteinflößend groß und so unglaublich dreist.« Sie lachte vergnügt. »Aber er hat durchgehalten und seinen Bericht beendet, während sie ihm die Taschen leerten. Respekt!« Erst als sie den lachenden Seitenblick bemerkte, mit dem Harris seinen wenig amüsierten Freund und Kollegen bedachte, fiel der Groschen. »Sie waren das?« Signora Ravello lachte und tätschelte dann wohlwollend McNairs Arm. »Dafür müssen Sie sich nicht schämen! Das war wirklich professionell, mein Junge. Complimenti!«

Harris wurde wieder ernst. Er hatte seine Rache gehabt für den Scherz, den sich McNair vergangene Woche mit seiner Arachnophobie geleistet hatte. Er erhob sich, nahm den schnurrenden Kater von McNairs Knien und strahlte die alte Dame an. »So ein schönes Tier habe ich noch nie gesehen.«

»Ja, er ist wirklich etwas Besonderes, nicht wahr?«

Auch das anschließende Dessert war hervorragend. Signora Ravello hatte eine Mandeltorte gebacken, die sie passend dazu mit einem Amaretto servierte. Und der stets etwas reserviert wirkende McNair, endlich befreit von dem Kater und entspannt vom reichlichen Alkoholgenuss, zeigte sich bald darauf von seiner witzigen Seite. Es wurde klar, warum die beiden schon so lange ein bewährtes Team waren. Torrini und Signora Ravello lachten Tränen, als die beiden diverse Anekdoten aus ihrem Alltag zum Besten gaben, und Torrini fühlte sich mehr als einmal an die schräge britische Comedy Serie »Little Britain« erinnert. Signora Ravello dagegen revanchierte sich mit ihrem schier unerschöpflichen Wissen über Florenz und die Medici. Sie wollte wissen, was die beiden bereits gesehen hatten, und lauschte hingerissen dem Bericht McNairs über den Empfang des Provinzpräsidenten vor zwei Tagen. Die Uffizien bei Nacht! Das hätte sie auch gern gesehen! Irgendwann kam das Gespräch unvermeidlich auf Sandro Botticelli.

»Der Hofmaler der Medici-Familie«, sagte Harris.

»Nein, nicht wirklich«, widersprach sie freundlich. »Er hat zeitweise sicher viele Aufgaben übernommen, die andernorts von Hofmalern ausgeführt wurden, aber er blieb immer ein selbstständiger Werkstattleiter. Das wird leider häufig falsch dargestellt.«

»In unserem aktuellen Fall ist ein junger Mann involviert, der Alessandro Filipepi heißt und seine Dissertation über Sandro Botticelli schreibt«, berichtete Torrini.

»Oh, wirklich? Das ist ja ein interessanter Zufall«, lächelte Signora Ravello und wandte sich an ihre Gäste. »Haben Sie denn Botticellis Werke in Florenz schon gesehen?«

»Die im Palazzo Pitti schon«, antwortete McNair: »aber die in den Uffizien noch nicht.«

»Oh, das müssen Sie unbedingt nachholen. Würden Sie denn eine Dreherlaubnis bekommen?«

»Die haben wir schon, aber bis jetzt hat es sich nicht ergeben.«

»Das müssen Sie nachholen. Unbedingt! Sandro Botticelli, die Medici und Florenz sind untrennbar miteinander verbunden«, insistierte Signora Ravello. »Ohne Botticelli und die Rolle, die er im Machtgefüge der Medici spielte, werden Sie diese Familie und Florenz nicht verstehen. Sie müssen wissen, dass Botticelli das Bildprogramm entwarf, mit dem diese Familie ihre Macht demonstrierte. Hochinteressant!«

Torrini lächelte über seine eifrige Hauswirtin. Er kannte sie mittlerweile gut genug, um zu wissen, was sie sich wünschte: eine Einladung zum Dreh in den Uffizien.

»Die Medici machten diesen begabten jungen Maler reich. Er dokumentierte die Macht der Familie, indem er die Familienmitglieder nicht nur auf Porträts verewigte, sondern sie auch in Werke mit christlicher Thematik einfügte.«

»Die Anbetung der heiligen drei Könige, stimmt's?«, fragte Harris.

»Ja, genau. Ich merke, Sie sind gut informiert«, strahlte sie.

»Na ja, ich habe ein bisschen recherchiert, bevor wir hierherkamen«, erwiderte Harris bescheiden. »Aber wirklich in die Tiefe kann man in so kurzer Zeit nicht gehen. Zumal ich die Originale nicht gesehen habe.«

»Wie gefällt er Ihnen?«

»Bis jetzt wirklich gut. Mich beeindruckt besonders die Themenwahl. ›Die Venus‹ oder ›La Primavera‹ müssen damals eingeschlagen haben wie eine Bombe, etwas salopp gesagt …«

»Da müssen Sie erst ›Camilla und den Kentaur‹ sehen«, erwiderte Signora Ravello lebhaft. »Es hängt in den Uffizien. Mein absolutes Lieblingswerk … Warten Sie!« Sie erhob sich. »Ich habe irgendwo eine Postkarte.« Sie verschwand im Wohnzimmer, wo sie eine Schublade aufzog, und kurz darauf kam sie zurück. »Hier! Sehen Sie?« Sie reichte Harris die Postkarte. »Wie sie den Zentauren am Schopf hält? Packt sie ihn oder liebkost sie ihn? Sehen Sie ihren versonnenen Gesichtsausdruck?«

Harris betrachtete das Kunstwerk, und Signora Ravello fuhr fort: »Man weiß nicht: Unterwirft sie ihn oder verführt sie ihn …?«

Er nickte und gab die Karte an McNair und Torrini weiter. »Mir kommt es vor, als wüsste er genau, dass sie aus ihm ein Dressurpferdchen machen würde.«

»Ja, nicht wahr?«, schmunzelte die alte Dame. »Aber er scheint es hinzunehmen.«

»Es sieht fast so aus«, bestätigte Torrini, und Signora Ravello ergänzte: »Botticelli war seinerzeit berühmt für seine Schlagfertigkeit und seinen Witz. Damals schätzte man diese Eigenschaften sehr. Das ist aber nicht alles. Achten Sie mal auf die Ornamentik auf ihrem Gewand. Fällt Ihnen etwas auf?«

»Die Pflanzen?«

»Nein, ich meine die Diamantringe. Sehen Sie? Das sind die Diamantringe der Medici. Raffiniert, nicht wahr?«

McNair verständigte sich durch einen Blick mit Harris und wandte sich dann an die Gastgeberin. »Signora Ravello, würden Sie uns die Freude machen und uns morgen in die Uffizien begleiten?«

»Oh, was für eine Überraschung! Nichts würde mir mehr Spaß machen«, erwiderte sie strahlend und drehte sich zu Torrini um: »Salvatore, Sie machen mir doch die Freude, mich zu begleiten, oder?«

So plätscherte der Abend in angeregten Gesprächen dahin, und gegen Mitternacht schließlich, als Torrini bemerkte, dass seine Hauswirtin unübersehbare Ermüdungserscheinungen zeigte, beendete er den gelungenen Abend, rief den beiden Engländern ein Taxi, wünschte Signora Ravello eine gute Nacht und machte sich schließlich daran, die Küche aufzuräumen. Erst spät in der Nacht hörte er die Nachricht auf seiner Mailbox ab. Verdammte Scheiße! Der aus dem künstlichen Koma erwachte Beamte hatte ausgesagt, dass der detonierte Umschlag an Commissario Riani adressiert gewesen war. Und dieser sei nicht erreichbar. Auch zu Hause nehme keiner ab. Torrini starrte erschrocken auf sein Telefon. Was jetzt? Mit klammen Fingern wählte er Rianis Nummer. Noch immer nicht erreichbar. Sollte er zur Villa i Cancelli fahren?

Er hatte definitiv zu viel getrunken und müsste ein Taxi nehmen. Aber was brachte das zu dieser Zeit? Niemand außer ihm wusste, dass sein Chef dort war. Es war wahrscheinlich vernünftiger, den Commissario schlafen zu lassen und erst morgen zu informieren.

27

Der Sonntagabend endete genauso erholsam, wie das ganze Wochenende gewesen war. Ohne dass er seiner Frau Bescheid gegeben oder auch nur das Telefon eingeschaltet hatte, saß Commissario Riani mit Dario in einer kleinen Osteria in der Nähe des Arno. Sie hatten schon Crostini mit Wildschweinleber und einiges an Rotwein intus und warteten auf ihr Bistecca Fiorentina. Dario erzählte ein paar unterhaltsame Geschichten aus seinem Alltag als Immobilienmakler und sie lachten aus vollem Hals.

»Stell dir vor, der möchte partout seinem Ziegenbock ein lebenslanges Wohnrecht einräumen. Er will ihn besuchen kommen.«

Riani grinste.

»Und ich habe es ihm versprochen. Idiot, der ich bin! Das Haus ist der Hammer! Das bekomme ich sofort verkauft. Für mehr als ordentlich …« Er machte eine vielsagende Bewegung mit Daumen und Zeigefinger.

»Verkaufe es doch mit Ziege. Stehen da die Amis nicht drauf? Auf so einen Naturkram?«

»Bist du wahnsinnig? Der Bock ist verrückt. Der geht auf alles los, was sich bewegt. Beim ersten Termin hat er mich ins Auto zurückgejagt und mir anschließend die ganze Seite verbeult, dieser … Satan!«

»Wie bitte? Deinen neuen Ferrari?« Riani bog sich vor Lachen. Sein Freund Dario, der Ästhet vor dem Herrn, der kein Staubkörnchen an seinem Wagen duldete und jeden mit einem Faustschlag niedergestreckt hätte, der auch nur den Hauch eines Kratzers an seinem heiligen Blech verursacht hätte, ausgerechnet er musste sich einem Ziegenbock geschlagen geben.

»Ja. Ich hätte ihn sofort erschießen sollen, aber dann hätte mir der Alte den Vertrag nie unterschrieben.«

»Dario, du bist ein wahrer Kundenversteher«, frotzelte Riani. »Und was machst du jetzt mit dem Vieh? Adoptierst du ihn, oder bringst du ihn zum Metzger?«

»Himmel, nein! Der Alte will einen Passus im Vertrag, der ihm das Recht einräumt, das Tier zu sehen, wann immer es ihm beliebt. Ich dachte, ich verschenke ihn an den Olivenbauern bei Empole, weißt du noch, dem ich seinerzeit den Hof verkauft habe. Wenn ich mich recht erinnere, hat der ein paar Ziegen oder Schafe.«

»Und wenn er ihn besuchen will?«

»Dann muss ich ihn mir ausleihen.«

»Sicher, ich sehe dich schon vor mir auf dem Roller, den gefesselten Bock auf dem Rücken.«

Rianis Lachsalven wurden von dem Bistecca unterbrochen, das soeben serviert wurde. Beim anschließenden Dessert und Grappa nahmen sie den Faden wieder auf, und Dario berichtete von einem neuen Kunden, der ihm erst vor zwei Wochen einen nicht alltäglichen Auftrag erteilt hatte, den er allerdings noch nicht in trockenen Tüchern hatte.

»Ein Renaissance-Palazzo aus dem fünfzehnten oder sechzehnten Jahrhundert. Nicht weit vom Zentrum, mit drei Appartements, zwei davon bewohnt und noch vollkommen original eingerichtet. Das müsstest du sehen. Der absolute Hammer! So etwas hatte sogar ich noch nicht im Portfolio. Ein Millionenobjekt im zweistelligen Bereich. Als En-bloc-Verkauf!« Seine Augen leuchteten.

Obwohl Riani schon ziemlich getankt hatte, wurde er plötzlich hellhörig. »Wirklich? Wo denn genau?«

»Ganz in der Nähe eurer Questura«, antwortete er, und Riani verschluckte sich beinahe an seinem Grappa.

»Nummer hundertfünf?«

»Ja. Wieso? Kennst du das Haus?«

»Und ob ich das kenne. Wer hat dir den Auftrag erteilt?«

»Ich weiß nicht, ob ich dir das sagen darf.«

»Dario!«

»Ja, schon gut. Ein gewisser Pierfrancesco Della Valle.«

»Wann war das?«

»Vor ungefähr zwei Wochen. Wieso? Stimmt etwas nicht damit?«

Riani war ganz ernst geworden. »Hast du die Besitzverhältnisse schon geprüft?«

»Ja natürlich. Was denkst du denn!«

»Ja, und?«

»Das ist es ja, warum der Auftrag noch nicht sicher ist … Der Palazzo gehört Giuseppina Buonarroti, der Mutter des Klienten, und eines der drei Appartements ist auf einen gewissen Alessandro Filipepi eingetragen, sodass ich das Haus wahrscheinlich nicht als ganzes Objekt verkaufen kann.«

»Hast du mit deinem Kunden darüber schon gesprochen?« Riani war jetzt wieder ganz Bulle.

»Ja.«

»Und was sagte er?«, unterbrach ihn Riani ungeduldig.

»Nun, dass das stimme, aber dass ich mir darüber keine Sorgen machen müsse. Ich solle nur rasch einen Kunden finden, zur Not einen, der einen weiteren Eigentümer tolerieren würde. Mann, Riani, das wäre der Auftrag meines Lebens. Danach könnte ich mich zur Ruhe setzen. Natürlich würde ich die Möbel und die Bilder separat verkaufen. Das Zeug muss ein Vermögen wert sein. Ich habe vorsichtshalber alles fotografiert, um es einem Sachverständigen zu zeigen. Vielleicht täusche ich mich ja …«

»Wann hast du die Wohnung fotografiert?«, unterbrach ihn Riani.

»Vor etwa zwei Wochen. Das sagte ich doch gerade.«

»Und war die alte Dame zu Hause?«

»Nein. Ihr Sohn sagte mir, sie sei beim Friseur.«

»Aha.« Riani hatte die letzten Worte gar nicht mehr gehört. Das war ja eine ungeheure neue Wendung in seinem Fall. Della Valle wollte den Palazzo verkaufen und musste sich deshalb seiner Mutter entledigen. Und dann vorsichtshalber auch noch Filipepi. Wann hatte er sich zuletzt so in einem Menschen getäuscht? Er hätte bis eben geschworen, dass der Mann eine reine Weste hatte.

Dario, der die Verwandlung seines Freundes mit Erstaunen beobachtet hatte, war verunsichert. »Stimmt etwas nicht mit diesem Objekt?«

»Das kannst du laut sagen. Dein Kunde hat vielleicht seine Mutter umgebracht, um das Ding zu verkaufen.«

»Großer Gott! Mein schöner Auftrag. Bist du sicher?«

»Nein, natürlich bin ich nicht sicher, aber die Mutter deines Klienten wurde vergangene Woche getötet. Und auf Alessandro Filipepi, den Eigentümer des anderen Appartements, wurde ein Sprengstoffanschlag verübt, den dieser allerdings unverletzt überlebt hat.«

»Aber …« Dario sah seinen vorzeitigen Ruhestand davonschwimmen. »Aber könnte es nicht sein, dass sie damit einverstanden gewesen wäre? Immerhin hat er mir erzählt, dass er bald heiraten wird. Du bist so sehr Bulle, dass du ein bisschen übertreibst?«

Riani musterte seinen Freund mit hochgezogenen Augenbrauen und musste dann lächeln. Möglicherweise war da was dran. Ein bisschen arg offensichtlich war das Ganze schon. Abgesehen davon, dass Della Valle den Palazzo ohnehin erben würde. Es wäre durchaus denkbar, dass die alte Dame beabsichtigte, eine Schenkung zu machen, um ihm die Erbschaftssteuer zu ersparen, die bei ihren Vermögenswerten enorm gewesen wäre. Aber warum hatte er das in der Befragung nicht erwähnt? Möglicherweise um sich nicht noch verdächtiger zu machen? Und warum Filipepi? Della Valle würde zwanzig Millionen erben, unabhängig von dem Haus. Wozu also den kleinen Miteigentümer und Nachbarn töten und eine Gefängnisstrafe riskieren? Für ein paar läppische Milliönchen mehr? Er schnaufte tief durch. Besser wäre es, er würde noch einmal mit dem Vermögensverwalter von Signora Buonarroti sprechen, bevor er voreilige Schlüsse zog. Schließlich war erst Sonntagabend und das Wochenende somit noch nicht beendet.

»Vielleicht hast du recht …«, räumte er deshalb bereitwillig ein. »Ich wollte dich nicht erschrecken. Geh einfach weiter davon aus, dass du diesen Auftrag bekommst. Er wird als Erbe ja jetzt rechtmäßiger Eigentümer sein. Hast du die Fotos zufällig dabei? Ich habe Caterina von dieser Kunstsammlung erzählt und würde sie ihr gerne zeigen.«

Sichtlich erleichtert zog sein Freund einen kleinen Umschlag hervor und reichte sie ihm. »Du kannst sie behalten, ich lasse sie noch einmal abziehen … Trinken wir noch einen?«

Weit nach Mitternacht legte Riani die Fotos auf den Küchentisch und kroch zufrieden brummend zu seiner Frau unter die Decke.

»Torrini hat zweimal angerufen. Du sollst unbedingt sofort zurückrufen, wenn du zurück bist …«

»Jetzt nicht …«

28

Die montagmorgendliche Sitzung holte Commissario Riani schlagartig aus seiner Wochenenderholung. Mit gerunzelten Augenbrauen lauschte er dem Bericht seines Kollegen, der die Ermittlungen in der Briefbombensache leitete.

»Und er ist sich sicher, dass der Umschlag an mich adressiert gewesen war?«, fragte er.

»Ganz sicher.«

»Keine vorübergehende Amnesie oder so?«

»Nein, bedaure.«

»Wie ist der Stand der Ermittlungen? Wie kam der Umschlag ins Haus?«

»Der Postbote hat ihn mit der Morgenpost gebracht. Nichts Auffälliges.«

»Und der Briefbomber … Wie hieß er noch mal?«

»Der wurde vor einem Monat aus der Haft entlassen, soll jedoch im Veneto bei Verwandten leben.«

Riani spielte mit seinem Stift, während ihn seine Männer gespannt beobachteten. »Glauben Sie, dass er wieder aktiv ist?«

»Das kann ich nicht sagen. Wir sind noch nicht wirklich weitergekommen. Die Scientifica spricht von einem Sprengsatz mit Abreißzünder. Bis jetzt gibt es noch keine verwertbaren Spuren.«

»Und was bedeutet das jetzt für mich?«, fragte Riani.

Der Kollege zuckte bedauernd mit den Schultern. »Nun, Sie sollten in jedem Fall wachsam sein und keine Post öffnen, von der Sie den Absender nicht kennen. Solange wir nicht wissen, ob Sie als Person oder als beliebiger Vertreter einer Behörde gemeint waren, wäre es sogar besser, größere Umschläge oder Päckchen nicht selbst zu öffnen. Auch private nicht. Bringen Sie sie hierher, damit sie ein Spezialist öffnen beziehungsweise der Sprengstoffspürhund beschnuppern kann.«

Riani wirkte ernst, aber nicht übermäßig besorgt. »Va bene. Sie halten mich auf dem Laufenden?«

Nachdem der Kollege gegangen war, meldete sich Torrini zu Wort. »Chef, Sie halten es nicht für möglich, dass diese drei Anschläge irgendwie zusammenhängen? Ich will ja den Teufel nicht an die Wand malen, aber drei Sprengstoffanschläge in so kurzer Zeit? Wie wahrscheinlich ist es, dass das Zufall ist?«

Riani winkte ab. »Torrini, Ihre Besorgnis und Ihr Faible für Statistiken und Wahrscheinlichkeitsberechnungen in Ehren, aber ich denke, wir sollten uns auf Signora Buonarroti und den kleinen Filipepi konzentrieren. Die potenzielle Wiederauflage des durchgedrehten Briefbombers überlassen wir den Kollegen. Einverstanden?«

Die Männer diskutierten noch einen Augenblick über den Verrückten, der vor einigen Jahren die ganze Stadt in Angst und Schrecken versetzt hatte, weil ihm die Behörden das Sorgerecht für sein Kind entzogen hatten, kehrten dann aber zu ihrem aktuellen Fall zurück.

Als Ispettore Torrini seine Rechercheergebnisse vom Wochenende präsentierte, kam wieder Leben in die etwas desillusionierte Truppe. Die Nachricht, dass Giorgia Di Maffei Schulden hatte, und das nicht zu knapp, rüttelte sie aus ihrer Lethargie und ließ sie den aktuellen Anschlag vollkommen vergessen.

»Eine Million, zweihundertdreiundvierzigtausend Euro«,

verkündete er seinen verblüfften Kollegen: »Aber das allein ist noch kein Motiv.«

»Mann, Torrini, machen Sie's nicht so spannend«, unterbrach ihn Riani, den die schauspielerischen Einlagen seines Inspektors manchmal arg auf die Folter spannten, »sonst lasse ich Sie den gesamten Fuhrpark mit der Zahnbürste schrubben.« Lautes Gelächter.

»Na gut.« Torrini war nicht wirklich beleidigt. »Also … am Samstagnachmittag, als ich …«

»Torrini!«

»Ja, ja, ist ja schon gut. Das Verfahren steht unmittelbar vor der Zwangsvollstreckung beziehungsweise vor der eidesstattlichen Erklärung der Zahlungsunfähigkeit.«

»Das ist ja ein Ding!« Riani war überrascht. »Wie kommt's?«

»Sie hat vor drei Jahren ein eigenes Modelabel gegründet, Jetset, und ist damit grandios baden gegangen.«

»Ja, aber …«

Torrini unterbrach seinen Chef: »Sie denken sicher, wie kann das sein, mit einer derart solventen Familie im Hintergrund. Das dachte ich auch. Aber soweit ich das bisher überblicken kann, sieht es so aus, als ob die Familie nicht involviert war, weder in Form einer Bürgschaft noch sonst etwas Ähnlichem. Ich kann mir vorstellen, dass Giorgia Di Maffei das allein ausbaden muss, was sie zu einer perfekten Verdächtigen macht.«

Riani nickte anerkennend. »Und weiter? Welche Arbeitshypothesen haben Sie entwickelt?«

»Ja, also …« Torrini konnte seinen Stolz kaum verbergen und bemühte sich, nicht in die Kamera von Harris zu blicken, der neben McNair in der Ecke stand und den möglichen Durchbruch im Fall Buonarroti-Filipepi filmte.

»Also ich glaube, dass Giorgia Di Maffei vorgehabt hat, ihren Halbbruder Alessandro umzubringen, um ihn zu beerben. Sie wusste, dass sie und ihre vier Schwestern die einzigen und rechtmäßigen Erben sein würden, und wollte so ihre Schulden loswerden.«

»Haben Sie das überprüft, das mit der Erbfolge?«

»Ja, Commissario …«

»Denken Sie wirklich, dass sie lieber einen Mord begehen würde, als ihre Familie um Hilfe zu bitten?«

»Aber Commissario, Sie haben die Marchesa doch erlebt. Also ich würde lieber einen Mord begehen, als einem solchen Drachen eineinviertel Millionen Euro Schulden zu beichten.«

Brüllendes Gelächter.

»Buon lavoro, Torrini«, lobte Riani aufrichtig. Das könnte den Durchbruch bedeuten. Zumindest aber hatten sie jetzt einen konkreten Hinweis, dem sie nachgehen konnten. Zufrieden wandte er sich den anderen Beamten zu: »Was haben die anderen Recherchen ergeben? Agente Rocca, was haben Sie in Sachen Paketdienst herausgefunden? Haben Sie Filipepis Bestellung sehen können?«

»Ja, Commissario, er hat ein Telefon per Expresslieferung bestellt.«

»Ja, und? Sind Sie der Sache nachgegangen?«

»Natürlich. Filipepi hat mir die Bestellung gezeigt, aber es gab keine Lieferbestätigung.«

Riani, der noch nie in seinem Leben etwas übers Internet bestellt hatte, sah ihn stirnrunzelnd an. »Was heißt das jetzt für uns?«

»Nun, das könnte vieles und nichts bedeuten.«

»Nämlich?« Riani sah ihn auffordernd an.

»Nun ja, nicht alle Versanddienste verschicken Mails zum aktuellen Versandstatus.«

»Und das heißt für uns?«

»Dass ich an der Sache dranbleibe, Commissario, wenn es recht ist. Ich habe den Versandhandel bereits kontaktiert. Sie suchen den Vorgang heraus und melden sich bei mir.«

»Va bene. Bleiben Sie dran! Finden Sie den, der das Päckchen ausgeliefert hat.«

»Certo, Commissario.«

Riani schnaufte kurz durch und wandte sich an seine anderen Mitarbeiter. »Gibt es etwas Neues in Sachen Domenico Varese?«

»Noch immer kein Alibi, Commissario. Ich bleibe dran.«

»Was ist mit Della Valles künftiger Schwiegermutter, der sympathischen Signora Manganelli?«

Der Angesprochene schnaubte. »Leider hat die Dame ein Alibi, mi dispiace.« Riani sah, dass er die Alte am liebsten festgenommen hätte.

»Und was ist mit Della Valle? Ist er inzwischen aufgetaucht?«

»Nein, Commissario, Fehlanzeige. Keine Spur von ihm. Was soll ich machen?«

Diese Auskunft dämpfte Rianis Euphorie wieder etwas. Das war nicht gut. Nicht nach dem, was er gestern von Dario gehört hatte. Gar nicht gut! Aber vielleicht war es besser, diese Information mit Torrini allein zu besprechen. »Bleiben Sie an ihm dran und geben Sie mir sofort Bescheid, sollte sich etwas tun.«

»Agli ordini, Commissario.«

Nachdem er alle Männer mit Anweisungen versorgt hatte, bat er Torrini in sein Büro. Großmütig winkte er auch den beiden Engländern zu, ihnen zu folgen. Nachdem alle mit Caffè versorgt waren, berichtete er seinem Inspektor von dem geplanten Hausverkauf, aber wider Erwarten reagierte

Torrini wie sein Freund Dario. Er konnte daran nichts wirklich Verdächtiges finden. Eine geplante Schenkung wäre doch wirklich nicht so abwegig. Für ein Mordmotiv eindeutig zu schwach. Na gut. Dann eben die andere Spur. Die war in der Tat vielversprechend.

»Machen Sie mir bitte umgehend einen Termin bei der Bank, und anschließend beehren wir die Schwestern mit unserer Gesellschaft.«

29

Commissario Riani war in aufgeräumter Stimmung, wie immer, wenn er das Ende eines Falles witterte. Zudem schwang das entspannte Wochenende noch in ihm nach. Endlich gab es eine konkrete und plausible Spur in diesem Verwirrspiel. Giorgia Di Maffei hatte sich mit ihrem Modelabel in immense finanzielle Schwierigkeiten gebracht, aus denen sie durch den Mord an ihrem Halbbruder wieder herauszukommen gedachte. Damit schlug sie gleich zwei Fliegen mit einer Klappe: Sie entledigte sich ihrer Schulden, ohne dass sie das ihrer dominanten Mutter hätte beichten müssen, und ihres seit jeher verhassten Halbbruders. Perfekt. Riani war zufrieden. Genau genommen brauchte es die Gespräche mit den älteren Schwestern nicht. Dass Giorgia ihren Halbbruder gekannt hatte, war mittlerweile beweisbar, und eine Mitwisserschaft an den finanziellen Schwierigkeiten der Jüngsten der Familie war nur marginal von Interesse. Riani fühlte sich jedoch generös und wollte seinen britischen Gästen noch ein wenig die bezaubernde Toskana zeigen. Die dennoch vorhandene, kaum wahrnehmbare negative Schwingung, die Riani empfand, tat er als Folge seines derzeit allgemein schlechten Zustands ab. Er schob sie beiseite und konzentrierte sich auf die bevorstehende Stadtführung in Arezzo, wo Vittoria, die älteste der Maffei-Schwestern, ein Antiquitätengeschäft an der Piazza Grande führte.

Die mittelalterliche Stadt zeigte sich im schönsten Herbstlicht. McNair und Harris waren begeistert. Vom berühmten Antiquitätenmarkt, der jeden ersten Sonntag im Monat in der

Altstadt stattfand und auf dem erst gestern noch über hundert Anbieter ihre Möbel, Keramiken, Stoffe, Uhren, Skulpturen und Kuriositäten angeboten hatten, war nichts mehr zu sehen. Die Cafés unter den Arkaden waren gut besetzt und auf dem Pflaster trippelten die Tauben. Das Geschäft der Marchesa Di Maffei lag direkt an der Piazza Grande und war ein Ort, an dem Sammlerträume wahr wurden – sofern man über die nötigen Mittel verfügte.

Vittoria Di Maffei war eine Dame in mittleren Jahren, blondiert, fabelhaft gekleidet in ein graues Chanel-Kostüm und schwindelerregend hohe Pumps, jedoch ohne den unnahbaren Habitus ihrer Mutter oder Schwester. Mit großer Herzlichkeit schüttelte sie alle Hände, klingelte nach einem Mitarbeiter, um Kaffee zu bringen, und bat sie in einen der hinteren Räume, wo sie auf historischen Möbeln Platz nahmen. Die BBC, was für eine Überraschung! Natürlich kannte sie Ian McNair! Riani war überzeugt, dass sie keine Ahnung hatte, warum sie hier waren, und nahm an, dass ihre Aufgeräumtheit bald verschwinden würde.

»Was kann ich für Sie tun, Commissario?«

Riani, der seinen massigen Körper vorsichtig auf einem der kleinen Stühle platziert hatte, fühlte sich trotz des entgegenkommenden Empfangs unwohl. Er warf Torrini einen gereizten Blick zu, der die kleine Porzellanfigur, die er in der Hand hielt, eilig wieder an ihren Platz stellte.

»Marchesa ... Ich habe einige Fragen an Sie, bezüglich des Modelabels Ihrer Schwester.«

»Jetset?« Sie lachte etwas verunsichert auf. »Wie bitte? Wieso, um Himmels willen, beschäftigt sich die Polizei mit der Firma meiner Schwester?«

»Nun, wir verfolgen gewisse Hinweise ...«

»Hinweise? Welche Hinweise?«

»Genaues kann ich Ihnen aus ermittlungstechnischen Gründen nicht sagen, aber es handelt sich um ein Verbrechen.«

»Was sagen Sie da? Sie wollen doch nicht etwa andeuten, dass meine Schwester in Zusammenhang mit einem Verbrechen gebracht wird?« Ihre leutselige Freundlichkeit war, wie vorausgesehen, schlagartig wie weggeblasen. Energisch erhob sie sich von ihrem Stuhl und strich ihren Rock glatt. »Commissario, ich fühle mich von Ihnen getäuscht. Darf ich Sie bitten zu gehen? Ich habe meine Meinung geändert und werde keine Fragen beantworten.«

Riani machte seinen drei Begleitern ein Zeichen zum Aufbruch und gab Torrini einen besonderen Blick mit auf den Weg. Als die Männer weg waren, setzte er sich wieder, obwohl die Dame des Hauses noch immer stand, eine grobe Verletzung der Etikette, und zog gemächlich seine Armbanduhr auf.

»Marchesa, kann ich annehmen, dass Sie im Bilde sind, was die Verweigerung von Auskünften im Rahmen einer polizeilichen Ermittlung nach sich zieht?«

Die so Angesprochene musterte ihr Gegenüber mit abschätzigem Blick. Riani war klar, dass sie überlegte, was für den Moment das Klügste sei: kooperativ zu sein oder Zeit zu gewinnen. Zwar war er überzeugt, dass sie nicht im Mindesten ahnte, was gegen ihre jüngste Schwester im Gange war, aber sie wusste mit Sicherheit, dass mit dem Modelabel ihrer Schwester etwas nicht stimmte. Warum sonst würde sie so mauern? Oder?

Riani hielt ihrem Blick stoisch stand. Gelassen zupfte er einen imaginären Fussel von seinem Hosenbein und sah zu ihr auf. »Meine verehrte Marchesa. Was genau bezwecken Sie mit Ihrem Verhalten? Erwarten Sie, dass ich einfach so wieder gehe? Dass mich Ihr vornehmer Name beeindruckt?

Glauben Sie wirklich, dass ich davor zurückschrecken werde, eine offizielle Vorladung auszusprechen? Oder gar Beugehaft anordnen zu lassen? Seien Sie versichert, das wird auch Ihr ehrenwerter Avvocato Capponi nicht verhindern können, falls Sie nicht kooperieren.« Er war sicher, dass sie bei dem Wort »Beugehaft« zusammenzuckte.

»Verehrter Commissario, aber wo denken Sie hin? Selbstverständlich werde ich meiner Bürgerpflicht nachkommen und die Polizei in ihrer Ermittlungsarbeit unterstützen … aber Sie werden sicherlich verstehen, dass ich zunächst meinen Anwalt konsultieren möchte, bevor ich Ihre Fragen beantworten kann …«

Riani lächelte milde. »Sie kennen meine Fragen doch noch gar nicht. Aber selbstredend verstehe ich Ihr Anliegen, dennoch frage ich mich, was Sie zu verbergen haben. Was ist so schlimm daran zuzugeben, dass die eigene Schwester kurz vor dem Konkurs steht?«

»Commissario, glauben Sie mir. Was Sie da andeuten, sind lediglich Familieninterna, die für Sie sicherlich keinerlei Relevanz haben.«

»Wenn Sie sich da nur nicht irren, Gnädigste … Diese sogenannten Familieninterna sind von allergrößter Bedeutung in einem Mordfall.«

»Einem Mordfall?« Die Reaktion war nicht gespielt.

»Ja, richtig, in einem Mordfall. Aber konsultieren Sie ruhig Ihren Anwalt, Marchesa, ich kann warten.«

»Wer wurde ermordet? Und was hat meine Schwester damit zu tun?«

»Nun, ich denke, dass ich diese Fragen aus schon erwähnten Gründen nicht beantworten möchte. Wenn Sie mich jetzt entschuldigen? Zu gegebener Zeit werden Sie von mir hören.«

Riani genoss diesen Augenblick. Als er auf die Piazza trat, warf er Torrini einen fragenden Blick zu, und dieser salutierte eifrig.

»Ho arrangiato tutto, ich habe alles arrangiert, Commissario, sobald sie zum Hörer greift …«

»Gut gemacht«, grinste Riani zufrieden: »Alle?«

»Certo! Die ganze Familie.«

Dass er für diese kurzfristige Abhöraktion keine richterliche Autorisierung hatte, störte ihn in dem Moment nicht. Das würde er im Nachhinein schon irgendwie hinbiegen.

»Gut. Wann ist noch einmal der Termin mit der Bank?«

»Erst um drei. Ich habe mir erlaubt, einen Tisch zu reservieren«, grinste Torrini erwartungsfroh.

»Wo?«

»Na hier, im Cantuccio. Die machen hervorragende Tagliatelle.«

Riani zog die Augenbrauen hoch. »Das mag ja sein, aber wir …«

»Ich weiß, ich weiß, wir sind im Dienst, aber Commissario, nirgends steht, dass wir im Dienst Hunger leiden müssen, oder? Außerdem haben wir doch eine gewisse Verantwortung für unsere englischen Gäste, nicht? Was die Ermittlung angeht: Keine Sorge, der Kollege hält mich auf dem Laufenden. Da! Sie telefoniert schon!« Elektrisiert sah Torrini auf sein Smartphone. »Mit Avvocato Capponi. Volltreffer!«

Riani nickte wissend, ohne den Hauch einer Ahnung, wie sein Mitarbeiter das bewerkstelligte, sich Harris Kamera immer bewusst. »Wann werden wir erfahren, was die beiden besprechen?«

»Sobald das Gespräch beendet ist. Wir können ohne Weiteres essen gehen. Commissario, ich bitte Sie, ich verhungere.«

McNair, dem das kleine Städtchen ausgesprochen gut gefiel und der hier unbedingt drehen wollte, gab schließlich den Ausschlag. Riani bemerkte ein ganz neues Einverständnis zwischen den drei Männern. Misstrauisch beäugte er den aufgeräumten Torrini, der sich, auf Bitten McNairs hin, bereitwillig für ein Interview zur Verfügung stellte. Er postierte sich selbstbewusst auf der Piazza Grande, die Apsis der Pfarrei Santa Maria und den Palazzo della Fraternità dei Laici im Rücken, und informierte die Zuschauer mitreißend und authentisch über die köstliche Küche der Region, als hätte er schon immer hier gelebt. Die Toskana, eine der reizvollsten Gegenden überhaupt, Traumziel für Touristen aus aller Welt, bot nicht nur Historie und Kultur von den Etruskern bis in die Gegenwart, sondern war auch ein Mekka für Feinschmecker. Italiener, von Natur aus Genießer und Schlemmer, produzierten in der Toskana ein besonders vielfältiges Angebot an Delikatessen. Nicht nur die Weine waren vorzüglich, auch das Olivenöl, der Schinken, die Salami und die verschiedenen Käse, allen voran der Pecorino in allen Reifegraden. Steinpilze in allen Formen der Zubereitung, Trüffel, Wildspezialitäten und üppige Süßspeisen. Torrini schien in seinem Element. Sein Chef registrierte staunend, wie sein cleverer Ispettore gestikulierte, als habe er schon immer vor der Kamera gestanden. Riani lief bei der Aufzählung das Wasser im Mund zusammen, und als der Dreh beendet war, war er der Erste, der in Richtung Cantuccio davoneilte.

Das kleine Restaurant lag in der Via Madonna del Prato und hatte aufgrund der milden Temperaturen auch draußen, unter den hellen Markisen, eingedeckt. Das Essen war wirklich vorzüglich. Sie bestellten als Primo Piatto Polenta ai Funghi und Tagliatelle al Tartufo, als Secondo einen Arista Arrosto con Patate, gegrillten Schweinerücken mit Kartoffeln. Zwischen den Gängen erhielt McNair ein kurzes Interview mit dem Chef und warf einen kleinen Blick in die Küche. Zum Dessert ließen sie sich Crostata, Caffè und einen Grappa bringen, und als Riani schließlich satt und zufrieden auf die Uhr blickte, stellte er erschrocken fest, dass bereits zwei Uhr vorbei war. Aber Torrini, der Retter aller Nöte, hatte auch für diesen Notfall einen Plan B. Er informierte kurzerhand den Bankdirektor der Banca Monte dei Paschi di Siena, dass sich der Drei-Uhr-Termin mit Commissario Riani aufgrund ermittlungstechnischer Gründe um mindestens zwei Stunden verschieben würde, und zückte dann ein Blatt Papier, auf dem Signora Ravello ihm Name und Telefonnummer eines alten Freundes notiert hatte, eines Kunsthistorikers, der jahrelang aktiv la Giostra del Saracino mitorganisiert hatte, das zweimal im Jahr stattfindende historische Ritterspektakel.

»Abbiamo ancora un' mezzoretta?«, fragte er Riani listig, wohl wissend, dass dieser keine Intentionen hatte, zu früh an die Arbeit zurückzukehren. »Haben wir noch ein halbes Stündchen?«

Dottor Calvani residierte in einem wahrlich museumsreifen kleinen Haus mit Blick auf das Kastell. Der alte Mann war von Signora Ravello schon informiert worden, und so führte er erfreut seine Besucher in sein Refugium.

»Si sieda!«, forderte er seine Gäste auf und eilte davon, um Caffè zu bereiten. Die Männer setzten sich und sahen sich um. Das Heim eines exzentrischen, gebildeten Einsiedlers. Die Räume des mittelalterlichen Häuschens waren dunkel und niedrig und der abgetretene Holzboden war zur Türe hin deutlich abschüssig. Mongolische Teppiche bedeckten den Boden, und die Möbel bestanden aus einem vollkommen überladenen antiken Sekretär, drei abgewetzten und durchgesessenen Ledersesseln, zwei Stühlen mit aufwendig geschnitzten Lehnen, die sich um ein orientalisches Beistelltischchen gruppierten, und meterhohen Bücherstapeln in allen Ecken. Die Wände waren bedeckt mit alten Stichen, gerahmten Fotos, bestickten Fahnen und einer Lanze. Immer ähnliche Motive: Fahnenschwinger und Bogenschützen in historischen Kostümen, Reiter, in vollem Galopp und gestreckter Lanze gegen einen hölzernen sarazenischen Krieger reitend. Riani sah sich interessiert um, während Harris die Kamera schulterte. Als der Hausherr mit einem Tablett zurückkehrte, verteilte er die Tässchen, setzte sich umständlich in einen der Sessel, verschränkte die Hände vor seiner dunkelblauen Samtweste und blickte lächelnd von einem zum anderen. »Was kann ich für Sie tun, meine Herren?«

Wieder war es Torrini, der moderierte und dolmetschte und dem alten Mann alles entlockte, was es über das farbenfrohe Schauspiel zu wissen gab, das seit Jahrhunderten das alljährliche Highlight dieses Städtchens war. Harris durfte ungehindert drehen, und geschlagene zwei Stunden später hatten sie alles im Kasten, was dieses mittelalterliche Ritterspiel so besonders machte: die Geschichte dieses Turniers, die Aufnahmeriten für die Reiter, die verschiedenen Farben und aktuellen Champions der vier Quartiere sowie die freudigen Vorbereitungen auf dieses farbenfrohe Spektakel, auf das jedes Mal die ganze Stadt hin fieberte. In der Toskana gab es viele Städtchen, in denen mittelalterliche Feste gefeiert wurden, aber irgendwie hatte es nur der Palio in Siena zu internationaler Beachtung geschafft. Schade eigentlich, denn die weniger bekannten Turniere und Feste waren nicht minder sehenswert. Laut Dottor Calvani wurde la Giostra del Saracino in Arezzo schon von

Dante Alighieri literarisch verewigt und würde es verdienen, durch die Dokumentation der BBC an internationaler Beachtung zu gewinnen.

Gegen Ende des Drehs war Rianis Schnarchen kaum mehr zu überhören, weshalb Torrini, ganz aus Versehen, seinen Schlüsselbund zu Boden fallen ließ.

»Oh, scusate!«

Unter herzlichsten Dankesbezeigungen verabschiedeten sich die Männer schließlich von dem alten Herrn und machten sich auf den Rückweg nach Florenz.

Das Gespräch mit dem Direktor der Banca Monte dei Paschi di Siena, am frühen Abend, verlief wie erhofft. Giorgia Di Maffei war die Hauptschuldnerin und würde die Insolvenz übermorgen melden müssen, falls nicht doch noch die Familie einspringen würde. Andernfalls drohe ihr eine Klage wegen Insolvenzverschleppung. Nein, die Familie sei bisher nicht involviert, was den Direktor natürlich ein wenig verwundere, aber sicherlich würden sie dafür ihre Gründe haben. Nein, es gäbe keine Möglichkeit, den Konkurs abzuwenden, und somit stünde die Zwangsvollstreckung unmittelbar bevor. Die junge Marchesa besaß ein Appartement in der Nähe des Palazzo Strozzi, so wie alle Di-Maffei-Schwestern, das in diesem Fall an die Bank fiele. Und ja, die Klientin wüsste selbstverständlich darüber Bescheid.

Riani war zufrieden. Die Puzzleteile fügten sich endlich nahtlos ineinander. Giorgia Di Maffei war mit ziemlicher Wahrscheinlichkeit die Mörderin von Signora Buonarroti. Zwar aus Versehen, aber das hatte, strafrechtlich gesehen, keine Relevanz. Sie war eine Mörderin. Daran bestand kein Zweifel mehr. Riani war sicher, dass die ganze Angelegenheit auch mit einem Geständnis enden würde, dass die junge Frau in einem strammen Verhör einknicken und alles gestehen würde. Fall gelöst. Na also. Geht doch. Gegen achtzehn Uhr machte er sich auf den Weg nach Hause, nachdem er seine Männer informiert und die Verhaftung der jungen Frau auf den heutigen Abend, einundzwanzig Uhr, terminiert hatte.

30

Zu Hause erwarteten ihn der ewig hungrige Kater und eine Lasagne zum Aufwärmen im Backofen. Nachdem er dazu eine halbe Flasche Tignanello geleert hatte, legte er sich, angezogen, wie er war, aufs Bett und fiel augenblicklich in einen bleiernen Tiefschlaf. Den großen, an ihn adressierten Umschlag auf der vollkommen überfüllten Ablage des alten Sekretärs bemerkte er nicht. Eine Stunde später schreckte er verwirrt auf. Es war stockdunkel und der Kater neben ihm hatte die Ohren gespitzt. Irgendetwas stimmte nicht.

»Papà?«

»Hm ...«

Seine Tochter.

»Papà!«

Sie klang merkwürdig. Der Kater sprang mit einem dumpfen Rums vom Bett und trabte in die Küche.

Riani versuchte sich zu orientieren und richtete sich schwerfällig auf. »Ja doch, ich bin hier! Ich komme.«

»Papà?!«, rief sie erneut mit schriller Stimme, und als sie ihn kommen hörte: »Wo ist das?«

»Was denn, amore, wo ist was?«, antwortete er gutmütig und schlurfte zum Küchentisch, wo seine Tochter leichenblass auf eines von Darios Fotos starrte.

»Was hast du denn, amore?«

»Wo ist das? Dieses Foto ... Wo wurde das aufgenommen?«

Riani rieb sich die Augen und sah flüchtig auf das Bild.

»Ach das ... In der Wohnung der ermordeten alten Frau, du weißt doch. Alessandro Filipepi, der Nachbar ...«

»Papà, das ist die Standarte von Giuliano de' Medici! Von Sandro Botticelli!« Ihre Stimme klang grell.

»Schon möglich …«, antwortete er gelassen und schraubte die Caffettiera auf. »Die alte Dame hatte ein wahres Museum zu Hause …«

»Papà! Du verstehst nicht! Diese Standarte ist seit fünfhundert Jahren verschollen.«

»Was sagst du da?« Riani war mit einem Schlag hellwach.

»Das Ding ist seit fünfhundert Jahren verschollen! Oh mein Gott! Wenn das tatsächlich die Standarte von Giuliano de' Medici ist, ist das Teil ein Vermögen wert.«

Noch nie hatte er seine Tochter derart außer Fassung gesehen.

»Bist du sicher?«, fragte er vorsichtig. »Und … Äh … Was genau ist eine Standarte?«

Seine Tochter holte tief Luft, schluckte ihren Ärger aber herunter. Woher sollte er das auch wissen.

»Eine Art große Fahne, meist bestickt, die für die einzelnen Mannschaften der mittelalterlichen Ritterspiele angefertigt wurde. Jeder Standartenführer hatte seine eigene. Papà, so etwas Ähnliches haben wir doch schon beim Umzug der Madonna di Romania in Tropea gesehen, erinnerst du dich nicht?«

»Ja, ja, doch, natürlich. Und dieser Medici …«

»Giuliano de' Medici …«, präzisierte sie, und als sie sah, dass er unsicher die Augenbrauen runzelte, fuhr sie ärgerlich fort: »Lorenzos Bruder! Der, der bei dem Pazzi-Attentat ermordet wurde. Mann, papà, diese Geschichte habe ich euch doch gerade erst erzählt …«

»Jaja, natürlich … Ich erinnere mich … Aber kann das Ding nicht eine Kopie sein? Oder überhaupt von einem anderen Künstler sein?« Er dachte an die vielen Repliken von Botticelli in Filipepis Wohnung. »Bist du sicher, dass es das ist, was du denkst? Diese Standarte?«

»Ich bin ziemlich sicher. Es gibt überlieferte detaillierte Beschreibungen.«

»Amore … Ich möchte deinen Kunstverstand ja nicht in Abrede stellen, aber könnte es nicht sein, dass sich irgendjemand seine eigene … Weißt du, was ich meine? Irgend so ein Spinner … Sieh mal, du weißt doch auch, wie dieses Dings aussieht …«

»Ich verstehe schon, was du meinst. Ich bin ja nicht dumm.«

»Nein, natürlich nicht, mein Schatz. Aber …«

»Jaja! Schon gut.« Verärgert warf sie das Foto hin, als Riani einen Einfall hatte. »Würdest du erkennen, ob es das Original ist?«

»Das ist nicht so einfach. Es wären umfangreiche Untersuchungen nötig, aber wenn ich es sehen könnte …«

»Gut, dann lass uns gehen.«

»Wohin? In die Wohnung? Du meinst, ich kann es sehen?«

Riani grinste über seine Tochter, die einem Ohnmachtsanfall nahe schien. »Warum nicht? Ich habe den Schlüssel. Die Wohnung ist ein Tatort.«

Kurz nach acht hatte Riani die Schlüssel auf der Questura geholt und stand mit seiner zappelnden Tochter vor Signora Buonarrotis Wohnungstür.

»Oh mein Gooott!«, stöhnte sie. »Und wenn es das Original ist? Dann werde ich es als Erste sehen! Oh mein Gooott!«

»Du wiederholst dich, mein Kind! Außerdem muss ich dich enttäuschen. Signora Buonarroti hat es gesehen … Und Dario …«

»Du bist doof!«

Zehn Minuten später war klar, dass sie nicht da war. An der Stelle, an der sie hängen sollte, klaffte eine Lücke. Sie verglichen den Raum noch einmal mit dem Foto und wanderten sicherheitshalber durch die ganze Wohnung. Nichts. Die Standarte war wie vom Erdboden verschluckt. Riani kontrollierte auf der Rückseite des Fotos das Datum. Kein Zweifel: Vor zwei Wochen, genauer gesagt, am fünfundzwanzigsten Oktober, hatte das Kunstwerk noch an seinem Platz gehangen. Caterina Riani war maßlos enttäuscht, aber ungeheuer beeindruckt von der Sammlung, während ihr Vater zunehmend ernster wurde. Ein altbekanntes, ungutes Gefühl machte sich in seiner Magengegend breit.

»Caterina, es tut mir wirklich leid, ich hätte dir die Standarte gerne gezeigt, aber jetzt ist es besser, du gehst wieder nach Hause.«

»Aber …«

»Nein, tesoro, jetzt gleich, bacio!«, wehrte er ab und schob sie zur Tür hinaus.

31

Die Warterei brachte ihn fast um den Verstand. Warum in Teufels Namen hörte und las er nichts? Angespannt lauschte er bereits seit gestern Vormittag auf die Sirene der Feuerwehr und überprüfte alle halbe Stunde die Nachrichten im Internet. Nichts! Keine Detonation in der Via Spartaco Lavagnini. Und dabei war er zu hundert Prozent sicher, dass der Umschlag bei der Familie Riani angekommen war. Der Postbote hatte nichts bemerkt. Eine ganze Weile war er ihm unauffällig gefolgt und hatte, in einem Augenblick, in dem dieser das Fahrrad stehen gelassen hatte und in einem Hauseingang verschwunden war, den Umschlag mit fliegenden Händen und rasend klopfendem Herzen in den Postkorb geschmuggelt. Anschließend hatte er aus sicherer Entfernung beobachtet, wie der Mann mitsamt dem Kuvert im Haus verschwunden und ohne es wiedergekommen war. Warum, in drei Teufels Namen, öffnete Commissario Riani seine Post nicht? Nervös aufstöhnend biss er sich in die Fingerknöchel. Seine Maximaldosis an Tranquilizern war für heute schon erreicht, ohne seine unerträgliche Nervosität jedoch nennenswert zu dämpfen. Vielleicht sollte er eine Runde Laufen gehen, aber er fühlte sich derart angespannt, seine Brust war so eng, dass er fürchtete, einen Infarkt zu erleiden, wenn er sich zu sehr anstrengte. Vielleicht sollte er seinen Hausarzt kommen lassen. Das war doch ein Notfall, oder?

32

Als sie gegangen war, blieb Riani höchst beunruhigt vor der Stelle stehen, an der das Bild hängen müsste. Was zum Teufel hatte das zu bedeuten? Eine Frau war ermordet worden. Bis vor wenigen Stunden war er sicher gewesen, dass der Tod Signora Buonarrotis ein tragisches Versehen und Alessandro Filipepi das eigentliche Opfer gewesen war. Aber jetzt war ein millionenschweres Kunstwerk verschwunden. Verdammt! Hatten sie sich geirrt? War doch die alte Dame das eigentliche Ziel gewesen? Riani fluchte unflätig. Er hatte keine Lust mehr auf diesen Fall. Dieses Chaos hing ihm entschieden zum Hals raus. Warum hatte ausgerechnet er diesen Mist am Hals? Er, der eine hundertprozentige Aufklärungsquote hatte! Er, der bereits Untersuchungskommissionen in Mailand, Bari und Genf unterstützt hatte und in dessen Verhören die Delinquenten einknickten wie Primeln. Er! Lo Squalo! Der Hai! Immer instinktsicher, immer souverän, immer erfolgreich. Im Augenblick schien er mehr einer mickrigen Makrele zu gleichen als dem gefürchteten Killer der Meere. Er lachte bitter auf bei dem Gedanken, dann nahm er seine Grübeleien wieder auf. Könnte die verschwundene Standarte das Motiv für den Mord an Signora Buonarroti sein? Perfide inszeniert, mit dem unschuldigen Nachbarn als vorgebliches Ziel? Oder hatte sie das Kunstwerk kurz vor ihrem Tod verkauft, und er reagierte vollkommen übertrieben? Möglich wäre es. Hatte die alte Dame gewusst, welcher Schatz da an ihrer Wand hing? Vorausgesetzt natürlich, dass es sich tatsächlich um die Originalstandarte von Botticelli handelte. Herrgott! Das konnte doch alles nicht wahr sein. Noch vor wenigen Stunden war er davon überzeugt gewesen, den Fall gelöst zu haben, und jetzt? Jetzt hatte er schon wieder eine neue Variante am Hals. Nun ja, vielleicht ja auch nicht. Vielleicht löste sich das Ganze ja in Wohlgefallen auf und er konnte die kleine Maffei wie geplant verhaften und den Fall noch heute Abend abschließen.

Seufzend trat Commissario Riani an Signora Buonarrotis Schreibtisch und suchte die Telefonnummer von Avvocato Pasquano heraus, dem Vermögens- und Testamentsverwalter der alten Dame.

»Avvocato Pasquano? Riani hier, Commissario Riani …«

»Sì. Mi dica?«

»Ich bin der ermittelnde Beamte im Fall Ihrer Mandantin, Signora Buonarroti, und habe eine Frage.«

»Fragen Sie, aber möglicherweise muss ich mich auf meine Verschwiegenheitspflicht berufen.«

»Das verstehe ich, aber ich denke, das wird nicht nötig sein. Können Sie mir sagen, ob Signora Buonarroti vor Ihrem Tod noch ein Kunstwerk verkauft hat?«

»Ein Kunstwerk? Das kann ich mir nicht vorstellen. Signora Buonarroti hat nie eines ihrer Kunstwerke verkauft.«

»Sind Sie sicher?«

»Ziemlich sicher.«

»Und verschenkt?«

»Verschenkt? Nein. An wen sollte sie ein Kunstwerk verschenken?«

An ihren Sohn vielleicht, sie hatte nämlich einen Sohn, wie Sie sich vielleicht erinnern, dachte Riani genervt.

»Commissario, wieso stellen Sie mir diese Fragen? Haben Sie Grund zu der Annahme, dass etwas fehlt?«

»Nun … Wir sind noch immer auf der Suche nach einem Mordmotiv, Avvocato, und da bietet die außergewöhnlich wertvolle Kunstsammlung Ihrer verstorbenen Mandantin natürlich Spielraum für diverse Szenarien. Sie verstehen?«

»Natürlich verstehe ich!«

»Also, Avvocato, um noch einmal auf meine Frage zurückzukommen. Sie halten es also nicht für möglich, dass Signora Buonarroti ein oder mehrere Kunstwerke veräußert oder verschenkt hat?«

»Commissario Riani, meine Mandantin war bis zu ihrem Tod im Vollbesitz ihrer geistigen Kräfte und ein vollkommen freier und unabhängiger Mensch. Es stand ihr natürlich frei, ohne meinen Rat oder meine Hilfe ein Werk zu verkaufen oder zu verschenken. Aber ich sagte es schon einmal, so, wie ich sie im Laufe der vielen Jahre kennengelernt habe, bin ich mir ziemlich sicher, dass sie das nicht getan hat.«

Riani, dem der tadelnde Ton nicht entgangen war, schlug einen versöhnlicheren an: »Avvocato Pasquano, bitte verstehen Sie mich nicht falsch. Ich versuche lediglich, den Tod Ihrer Mandantin aufzuklären, und muss jeder, absolut jeder Spur nachgehen.«

»Wollen Sie andeuten, dass es eine Spur gibt?«

»Gibt es eine Aufstellung all ihrer Kunstwerke?«, fragte Riani, ohne auf die Frage einzugehen.

»Selbstverständlich gibt es keine Aufstellung.«

»Wie bitte? Warum nicht?«

»Commissario Riani, Signora Buonarroti betrieb keinen Kunsthandel und hatte es außerdem nicht nötig.«

»Aber die Versicherung?«, unterbrach Riani. »Wie kann man eine Versicherung abschließen, wenn man keine Aufstellung seiner Vermögenswerte hat?«

»Commissario«, jetzt im Ton für begriffsstutzige Primaner, »ich merke, dass Sie nicht verstehen. Signora Buonarroti war eine der wenigen noch existierenden Grande Dames. Geld war etwas, was man hatte, über das man aber nicht sprach.«

»Ja, aber …«

»Das man diskret vermehrte«, fuhr der Anwalt unbeirrt fort. »Das man ausgab, spendete oder verschenkte. Aber nie, nie hätte sie eine Aufstellung über den Wert ihrer Kunstsammlung gemacht. Viele Werke wurden über Generationen hinweg vererbt, einige waren Geschenke, andere wurden angekauft. Das ist richtig. Aber nie hätte sie wie ein Krämer eine Inventur oder Schätzung machen lassen.«

»Aber die Versicherung …«

»Eine Kunst- und Möbelsammlung wie die von Signora Buonarroti ist unschätzbar. Keine Versicherung würde sie in dieser Umgebung versichern. Glauben Sie mir.«

Riani war sprachlos. Blöde starrte er den Hörer an und sah sich dann unvermittelt um. Nein, in der Tat, das war für jemanden wie ihn tatsächlich nicht nachvollziehbar. Er wusste ja nicht einmal, wie viele Nullen zwanzig Millionen hatten.

»Das heißt im Klartext, dass Sie es nicht bemerkt hätten, wenn eines der Kunstwerke gefehlt hätte?«

»Nein. Aber dafür war ich auch zu selten dort …«

»Gut.« Riani versuchte sich zu konzentrieren. »Avvocato, was können Sie mir über eine geplante Schenkung an Pierfrancesco Della Valle sagen?«

»Nichts.«

»Nichts?«

»Davon ist mir nichts bekannt.«

»Halten Sie es für denkbar, dass die Signora über so etwas

nachgedacht hat? Um Erbschaftssteuern zu sparen zum Beispiel?«

»Ich kann Ihnen keine Auskunft über Signora Buonarrotis Gedanken geben, gesprochen hat sie mit mir darüber nicht.«

»Gut. Eine letzte Frage noch, wenn Sie erlauben ...«

»Bitte ...«

»Wissen Sie zufällig, ob Signora Buonarroti eine Standarte besitzt, die Sandro Botticelli zugeschrieben wird?«

»Schon möglich, das kann ich Ihnen wirklich nicht sagen. Mi dispiace. Ist es das Kunstwerk, das Sie vermissen? Ist das Ihre Spur?«

»Vielen Dank für Ihre Auskunft, Avvocato, arrivederLa!«

Riani war so schlau wie vorher. Nun, etwas schlauer vielleicht. Immerhin wusste er jetzt, dass der Finanzverwalter dieses Kunstwerk nicht kannte. Und somit auch keine Ahnung hatte, was es wert war, sollte es echt sein. Aber sein Bulleninstinkt schlug Alarm. Irgendetwas sagte ihm, dass dieser Fall soeben eine komplette Kehrtwendung gemacht haben könnte. Die Verhaftung Giorgia Di Maffeis musste noch warten, das würde im Augenblick zu viel Wirbel verursachen. Porca miseria! Wo steckte dieser verfluchte Pierfrancesco Della Valle? Möglicherweise wusste er etwas über den Verbleib dieses Werkes. Immerhin hatte er ihnen ja auch den geplanten Verkauf des Hauses verschwiegen. Und als Riani gerade durch den Portone auf die Straße trat, überfiel ihn ein noch viel unangenehmerer Gedanke: Er musste auch mit Dario sprechen. Der hatte angedeutet, dass er, im Falle eines Auftrags, die Kunstsammlung separat veräußern würde. Vielleicht hat er die Fotos in freudiger Erwartung schon einem Kunsthändler gezeigt? Oh Gott! Bitte lass diesen ganzen Mist ein Ende haben! Wütend trat er gegen eine leere Getränkedose, die prompt eines der geparkten Autos traf und in der Beifahrertür eine deutlich sichtbare Macke hinterließ. Cazzo!

Riani kramte sein Mobiltelefon hervor. »Torrini, Sie müssen mir ein Autokennzeichen ermitteln. Und sagen Sie bitte den anderen Bescheid. Wir blasen die Verhaftung von Giorgia Di Maffei vorläufig ab.«

»Commissario?«

»Bitte keine Fragen jetzt! Tun Sie es einfach! Und setzen Sie eine landesweite Fahndung nach Pierfrancesco Della Valle in Gang. Jetzt, sofort!«

»Commissario! Was ist passiert?«

»Wenn Sie ihn gefunden haben, will ich ihn in der Questura haben.«

»Commissario …«

Tot oder lebendig, dachte er noch sarkastisch, dann legte er auf und wandte seine Schritte in Richtung Innenstadt. Das Gespräch, das er jetzt mit Dario führen musste, hätte er sich gern erspart, aber das war leider nicht möglich. Scheißberuf!

Die Unterredung verlief schlimmer als befürchtet. Sein Freund Dario war über die Maßen erbost angesichts der impliziten Verdächtigung, die in Rianis Fragen mitschwang, und dieser konnte dem wenig entgegensetzen.

»Dario, jetzt beruhige dich bitte. Du weißt genau, dass ich dir diese Fragen stellen muss. Ich bin Polizist und kann auf persönliche Befindlichkeiten keine Rücksicht nehmen. Das wäre Bestechlichkeit im Amt.«

»Herrgott! Jetzt tu doch nicht so, als ob du es immer so genau nehmen würdest. Sonst bist du doch auch nicht so.«

»Was bin ich? Was willst du damit sagen?«

»Nichts, gar nichts, nur …«

»Nur was?« Riani war so wütend, dass es ihm beinahe die Sprache verschlug. Wie konnte sein bester Freund es wagen, anzudeuten, dass er eines der schwarzen Schafe seiner Zunft wäre, die sich Recht und Gesetz nach Gusto hinbogen? Er? Ausgerechnet er! Und überhaupt. Wieso reagierte er so empfindlich?

»Lorenzo, komm schon!«

Jetzt nannte er ihn sogar beim Vornamen. Wann war das zuletzt passiert?

»Lorenzo, dai … Ich hab's nicht so gemeint. Immerhin kommst du einfach hierher und fragst mich, ob ich etwas über den Verbleib dieses blöden Bildes wüsste! Als ob ich es gestohlen hätte!«

Riani hatte es plötzlich satt. Mit einem Mal war alle Luft raus, und er wollte nur noch weg von hier und nach Hause ins Bett. Mit resigniertem Blick betrachtete er sein Gegenüber und nickte dann mechanisch: »Jaja, ich habe verstanden … Du hast es nicht genommen und die Fotos auch noch keinem gezeigt.«

»Lorenzo, bitte … So, wie du das sagst, klingt es, als ob du mir nicht glauben würdest.«

»Ich sagte doch, dass ich dir glaube. Also lass es gut sein. Ich gehe jetzt. Und Dario, du zeigst die Fotos niemandem, bevor dieser Fall nicht abgeschlossen ist, hörst du?« Den verärgerten Freund ignorierend, eilte er die Treppen hinunter und ließ die schwere Eingangstür hinter sich zufallen.

Zu Hause riss ihn das Telefon gegen zwei Uhr morgens aus einem schweren Traum.

»Commissario, Sie müssen sofort herkommen! Es ist etwas passiert. Giorgia Di Maffei hat Filipepi niedergestochen.«

33

Es war, als hätten in diesem Fall dunkle Mächte ihre Finger im Spiel. Als Riani in die Questura eilte, gingen ihm Tausend unerfreuliche Gedanken durch den Kopf: zuallererst derjenige, dass er diesen Anschlag hätte verhindern können, wenn er die Festnahme der jungen Frau nicht in allerletzter Minute abgesagt hätte. Der Questore würde ihn in der Luft zerfetzen, wenn er erführe, welch vage Überlegungen ihn dazu getrieben hatten. Und wie er seinen Vorgesetzten kannte, würde er auch nicht wissen wollen, dass die geplante Festnahme der jungen Marchesa lediglich aufgrund von Indizien erfolgen sollte und sich im Gegensatz dazu mit dem fehlenden Kunstwerk vollkommen neue, wesentlich interessantere Perspektiven ergeben hatten. Che guai! Was für ein Mist!

Auf der Questura war der Teufel los. Genauer gesagt Giorgia Di Maffei, die einen hysterischen Anfall hatte und kreischte und tobte, als seien die Bestien aus Dantes Inferno hinter ihr her. Torrini, die gute Seele, hatte zu Rianis unendlicher Erleichterung weder den Questore noch die Männer von der BBC benachrichtigt, sodass auf der Wache nur der Nachtdienst und die Kollegen anwesend waren, die während der vergangenen paar Tage Alessandro Filipepi überwacht hatten und so das Schlimmste in allerletzter Sekunde hatten verhindern können. Filipepi war nämlich am Leben. Nur leicht verletzt durch das Messer, das lediglich seine Seite leicht gestreift hatte, statt seinen Rücken tödlich zu durchbohren. Im Augenblick saß er, durch einen Kollegen verpflastert und mit einem Caffè in der zittrigen Hand, im Flur, weiß wie die Wand, nur noch ein Schatten seiner selbst.

»Signor Filipepi, es tut mir außerordentlich leid, was geschehen ist. Ein Kollege wird Sie nach Hause begleiten, und ich werde Sie morgen aufsuchen, sobald Sie sich etwas ausgeruht haben, einverstanden?«

Irrte er sich, oder wich der junge Mann seinem Blick aus? Der gleichzeitig mit Riani eintreffende Arzt untersuchte mit geübten flinken Fingern das Opfer, gab Entwarnung und wurde anschließend in den Verhörraum geführt, wo er die vollkommen außer sich tobende junge Frau sedierte, was kein Leichtes war, denn drei Mann waren nötig, um ihren Arm ruhig zu halten. Riani stand im Türrahmen und rieb sich besorgt die Bartstoppeln.

»Wird sie schlafen?«

»Nein. Sie wird nur ruhig werden, keine Sorge, Sie können sie in ein paar Minuten verhören. Wenn etwas sein sollte … Sie wissen ja, wo Sie mich finden«, verabschiedete sich der Arzt wenige Minuten später.

Die junge Frau beruhigte sich allmählich und die Beamten konnten sie loslassen. Riani betrachtete sie fast ein bisschen mitleidig. Sie würde erst als alte Frau wieder aus dem Gefängnis kommen, denn die Beschuldigung lautete auf versuchten Mord. Den würde auch der gewiefteste Anwalt nicht entkräften können, denn sie hatte sich gründlich vorbereitet. Sie trug einen der Jogginganzüge mit Glitzerprint, den man für wenig Geld in einem der vielen asiatischen Billigläden bekam, halbhohe Boots und einen schwarz glänzenden, billigen gesteppten Anorak mit Kunstfell an der Kapuze. Die perfekte Gangsterbrautimitation aus einem der prekären Vororte.

Riani zog sich einen Stuhl heran und setzte sich vor sie.

»Giorgia, ich darf Sie doch Giorgia nennen? Möchten Sie jemanden anrufen?«

»Nein! Niemanden!«

»Ihre Mutter vielleicht?«

»Großer Gott, nein!«

»Ihren Anwalt vielleicht?«

»Ich habe keinen Anwalt.«

»Nun, ich dachte, Avvocato Capponi …«

»Ich sagte, nein! Drücke ich mich irgendwie unklar aus?«

Und schon hatte sie wieder Oberwasser, dachte Riani. »Aber Sie benötigen dringend einen Rechtsbeistand. Die Beschuldigung gegen Sie ist gravierend. Versuchter Mord. Das ist keine Kleinigkeit, aus der Sie so einfach herauskommen.«

»Das ist mir jetzt auch egal.«

»Wie bitte?«

»Hören Sie schlecht?«

»Junge Frau, es gibt keinen Grund, unverschämt zu werden. Ich frage Sie zum letzten Mal: Möchten Sie jemanden anrufen?«

»Und ich sage Ihnen ebenfalls zum letzten Mal: Nein!«

»Nun, dann werde ich einen Pflichtverteidiger organisieren, während Sie sich in der Arrestzelle besinnen können.«

Als Riani den Raum verließ, stieß er mit Torrini zusammen, der vor der Tür gelauscht hatte. »Was halten Sie von der ganzen Geschichte? Kommen Sie, gehen wir in mein Büro.« Dann winkte er einen der diensthabenden Beamten heran und beauftragte ihn, Caffè und etwas zu essen zu besorgen.

Mittlerweile war es halb vier Uhr morgens und es kehrte langsam Ruhe ein. Die Heizung lief auf Hochtouren und das kalte Neonlicht beleuchtete unvorteilhaft die bleichen, übernächtigten Gesichter. Der junge Ispettore sah nachdenklich aus und dachte lange nach, bevor er antwortete: »Das Ganze war sorgfältig geplant … die ganze Verkleidung und so. Aber irgendetwas läuft für mich nicht rund … Ich meine, es ist sicher, dass sie ihren Bruder lange beobachtet und belauert hat, das können wir beweisen. Auch bin ich sicher, dass sie ihn umbringen wollte … Das hat sie heute Nacht ja bewiesen … Aber … Ich weiß nicht … Irgendwie kann ich mir nicht vorstellen, dass sie etwas mit den Bombenanschlägen zu tun hat.«

Riani nickte nachdenklich, und Torrini fuhr fort: »Diese Sprengsätze … Ich will nicht sagen, dass sie dafür zu dumm ist …«, dann hielt er kurz inne: »Obwohl, doch, genau das will ich damit sagen. Ich glaube tatsächlich, dass sie zu dumm dafür ist. Ich glaube nicht, dass sie das war.«

Riani schmunzelte und drehte sich auf seinem Bürostuhl hin und her. Sein kleiner Ispettore machte ihm Spaß. »Ts, ts …«, foppte er ihn scheinbar tadelnd, aber der junge Kollege hatte sein eigenes Unbehagen ziemlich genau auf den Punkt gebracht. In dem Augenblick kamen der Caffè und ein paar Kekse, und sie aßen ein paar Minuten schweigend.

Riani unterbrach die Stille als Erster: »Ich habe gestern Abend eine neue Spur entdeckt …«

Torrini verschluckte sich fast. »Wie bitte? Was denn? Haben Sie deshalb die Festnahme abgesagt?«

Rianis Miene verdüsterte sich kurz. Diese vermaledeite Festnahme. Aber er schob es beiseite. »Ein Kunstwerk, das nicht mehr dort hängt, wo es vor zwei Wochen noch hing …«

»Sie sprechen von Signora Buonarrotis Wohnung?«

»Ja, genau. Durch Zufall bin ich an Fotos gekommen, die der von Pierfrancesco Della Valle beauftragte Makler gemacht hat. Sie erinnern sich, ich hatte Ihnen von der Sache erzählt.«

»Ja, und weiter?«

»Nun, ich hatte diese Fotos zu Hause, weil ich, wie Sie sich erinnern, diese ganzen Verkaufspläne ziemlich verdächtig fand.«

»Ja«, erwiderte Torrini gedehnt. »Aber ...«

»Kurz und gut. Meine Tochter hat die Fotos gesehen und war ganz aus dem Häuschen, weil sie darauf ein seit Jahrhunderten verschollenes Kunstwerk von Botticelli zu erkennen glaubte.«

»Wirklich?«

»Ja. Wir sind hingefahren, weil ich ähnlich reagiert habe wie Sie jetzt.«

Torrini errötete.

»Und was soll ich sagen. Das Teil war weg.«

»Weg?«

»Ja. Weg. Verschwunden. In Luft aufgelöst. Nicht mehr da.«

»Vielleicht hat sie es umgehängt?«

»Nein. Wir haben alles abgesucht. Nichts. Das Bild, oder vielmehr die Standarte, wie meine Tochter sagt, ist nicht mehr da.«

»Das ist in der Tat merkwürdig, aber ich weiß nicht ... Vielleicht hat sie es verkauft oder verschenkt?«

»Das dachte ich auch, aber ihr Finanzverwalter sagte, dass das fast hundertprozentig ausgeschlossen sei ...«

»Fast hundertprozentig?«

»Er schloss es praktisch aus, sagte aber auch, dass die Signora eine eigenständige Person und bis zuletzt im Vollbesitz ihrer geistigen Kräfte gewesen sei, die ihn nicht über jeden ihrer Schritte unterrichtet hätte.«

»Und was heißt das jetzt für den Fall?«

»Meine Tochter sagt, dass dieses Kunstwerk unschätzbar wertvoll sei, wenn es denn das Original ist.«

»Hm ... Und Sie denken jetzt ...«

»Ich denke, dass das tatsächlich ein hinreichendes Motiv sein könnte.«

»Damit ich Sie nicht falsch verstehe. Haben wir hier ein Motiv für den Sohn, seine Mutter umzubringen, damit sie nicht merkt, dass das Bild weg ist?«, fragte Torrini zweifelnd.

»Sie haben schon recht ... Richtig plausibel ist das Ganze nicht. Zwar würde ich Pierfrancesco irgendwie die Perfidität zutrauen, mit der seine Mutter umgebracht wurde ... Dieses Päckchen, angeblich an Filipepi adressiert ... Schlau genug wäre er ja ... Außerdem hätte er sich auch in der Nähe aufhalten können, um die Bombe zu zünden – in der leeren Wohnung im Parterre. Aber wieso sollte er das tun? Wenn es stimmt, was er über seine Mutter sagte, hätte sie ihn niemals angezeigt, selbst wenn er die Standarte gestohlen hätte.«

»Genau. Das sehe ich auch so. Und selbst wenn, aus welchen Gründen auch immer, der zweite Anschlag auf den Nachbarn ließe sich damit nicht erklären. Die alte Dame war ja schon tot.«

»Ein Ablenkungsmanöver?«

Riani seufzte tief. »Vielleicht.« Müde rieb er sich das Gesicht. »Dieser verdammte Fall macht mich wirklich wahnsinnig. Haben Sie je etwas so Merkwürdiges erlebt?«

»Nein, bislang noch nicht. Und jetzt?« Torrini war so ratlos wie sein Chef.

»Jetzt rufen wir zunächst die Marchesa an und warten darauf, dass die Fahndung nach Della Valle Erfolg hat. Sie haben doch ...?«

»Certo! Landesweit.«

»Gut. Dann gehen Sie jetzt nach Hause, Torrini, versuchen Sie noch ein bisschen zu schlafen, und wir sehen uns um zehn, va bene?«

»Aber Commissario …«

»Das ist ein Befehl, Torrini!«

34

Signora Riani fühlte sich nicht wohl. Nachdem ihr Mann mitten in der Nacht in die Questura geeilt war, hatte sie nicht mehr einschlafen können. Sie hatte sich eine heiße Milch mit Honig gemacht, sich mit einem Krimi wieder ins Bett begeben und bis zum Morgengrauen gelesen. Dann war sie aufgestanden, hatte sich an der Schule krankgemeldet und begonnen, die Wohnung zu putzen. Eine solche Unruhe hatte sie schon lange nicht mehr verspürt. Nachdem sie ein Maschine Wäsche gewaschen und zehn Hemden ihres Mannes gebügelt hatte, machte sie sich an die seit Tagen unerledigte Post. Sie setzte einen Espresso auf und brachte den ganzen Stapel ungeöffneter Briefe vom Sekretär im Schlafzimmer an den großen Küchentisch. Obenauf lag noch immer der ungeöffnete Umschlag an ihren Mann. Kein Absender. Vielleicht waren es die Urlaubsprospekte über Edinburgh? Ihre mittlere Tochter Alessandra studierte seit diesem Semester dort, mithilfe des Erasmus-Studienprogramms, und sie wollten sie über Weihnachten dort besuchen. Prüfend drückte sie den Umschlag. Vielleicht waren es aber auch die Akten über einen alten Fall, die ihr Mann aus Verona angefordert hatte? Sie schickte sich gerade an, ihn aufzureißen, als der Kaffee zischend überkochte. Sie legte ihn weg und stellte das Gas ab, als im selben Moment das Telefon klingelte. Ihre Tochter. Sie wollte gerade auf Band sprechen und wunderte sich, dass ihre Mutter um diese Zeit zu Hause war.

»Bist du krank?«
»Nein, mein Schatz, nur etwas müde.«

»Brauchst du etwas?«

»Nein, nein, das ist lieb von dir. Ich erledige gerade die Post. Komm doch vorbei, wenn du magst, dann frühstücken wir zusammen.«

»Was hältst du davon, wenn wir in der Stadt frühstücken? Anschließend können wir doch ein bisschen bummeln gehen. Aber nur, wenn du dich fit genug fühlst.«

Signora Riani dachte einen Augenblick nach. »Weißt du was, mein Schatz, das ist eine hervorragende Idee. Lass uns einen Mutter-Tochter-Vormittag verbringen, das haben wir schon lange nicht gemacht. Um zehn? Schaffst du das?«

»Va bene! Ich hol dich ab. Ciao, Mamma, ciao, ciao.«

Signora Riani legte lächelnd auf. Ein Bummel mit ihrer Tochter würde ihr entschieden guttun. Zufrieden vor sich hin summend, räumte sie den Poststapel wieder auf den Sekretär zurück, wischte die Kaffeespritzer vom Herd und ging ins Badezimmer, um sich fertig zu machen.

35

Gerade als Riani zu einem kleinen Frühstück ins Café Sieni verschwinden wollte, kam ein aufschlussreicher Anruf aus der Maremma. Der Bürgermeister eines kleinen Ortes unweit von Suvereto informierte ihn darüber, dass ein gewisser Pierfrancesco Della Valle seit etwa einem Jahr dort ein Haus besitze und beabsichtige, den ganzen Hügel zu kaufen, um ein großes Agriturismo zu eröffnen. Ob das der gesuchte Mann sei und ob die Gemeinde jetzt um den Verkauf bangen müsse? Riani grinste böse. Diese verdammte Mischpoke auf dem Land. Doch er gab sich einigermaßen milde: »Bitte verbinden Sie mich doch mit dem Kollegen von der Polizei.«

»Äh, ja, das geht gerade nicht.«

»Dann bitte ich darum, dass mich umgehend jemand zurückruft! Per cortesia!« Nur wenige Minuten später hatte er einen kleinlauten Kollegen in der Leitung. Riani verzichtete darauf, ihn darüber zu belehren, was es bedeutete, interne Informationen weiterzugeben. »Agente, was können Sie mir über den Gesuchten sagen?«

»Äh … Nun … Ich denke, dass es der Mann ist.«

»Kennen Sie ihn persönlich?«

»Come no!«

Also kannte ihn das ganze Dorf. Riani stöhnte innerlich auf, aber vielleicht war das sein Glück. »Was können Sie mir über ihn sagen?«

»Nur Gutes«, beeilte sich der Beamte zu sagen. »Nur Gutes. Er hat ein altes Anwesen gekauft und wiederhergerichtet und hat sich das Vorkaufsrecht auf ein Riesengrundstück mit altem Gebäudekomplex gesichert. Er will ganz groß in den Tourismus einsteigen … Wissen Sie, Commissario, unsere Region könnte davon wirklich profitieren.« Der Mann schien vollkommen vergessen zu haben, dass sie über jemanden sprachen, der von der Polizei gesucht wurde. Er kam in seiner Begeisterung überhaupt nicht auf die Idee, zu fragen, was Della Valle vorgeworfen wurde. Riani rollte die Augen. Hätte er einen solch redseligen Armleuchter in seiner Mannschaft, er würde ihn höchstpersönlich erdrosseln.

»Tourismus? Das klingt in der Tat interessant. Sagen Sie«, fragte Riani scheinheilig nach, »was soll denn das Gelände kosten?«

»Zehn Millionen, Commissario.«

»Zehn Millionen? Das ist eine ziemliche Stange Geld«, insistierte Riani. »Wissen Sie denn zufällig auch, wie Signor Della Valle das Ganze finanzieren möchte?«

»Oh, ja«, antwortete der Mann in aller Einfalt. »Er sagte, er würde erben. Seine verstorbene Mutter wäre sehr wohlhabend gewesen.«

»Ach so, ja dann …«

»Stimmt das denn nicht, Commissario?«

»Doch, doch, das stimmt.«

Am Ende der Leitung schnaufte es hörbar erleichtert.

»Seine Mutter ist tatsächlich verstorben«, sagte Riani, »und war in der Tat sehr wohlhabend, aber … Hören Sie, Sie wissen nicht zufällig, wann sich Signor Della Valle das Vorkaufsrecht gesichert hat?«

»Doch, doch, das war erst kürzlich. Das war Thema bei der letzten Gemeinderatssitzung. Warten Sie … Ja, genau, das war Mitte Oktober.«

Jetzt hatten sie ihn, dachte Riani grimmig und würgte die weiteren Erläuterungen ab. »Gut, gut, geben Sie mir jetzt bitte noch die genaue Adresse von Signor Della Valle.«
»Sicher, Commissario.«
Riani winkte einen Kollegen heran, stellte den Apparat auf laut und verschwand ohne ein weiteres Wort in seinem Büro. Schwerfällig ließ er sich auf seinen Stuhl fallen. »So. Jetzt hab ich dich, Della Valle!« Nachdem er ungefähr fünf Minuten lang alle Optionen durchdacht hatte, riss er mit Schwung die Bürotür auf: »Rocca, Fabbri ... In mein Büro bitte! Subito!«

Torrini kam, als die beiden bereits eine halbe Stunde unterwegs waren, und zeigte sich enttäuscht. »Ich wäre gerne mitgefahren, Commissario ...«
»Nein, Torrini, ich brauche Sie hier. Wir müssen jede Kleinigkeit noch einmal durchgehen, hören Sie? Jede klitzekleine Kleinigkeit, damit uns kein Fehler unterläuft, bis Della Valle hier ist.« Zu seiner unendlichen Erleichterung hatte er erfahren, dass der Questore den Rest der Woche unterwegs war. Irgendwelche Verpflichtungen im Rahmen seiner Kandidatur für ein politisches Amt. Uffa! So konnte er schalten und walten, wie er wollte. In dem Moment allerdings, als er seinem Ispettore den aktuellen Stand der Dinge mitteilen wollte, kam ein Anruf von der Pforte: »Commissario, die Marchesa Di Maffei und Avvocato Capponi sind hier. Sie wollen den Questore sprechen, aber der ist ja nicht im Hause. Ich dachte vielleicht, dass Sie ...«
»Geben Sie sie mir ... Commissario Riani, buongiorno, chi parla ...«, als wüsste er nicht, wer am Apparat war.
»Ich verlange augenblicklich den Questore zu sprechen!«
»Buongiorno Marchesa, che piacere ...« Riani ließ sich nicht aus der Ruhe bringen. »Es tut mir sehr leid, er ist außer

Haus und wird vor Anfang nächster Woche nicht zur Verfügung stehen.«

»Dann den Vice-Questore!« Knapp, knapper, am knappsten.

»Sehr gerne«, flötete Riani. »Der Vice-Questore bin kommissarisch derzeit ich. Sie finden mich in Zimmer 104.«

»Sie?«

»Ja, ich. Gerne kümmere ich mich um Ihr Anliegen.«

»Auf gar keinen Fall!« Die Marchesa war empört.

»Nein? Nun, wie Sie wünschen, Marchesa ... ArrivederLa.« Mit breitem Grinsen legte Riani auf und zwinkerte Torrini zu. »Laden Sie die Gewehre, Ispettore, der Feind ist im Anmarsch.«

»Aber sie sagte doch ...«

»Ich weiß. Warten Sie's ab.«

Er hatte recht. Keine fünf Minuten später klopfte es an seine Tür. »Avanti!«

Ein Beamter steckte seinen Kopf durch die Tür. »Die Marchesa Di Maffei wünscht Sie zu sprechen.«

»Ich lasse bitten!«

Die alte Dame, die ursprünglich gekommen war, um seinen Kopf auf einem Tablett serviert zu bekommen, musste gezwungenermaßen improvisieren, was sie sichtlich erboste. Riani dagegen war die Liebenswürdigkeit in Person. Was dozierte er seinen Mitarbeitern gern? Lächeln war die beste Art, dem Feind die Zähne zu zeigen.

»Marchesa ... Avvocato ... Accomodatevi ... Setzen Sie sich. Ispettore Torrini kennen Sie bereits. Darf ich Ihnen etwas bringen lassen? Wasser? Einen Caffè?«

»Nein, danke, ich möchte umgehend meine Tochter sehen.«

»Das wird leider nicht möglich sein. Es tut mir leid.«

»Wie bitte? Avvocato ...«, wandte sie sich mit scharfer

Stimme an ihren Anwalt, der eine beschwichtigende Handbewegung machte und sich dann an Riani wandte. »Commissario …«

Aber der ließ ihn gar nicht ausreden: »Ihre Tochter möchte Sie nicht sehen.«

»Was sagen Sie da?«

»Dass Ihre Tochter Sie nicht sehen will.«

»Das kann ich nicht akzeptieren. Ich verlange, sie sofort zu sprechen!«

»Marchesa, ich fürchte, Sie haben nicht verstanden. Ihre Tochter hat unmissverständlich erklärt, Sie nicht sehen zu wollen.«

»Papperlapapp! Das Kind weiß doch nicht, was es sagt! Bringen Sie mich zu ihr!«

»Es tut mir wirklich leid, aber das kann und werde ich nicht tun. Kann ich Ihnen sonst noch irgendwie behilflich sein?«

»Dann lassen Sie Avvocato Capponi mit ihr sprechen. Er ist ihr Anwalt. Mit dem darf sie sich doch wohl beraten.«

»Es tut mir wirklich leid, aber auch das kann ich nicht erlauben. Verehrteste, Ihre Tochter hat ausdrücklich auf die Hilfe von Avvocato Capponi verzichtet und wird deshalb einen Pflichtverteidiger bekommen.«

»Das ist doch die Höhe!«, ereiferte sich die alte Dame. »Wo sind wir denn hier?«

In einem gottlob funktionierenden Rechtsstaat und nicht mehr im Mittelalter, dachte Riani böse, lächelte aber noch immer freundlich. »Wenn Sie wünschen, kann ich Sie über die Anklagepunkte informieren …«

»Ich verlange, dass meine Tochter umgehend auf freien Fuß gesetzt wird! Wir werden sie mit nach Hause nehmen. Was muss ich als Kaution hinterlegen?«, insistierte sie, als ob sie

Rianis Worte nicht gehört hätte. Der Anwalt machte seltsamerweise keine Anstalten, sie zu bremsen.

»Das ist nicht möglich, Marchesa. Ihre Tochter hat einen Mordanschlag auf ihren Halbbruder Alessandro Filipepi verübt, den dieser glücklicherweise nur leicht verletzt überlebt hat. Ob eine vorübergehende Freilassung auf Kaution in Betracht kommt, wird heute Nachmittag der Haftrichter entscheiden. Nicht Sie. Bei allem Respekt.«

Torrini stand im Hintergrund und verfolgte ehrfürchtig den Schlagabtausch. Riani bemerkte dessen bewundernde Blicke. Die alte Gräfin war derart aufgebracht, dass er instinktiv den Kopf einzog, aber Riani war vollkommen unerschrocken: »Marchesa, da Sie gerade hier sind. Eine Frage hätte ich da noch. Sie wird Ihnen merkwürdig erscheinen, aber … Wie ist denn Ihr Gatte verstorben?«

Der erschrockene Blick, den sie auf diese Frage hin ihrem Anwalt zuwarf, ließ Riani stutzen.

»Nun?«

»Wieso wollen Sie das wissen? Was hat das mit meiner Tochter zu tun?«

Riani tat, als müsse er sich die Antwort gut überlegen. »Ihre Tochter behauptet, ihren Vater ermordet zu haben.«

Ihre Reaktion war merkwürdig. Irgendwie zwischen erschrocken, entrüstet und erleichtert.

»Wie bitte? Commissario, meine Tochter war fünf, als ihr Vater starb. Sehen Sie, in welchem Zustand sie sein muss? Ich muss sie unbedingt mitnehmen!«

»Das hatten wir schon. Aber Sie haben sicher recht. Sie wirkt etwas instabil. Wir werden Ihre Tochter einer psychiatrischen Untersuchung unterziehen müssen.«

»Auf gar keinen Fall! Das verbiete ich Ihnen! Avvocato, so sagen Sie doch auch etwas. Das darf er doch nicht, nicht wahr?« Mit einem Mal war sie außer sich, und Riani beobachtete sie interessiert. In welches Wespennest hatte er da gestochen? Er bemerkte, dass der Anwalt sie fest am Arm fasste, als ob er sie zum Schweigen bringen wollte. Der Mann war sicherlich mehr als nur ein Anwalt, schoss es ihm durch den Kopf, laut sagte er: »Marchesa, wir werden Ihre Tochter auf ihre Zurechnungsfähigkeit untersuchen müssen, das werden Sie sicherlich verstehen. Aber Sie haben meine Frage noch nicht beantwortet. Wie ist Ihr Mann gestorben?«

Sie beherrschte sich nur mühsam. »Er hatte einen Autounfall. Hören Sie? Einen Autounfall!«

»Ist der Unfall damals untersucht worden?«

Jetzt wurde sie schrill. »Meine Tochter war fünf, als das passierte. Verstehen Sie? Fünf! Wie hätte sie das, Ihrer Meinung nach, bewerkstelligen können? Na? Das Lenkgestänge manipulieren? Mit ihrem kleinen Holzwerkzeug? Ja?«

Jetzt wurde der Anwalt nervös und unterbrach rasch den hysterischen Ausbruch seiner Mandantin. »Commissario, die Marchesa hat Ihnen alles gesagt, was sie weiß. Sie werden uns doch auf dem Laufenden halten, ja?« Und mit einem verbindlichen Kopfnicken schob er seine Mandantin energisch aus dem Büro.

»Was um Himmel willen war denn das gerade?« Torrini hatte seine Sprache wiedergefunden.

»Hm ... Ein bisschen komisch hat sie schon reagiert, finden Sie nicht? Warten wir ab, was der Psychiater sagt. Und jetzt kommen Sie, lassen Sie uns einen Happen essen gehen, ich brauche dringend etwas frische Luft. In die Markthalle?«

36

Auf der Rückfahrt sprachen sie kein Wort. Er lenkte den Wagen zu schnell durch die Kurven und sie klammerte sich schmallippig an ihrer Handtasche fest. Erst als der Kies der Auffahrt unter den Rädern knirschte, brach er sein wütendes Schweigen.

»Marchesa Di Maffei! Wir müssen unbedingt ein paar Dinge klarstellen.«

Die Tatsache, dass er sie beim vollen Namen nannte, hätte ihr eine Warnung sein sollen, aber ihre angeborene Arroganz kannte kein Innehalten.

»Mein lieber Avvocato …«, entgegnete sie spitz. »Ich glaube, Sie vergreifen sich gerade im Ton.«

Abrupt bremste er den Wagen ab und drehte sich zu ihr um. Das Maß war voll. »Das war's! Bitte steigen Sie aus! Ich kündige mit sofortiger Wirkung mein Mandat.«

»Ha! Das ist doch lächerlich! Sie können nicht kündigen«, entgegnete sie hochmütig und machte keine Anstalten, die Tür zu öffnen. Die Situation war skurril. »Bringen Sie mich vor die Tür!«

Dottor Antonio Capponi, ein mit allen Wassern gewaschener Anwalt, der, aus einer gewissen sentimentalen Verliebtheit heraus, seit Jahrzehnten die Capricen seiner Arbeitgeberin und ihrer Familie ertrug und den nichts und niemand je aus der Fassung gebracht hatte, explodierte mit einer Vehemenz, die er sich selbst nicht zugetraut hätte. In ungeheurer Wut brüllte er alles heraus, was sich lange in ihm angestaut und was ihn seit Langem maßlos gereizt hatte: ihre grenzenlose

Arroganz, ihre mit großer Virtuosität gespielte Opferrolle – war nicht sie es gewesen, die ihren Mann hatte umbringen lassen? –, ihre verzogenen Töchter, die ihn immer wie einen Dienstboten behandelt hatten, und nicht zuletzt ihr infames Spiel, das sie mit seinen Gefühlen getrieben hatte, um ihn für ihre Zwecke zu manipulieren. Aber jetzt war Schluss. Endgültig Schluss! Ab jetzt musste sie allein zurechtkommen. Sie und ihr mörderisches Töchterchen. »Ganz die Mutter«, ätzte er höhnisch, »der Apfel fällt eben doch nie weit vom Stamm.« Am Ende seines Ausbruchs stieg er aus dem Auto, umrundete schnaubend den Wagen und zog sie grob vom Beifahrersitz.

»So, Gnädigste. Die paar Schritte zum Haus werden Sie alleine bewältigen, oder? Wenn nicht, rufen Sie doch das Hausmädchen an!«

Die Marchesa Di Maffei, die während der vergangenen Minuten zutiefst empört versucht hatte, die Contenance zu wahren, zupfte verärgert ihren Mantel zurecht und schickte sich an, etwas zu erwidern, als er ihr mit einer herrischen Handbewegung das Wort abschnitt: »Basta! Ich will nichts mehr hören! Nie wieder! Und kommen Sie nicht auf die Idee, mir irgendetwas anhängen zu wollen. Ich habe mich abgesichert. All die Jahre! Wenn mein Kopf rollen sollte, rollt Ihrer mit!«

Und während die alte Dame, um Haltung bemüht, in Richtung Haus stöckelte, stieg er in den Wagen, vollführte eine Wendung, dass der Kies spritzte, und verschwand hinter den Zypressen.

37

Das Warten auf Pierfrancesco Della Valle zog sich fast unerträglich lange hin. Riani verspürte wenig Elan, irgendetwas zu tun, bevor der Mann nicht verhört worden war. Bei hervorragenden Antipasti an einem Delikatessenstand im Mercato Centrale und einer nicht minder hervorragenden trockenen Flasche Weißwein, den Torrini hatte springen lassen, war ihnen aufgefallen, dass sämtliche Lösungsansätze für den Fall, vielmehr der beiden Fälle, noch immer mehr Löcher aufwiesen als ein Schweizer Käse, was ihre Laune nicht wirklich hob. Sie gingen sämtliche Verdächtigen und ihre potenziellen Motive einen nach dem anderen noch einmal durch, und immer landeten sie in einer Sackgasse. Wieso sie Giorgia Di Maffei als Täterin für die Sprengstoffanschläge mittlerweile völlig ausschlossen, konnten sie rational nicht begründen. Und das lag nicht am Wein. Was war nur los? Was hatten sie übersehen? Zwar versprach sich Riani bezüglich des fehlenden Kunstwerks einiges vom bevorstehenden Verhör mit Della Valle, doch selbst das beste Motiv erklärte nicht den zweiten Anschlag auf Filipepi. Es knirschte einfach in allen Ecken.

»Vielleicht stehen wir zu nahe davor?«, meinte Ispettore Torrini nach endlosen Diskussionen.

»Wie meinen Sie das?«

»Wissen Sie, wenn man zu nahe an einer Sache dran ist, kann man leicht den Überblick über das Ganze verlieren, finde ich. Stellen Sie sich vor, Sie ständen mit der Nase direkt vor Botticellis ›Primavera‹ und sähen ein kleines Blättchen…«

»Jaaa …?«

»Na, aus einem derart winzigen Detail würden Sie doch nie auf ein solch wundervolles Kunstwerk schließen können.«

»Das klingt wirklich gut«, sinnierte Riani beeindruckt. »Aber wie können wir diese Erkenntnis auf unseren Fall anwenden?«

»Keine Ahnung«, prustete Torrini plötzlich los.

Riani sah ihn amüsiert an. »Torrini! Sie sind beschwipst!«

»Ja, ich fürchte, Sie haben recht. Aber ich habe auch recht. Wir sind zu nahe dran, wir müssen irgendwie den Gesamtkontext erfassen.«

»Ja, ja, aber zuallererst müssen wir uns selbst wieder fassen. Lassen Sie uns einen Caffè trinken und dann ins Museum gehen. Sie bringen mich auf eine Idee.«

Die nächsten drei Stunden ließen sie sich durch den Palazzo Pitti und die Uffizien treiben, auf der Suche nach Inspiration. Torrini betrachtete lange »Camilla und den Zentaur«.

»Sehen Sie, wie sie ihn am Schopf hat? Es scheint fast, als wolle sie ihn verführen und nicht unterwerfen …« Riani warf seinem Ispettore einen verstohlenen Seitenblick zu. Vor Botticellis »Primavera« verweilten sie sicher zehn Minuten, die umstehenden Besucher verärgernd, weil sie ganz nahe davorstanden, bevor sie sich entfernten, um das Werk aus einigem Abstand zu betrachten. Erkenntnisse für ihren Fall brachte das nicht ein.

»Dieser Filipepi glaubt, er sei ein Nachfahre Botticellis …«

»Ich weiß …«

»Und er hat viele seiner Werke zu Hause hängen, als Repliken …«

»Ja, ich weiß …«

»Was, wenn diese Standarte, die meine Tochter zu erkennen glaubte, tatsächlich ein verschollenes Botticelli-Werk wäre …?«

»Ja? Was dann?«

»Das frage ich Sie!«

»Na, dann würde ich es haben wollen. Na ja, wenn ich er wäre.«

Riani starrte seinen Ispettore an. »Sagen Sie das noch mal.«

»Ich würde es haben wollen, wenn ich er wäre … Ahi!«

»Kommen Sie!«

Zurück auf der Straße musste Torrini die Adresse des Instituts für Kunstgeschichte der Uni Florenz heraussuchen, dann nahmen sie sich ein Taxi.

Professoressa Silvia Casini, Dozentin für Kunstgeschichte des Mittelalters, hatte gerade Zeit und war hocherfreut, den Vater ihrer Doktorandin persönlich kennenzulernen. Riani war ein wenig mulmig zumute. Seine Tochter würde ihn in der Luft zerreißen, wenn sie das erführe, aber was sollte er machen. Ein Fall war eben ein Fall. Professoressa Casini war eine sympathische, lebhafte Mittfünfzigerin in Jeans, Streifenbluse, meterlangem Wollschal und kurzen grauen Haaren, die in einem winzigen Büro residierte, zwischen Regalen voller Bücher, kleinen Kunstgegenständen, gerahmten mittelalterlichen Buchmalereien, Papierstapeln und chinesischen Teeschalen. Der Geruch nach altem Papier, Staub und Kaffee war faszinierend. In einem solchen Büro würde Riani auch gern arbeiten.

»Professoressa«, begann er nach der anfänglichen Plauderei vorsichtig, »wir ermitteln in einem sehr komplexen Fall, in dem Sandro Botticelli eine möglicherweise wichtige Rolle spielt.«

»Mi dica.«

»Nun, ganz konkret würde ich Sie gerne fragen, ob Sie je

etwas von einer Standarte gehört haben, die Botticelli seinerzeit für einen der Medicis entworfen hat.«

»Sicher! Giuliano de' Medici. Seine Standarte aus dem Jahr 1475 ist in der Literatur exakt beschrieben. Sie stellte Simonetta Vespucci als Pallas Athene dar. Die junge Adelige war die Turnierdame Giulianos, eine der gefeiertsten Schönheiten der damaligen Zeit. Botticelli hat sie übrigens in vielen seiner Werke verewigt: als Venus, als Minerva, als Madonna …«

»Und die Standarte?«

»Die Standarte ist leider verschollen.«

»Halten Sie es für möglich, dass sie irgendwann wiederauftauchen könnte?«

»Nun, hundertprozentig ausschließen würde ich es nicht. Es könnte alles Mögliche damit passiert sein, fünfhundert Jahre sind ein langer Zeitraum … Aber unmöglich ist es nicht, dass sie noch irgendwo existiert. Die Kunstgeschichte hat schon häufig sensationelle Entdeckungen gemacht.« Sie lachte kurz auf. »Es gibt immer wieder Überraschungen, wenn beispielsweise Häuser oder Wohnungen aufgelöst werden …«

Riani und Torrini sahen sich vielsagend an.

»Würden Sie sie erkennen, wenn Sie sie sähen?«

Die Expertin hob belustigt die Augenbrauen. »Haben Sie sie denn dabei?«

»Nicht direkt.« Riani zog das Foto aus der Innentasche seines Jacketts und reichte es ihr.

»Du meine Güte!« Das Lachen war ihr vergangen. »Wo hängt das? Könnte ich sie im Original sehen?«

»Tja«, antwortete Riani. »Genau das ist unser Problem. Sie ist nicht mehr da, wo sie sein sollte, und wir ermitteln nun, ob sie in einem Mordfall eine Rolle spielen könnte.«

»Ach!«

»Sagen Sie, Professoressa, nehmen wir einmal an, dass es sich um das verschollene Original handelt, das seit Jahrhunderten vollkommen unerkannt in einer privaten Sammlung hängt … Was wäre es wert?«

»Du meine Güte«, wiederholte sie. »Das wäre ein Sensationsfund allererster Güte. Die Standarte wäre unbezahlbar!«

»Aber wenn Sie sie schätzen müssten?«, insistierte Riani. »Nur ungefähr, um eine Vorstellung davon zu bekommen, was so etwas wert wäre. Fünf Millionen? Zehn?«

»Es tut mir leid, Commissario, das kann ich beim besten Willen nicht sagen, aber ich weiß, dass seltene Kunstwerke schon für das Zehnfache dieser Summe verkauft worden sind.«

Torrini machte große Augen und Riani nickte versonnen. Das Gespräch mit Pierfrancesco Della Valle würde interessant werden.

»Denken Sie, dass es einen Markt dafür gibt?«

»Oh, darauf können Sie Gift nehmen! Obwohl natürlich der Staat darauf aus wäre, dass ein solches Kunstwerk von Rang im Land und der Öffentlichkeit zugänglich bliebe.«

»Wenn sie also gestohlen würde, käme nur ein heimlicher Käufer infrage?«

»Sicher!«

»Wo findet man einen solchen Interessenten?«

Jetzt lachte sie herzhaft. »Commissario! Sie machen mir Spaß. Das sollten Sie mir sagen können. Nein, aber im Ernst, ich habe keine Ahnung. Mich persönlich macht es ungeheuer wütend, wenn Kunstwerke von nationalem Interesse in geheimen Tresoren versteckt werden. Wenn Sie einen solchen Handel also verhindern und mir einen Blick auf diese Standarte ermöglichen würden, sofern es tatsächlich das Original sein sollte, wäre ich Ihnen sehr verbunden.«

»Certo, Professoressa, wenn wir sie je finden, was ich wirklich hoffe, werden Sie die Zweite sein, die sie zu sehen bekommt.«

»Nur die Zweite?«, scherzte sie. »Wer wird der Erste sein?«

»Meine Tochter natürlich. Sie würde sonst nie wieder ein Wort mit mir sprechen. Das verstehen Sie doch sicher?«

»Wenn das so ist, einverstanden.«

Mit einem Mal hatte er es eilig, sich zu verabschieden. Er bedankte sich überschwänglich, und als er schon fast zur Tür hinaus war, drehte er sich noch einmal um: »Ach, noch etwas, Professoressa … Äh, könnten Sie mir einen riesigen Gefallen tun und vor meiner Tochter nicht erwähnen, dass ich hier war? Danke.«

»Fünfzig Millionen?« Der Ispettore kriegte sich gar nicht mehr ein.

»Ganz ruhig, Torrini, entspannen Sie sich, wir wissen doch noch nicht einmal, ob es tatsächlich das ist, was wir denken. Lassen Sie uns zurückkehren und nachsehen, was die kleine Maffei macht und ob Della Valle schon eingetroffen ist.«

38

Erst kurz nach achtzehn Uhr trafen Rocca, Fabbri, McNair und Harris mit Pierfrancesco Della Valle auf der Questura ein. Riani war gerade in seinem Bürostuhl eingenickt und fuhr auf, als er die lauten Stimmen und das Gelächter hörte. Offenbar hatte Rocca die Ölwanne des Wagens ruiniert, als er den steilen Hohlweg von Della Valles Haus hinuntergefahren war, und sie hatten viel Zeit damit verloren, einen anderen Wagen zu organisieren. Schwungvoll riss er die Bürotür auf und die beiden Agenti verstummten und salutierten stramm.

»Signor Della Valle sitzt nebenan, Commissario!«

Riani ließ den heimgekehrten Sohn eine halbe Stunde allein im Verhörraum schmoren und beobachtete ihn durch die Spiegelscheibe. Er schien ruhig und vollkommen unbeteiligt. Rocca hatte berichtet, dass er nur kurz verärgert war, aber ihm schien es, als ob ihn eher die Entweihung seines Refugiums empörte. Den beiden BBC-Leuten hatte er glatt verboten zu drehen. Ein wirklich schönes altes Anwesen, Commissario, aber abgelegen, accidenti! Auf der ganzen Rückfahrt hatte er kein Wort gesagt. Na ja, frotzelte Rocca, wahrscheinlich habe er da hinten, eingeklemmt zwischen den beiden Engländern, keine Luft bekommen.

Riani betrachtete Della Valle interessiert. Heute sah er ganz anders aus als das letzte Mal. Er trug Jeans, einen Wollpullover, eine Wachsjacke und feste Wanderschuhe. Seine einstmals gepflegten Hände waren zerkratzt und nicht ganz sauber, und rasiert hatte er sich sicherlich drei Tage nicht. Vom smarten

Businessman zum Waldarbeiter. Beides ziemlich glaubwürdig. Dr. Jekyll und Mr. Hide?

Anfangs hatte er gewisse Sympathien für ihn gehegt. War er der Mörder seiner Mutter? Nachdem Riani klar wurde, dass Della Valle vermutlich in drei Stunden auch noch so ruhig und unbeteiligt dasitzen würde, ging er mit Torrini hinein.

»Buonasera, Signor Della Valle.«

»Buonasera, Commissario. Ispettore … Was verschafft mir die Ehre dieser Sondereskorte? Bin ich festgenommen?«

»Sollte ich Sie festnehmen?«

»Commissario! Lassen wir doch die Spielchen, bitte! Weshalb bin ich hier?«

»Na gut, wie Sie wollen. Signor Della Valle, Sie haben vor zwei Wochen einen Makler damit beauftragt, einen Käufer für das Haus Ihrer Mutter zu finden.«

»Ja. Und?«

»Finden Sie das nicht ein bisschen merkwürdig, in Anbetracht der Tatsache, dass Ihnen das Haus überhaupt nicht gehört?«

»Nein. Ganz und gar nicht.«

»Das müssen Sie mir erklären.«

»Was eine Schenkung bedeutet? Ich bitte Sie!«

»Ich spreche vom Mord an Ihrer Mutter! Erklären Sie mir, warum ich es nicht für verdächtig halten soll, wenn Sie zwei Wochen vor ihrem Tod ihr Haus zum Verkauf anbieten.« Riani ärgerte sich.

»Commissario, mir ist durchaus bewusst, dass das in Ihren Augen verdächtig erscheint, aber nennen Sie mir einen Grund, warum ich meine Mutter umbringen sollte, wenn sie mir ihr Vermögen schon vorab vermachen wollte?«

»Nun, das wissen wir nicht. Dafür gibt es keine Beweise.«

»Avvocato Pasquano …«

»Nein! Der weiß von nichts«, unterbrach ihn Riani barsch und bemerkte jetzt das erste Mal eine gewisse Verunsicherung bei seinem Gegenüber.

»Wie bitte? Das kann nicht sein!«

»Ist aber so. Und was ist mit dem Vorkaufsrecht in Ihrer neuen Heimat? Das haben Sie sich bereits Mitte Oktober gesichert. Zehn Millionen … Kein Pappenstiel! Wann soll der Deal über die Bühne gehen?«

Della Valle seufzte und rieb sich das stoppelige Kinn, während Riani ihn aufmerksam betrachtete.

»Signor Della Valle, im Augenblick sieht es nicht gut für Sie aus, gar nicht gut. Wir glauben, dass Sie Ihre Mutter getötet haben, weil sie drohte, Sie zu enterben.«

»Das ist nicht wahr! Sie hätte mich nie enterbt. Das sagte ich bereits.«

»Was mich ebenfalls brennend interessieren würde, ist, wo Ihre Mutter zu wohnen gedachte, nachdem Sie das Haus verkauft hätten.«

»Sie hatte vor, in ihr Appartement nach London zurückzukehren.«

»Wissen Sie warum? Hatte sie dort Bekannte?«

»Woher soll ich das wissen? Commissario, ehrlich, ich habe keine Ahnung. Ich weiß nicht, warum sie das alles hier zurücklassen wollte. Vielleicht weil mein Vater in London beerdigt ist und sie ihren Lebensabend gewissermaßen in seiner Nähe verbringen wollte? Ich kann es Ihnen beim besten Willen nicht sagen. Meine Mutter und ich hatten, wie schon gesagt, kein wirklich herzliches Verhältnis.«

»Das wissen wir, es ändert aber nichts an der Tatsache, dass Sie unser Hauptverdächtiger sind. Und Sie haben kein Alibi …«

»Denken Sie nicht, dass ich mir eines besorgt hätte, wenn ich meine Mutter hätte umbringen wollen?«

»Sagen Sie es mir.«

»Commissario, bei allem Respekt, ich sage das ungern, aber denken Sie nicht, dass ich einen anderen Weg gewählt hatte, um meine Mutter loszuwerden, wenn ich es hätte wollen …?«

»Ich weiß es nicht. Sagen Sie es mir …« Riani versuchte es mit psychologischer Kriegsführung.

Dem Mann schien allmählich zu dämmern, dass es brenzlig wurde. Er wirkte plötzlich müde und resigniert und seine vormalige gelassene Überlegenheit hatte sich vollkommen verflüchtigt. Offenbar hatte er nicht damit gerechnet, dass der Finanzverwalter seiner Mutter von der geplanten Schenkung nichts wusste.

Riani räusperte sich und lehnte sich scheinbar gelassen zurück. »Signor Della Valle, haben Sie einen Überblick über die Kunstsammlung Ihrer Mutter?«

»Wie bitte?«

»Einen Überblick. Eine Aufstellung. Eine Übersicht, so etwas.«

»Nein, wieso? Sollte ich das haben?«

»Haben Sie je Fotos gemacht?«

»Nein, aber der Makler … Warum?«

»Würden Sie merken, wenn eines der Werke fehlen würde?«

»Commissario, Sie sind doch in der Wohnung gewesen. Ich glaube, die Frage beantwortet sich von selbst …«

»Genauer gesagt spreche ich von einem ganz bestimmten Kunstwerk. Der Standarte von Botticelli.«

»Ach, die! Was ist damit?«

Riani und Torrini fuhren gleichzeitig auf.

»Sie kennen das Werk?«

»Nur zufällig.« Amüsiert sah er von einem zum anderen.

»Wieso?«

»Wie meinen Sie das, zufällig?«

»Der kleine verrückte Nachbar wollte es kaufen.«

»Filipepi?«

»Ja, wer sonst? Gibt es noch einen kleinen verrückten Nachbarn?«

»Und? Hat er?«

»Hat er was?«

»Das Bild gekauft?«

»Kann ich mir nicht vorstellen, denn meine Mutter wollte es nicht hergeben. Wieso fragen Sie mich das?«

»Torrini! Auf ein Wort!« Riani schaltete das Aufnahmegerät aus und verließ mit dem Ispettore eilig den Raum.

Die Hand an der Stirn, lief Riani angespannt auf und ab. Verdammt! Er kennt dieses Kunstwerk! Aber er verhält sich so ruhig! Plötzlich hielt er abrupt vor Torrini inne und sah mit gerunzelten Augenbrauen auf ihn herunter. »War er's?«

Der Ispettore antwortete zaghaft: »Wir sollten das große Ganze sehen …«

»Was meinen Sie damit?«

»Na, das Ganze.«

»Torrini, rutschen Sie mir mit Ihrem großen Ganzen den Buckel runter, verdammt! War er's oder war er's nicht? Alles spricht für ihn … beziehungsweise gegen ihn.«

»Das Bild nicht«, widersprach Torrini.

»Wieso das Bild nicht?«

»Na, er kennt es, und er weiß nicht, ob es noch da ist.«

»Er hat kein Alibi.«

»Das muss nichts bedeuten. Das Motiv, Commissario, das Motiv, darauf kommt es an.«

»Das Motiv?« Riani fiel fast die Kinnlade herunter. »Torrini! Ispettore, welches Motiv ist bitte besser als zwanzig Millionen Euro?«

»Aber er hätte es doch sowieso bekommen.«

»Das wissen wir nicht.«

»Das Gegenteil aber auch nicht«, beharrte Torrini. »Also ich glaube ihm. Ich finde, dass er nicht den Eindruck eines Mörders macht.«

»Kann es nicht sein, dass er einfach nur ein guter Schauspieler ist?«

»Möglich. Aber wissen Sie, was mir gerade in den Sinn kommt?«

»Nein, was?«

»Wir haben ihn noch nicht nach seinem Alibi für die Zeit des zweiten Anschlags auf Filipepi fragen können. Er war doch verschwunden.«

Riani starrte ihn an: »Ist das wahr?«

»Ja. Er ist doch gerade erst gekommen.«

»Das heißt, dass er davon möglicherweise gar nichts weiß«, stellte Riani fest.

»Und dass unser Fisch vielleicht schneller vom Haken ist, als uns lieb ist«, scherzte Torrini und verstummte, als er Rianis Zornesfalte sah.

»Herrgott! Ich werde wahnsinnig! Das ist doch alles nicht wahr. Wollen Sie damit sagen, dass er raus wäre, wenn er von dem zweiten Anschlag nichts wüsste?«

Torrini zog den Kopf ein. »Äh … schon, so ähnlich …«

»Könnten Sie mir auch sagen, warum Sie glauben, dass es so wäre?«

Der junge Ispettore hielt tapfer stand. »Nun … der zweite Anschlag würde für ihn nur Sinn ergeben, wenn er als Ablenkungsmanöver gedacht war … Verstehen Sie?«

»Natürlich verstehe ich. Und weiter?«

»Wie ich schon sagte … Wenn es kein Ablenkungsmanöver war, ergibt der zweite Anschlag nur Sinn, wenn es der Täter oder die Täterin von vornherein auf Filipepi abgesehen hätte, nämlich Domenico Varese oder Giorgia Di Maffei. Verstehen Sie …?«

»Ja doch!« Riani konnte keinen klaren Gedanken mehr fassen und brütete finster vor sich hin. Als er wieder aufsah, bemerkte er die unsichere Miene seines Gegenübers. »Torrini, bitte entschuldigen Sie! Ich wollte nicht so grob sein.« Er klopfte seinem Mitarbeiter anerkennend auf die Schulter. »Sie haben womöglich recht! Es ist nicht Della Valle, stimmt's?«

»Nein«, antwortete Torrini zögerlich. »Ich glaube nicht …«

»Va bene. Dann gehen wir jetzt rein und sehen, ob wir ihn wieder laufen lassen müssen. Es nützt ja alles nichts.«

Im Verhörraum entschuldigte sich Riani für ihre Abwesenheit und schaltete das Aufnahmegerät wieder ein. »Signor Della Valle, eine letzte Frage noch …«

»Dann kann ich gehen?«

»Es kommt darauf an, wie die Antwort ausfällt.«

»Dann schießen Sie mal los.«

»Wo waren Sie zum Zeitpunkt des zweiten Anschlags auf Signor Filipepi?«

»Wie bitte? Ein zweiter Anschlag? Davon höre ich zum ersten Mal! Wann soll das gewesen sein?«

Riani wechselte einen resignierten Blick mit Torrini.

»Sie können gehen, Signor Della Valle … Vorläufig … Und ich möchte Ihnen dringend raten, in Florenz zu bleiben. Wenn ich Sie noch einmal aus irgendeinem entlegenen Dreckloch ziehen muss, dann vergesse ich mich! Haben Sie das verstanden?«

39

»Ist die Psychiaterin schon fertig?«

»Ja, Commissario, sie hat das Gutachten fertig, aber noch nicht ins Schreibbüro gegeben, falls Sie es heute noch anhören wollen.«

»Wo ist es?«

»Auf Ihrem Schreibtisch, Commissario.«

»Gut, danke.«

Auf der Questura war es ruhig geworden, und Riani freute sich auf das Abendessen. Ohne zu zögern drückte er seinem Ispettore das Diktiergerät in die Hand. »Torrini, bitte überprüfen Sie das auf eventuelle Hinweise, ich werde Filipepi einen kleinen Besuch abstatten. Und wenn Sie fertig sind, erstatten Sie mir Bericht, zu Hause … Meine Frau lässt Sie herzlich grüßen, es gäbe Pappardelle mit Hasenragout …«

Als er auf die Straße trat, merkte er, dass es stockdunkel und kalt geworden und die warme Jahreszeit jetzt endgültig vorbei war. Es war jedes Jahr dasselbe. Der unendlich lange und heiße Sommer ging stets fast unmerklich in einen goldenen Herbst über, der sonnig warme Tage brachte, Tage, die die Stadt in magisches goldenes Licht tauchten, die von einem Augenblick auf den anderen ein jähes Ende fanden und schneidender Kälte wichen.

Die Hände tief in den Manteltaschen lenkte er seine Schritte die Straße hinunter und vor den Palazzo von Signora Buonarroti, überlegte es sich jedoch anders und lief daran vorbei. Mit großen Schritten marschierte er weiter. Erst über den noch immer stark frequentierten Markt rund um

San Lorenzo, dann die Via Cavour entlang. In Florenz war das ganze Jahr über Saison. Touristen aus aller Welt kamen zu allen Jahreszeiten in die pittoreske Hochburg der Renaissance. Die Stadt der Medici, der weltberühmten Künstler und der Kultur. Bei jedem Wetter schoben sich unzählige Reisegruppen hinter den hochgehaltenen Regenschirmen der Tourist Guides über den mittelalterlichen Ponte Vecchio, standen mehrere Stunden geduldig in den langen Schlangen vor den Uffizien und bevölkerten die Cafés, Eisdielen und Schnellrestaurants. Die feinen Florentiner Lederwarengeschäfte machten das ganze Jahr über Rekordumsätze und die illegalen Straßenhändler buhlten an allen Ecken um Kundschaft, ständig in Habachtstellung, bereit zur Flucht. Sein Weg führte ihn zu den Vareses. Ohne es näher benennen zu können, hatte er plötzlich das Bedürfnis, der einzigen anderen Person ein bisschen auf den Zahn zu fühlen, der noch daran gelegen sein könnte, Alessandro Filipepi in die ewigen Jagdgründe zu schicken. Alibi hin oder her.

Das Paar wohnte unweit von San Marco und dem botanischen Garten, im obersten Stockwerk eines Hauses am Borgo Pinti. Als Riani die Piazza San Marco überquerte, kam ihm plötzlich in den Sinn, wie er als etwa sechzehnjähriger Schüler das erste Mal Fra Angelicos Fresken im Kloster San Marco gesehen hatte. Sein Interesse hatte damals eher der jungen und hübschen Kunstlehrerin gegolten als dem Fach Kunst, aber das, was er dort zu sehen bekam, hatte ihn nachhaltig beeindruckt. Die Fresken in den einzelnen Klosterzellen, im frühen fünfzehnten Jahrhundert entstanden, waren von einer derart fremdartigen Modernität und Lebendigkeit, dass er das erste Mal in seinem jungen Leben einen direkten Hauch aus der Vergangenheit zu spüren glaubte. Als wäre ihm Fra Angelico ganz nahe. Die merkwürdig abstrakten Felsen, die

Wolken, die einzelnen Gegenstände und Körperteile hatten ihn frappierend an die seltsamen Bilder von René Magritte erinnert, die erst kürzlich Unterrichtsgegenstand gewesen waren. Ein seltsamer Schauer hatte ihn damals erfasst, der sich noch verstärkte, als er anschließend die klösterliche Zelle Savonarolas betrat. Die persönlichen Gegenstände des großen Bußpredigers und Kirchenreformers, der 1498 in Florenz als Häretiker und Verächter des Heiligen Stuhls hingerichtet worden war, beeindruckten den jungen Mann damals über die Maßen. Ehrfürchtig hatte er den Schreibtisch berührt, an dem der einst bejubelte Mann gesessen hatte. Er erinnerte sich, als wäre es erst gestern gewesen, dass er im Anschluss an diese Exkursion seltsam aufgewühlt gewesen war und keine Lust mehr gehabt hatte, sich an den üblichen jugendlichen Blödeleien zu beteiligen. Ein lautes Hupen riss Riani unsanft aus seinen Erinnerungen. Zügig überquerte er die verlassene Piazza und klingelte kurz darauf bei den Vareses.

40

Die Wohnung des jungen Ehepaares war hübsch eingerichtet. Man konnte sehen, dass sich die Dame des Hauses bemühte, den Anschein von Wohlhabenheit zu schaffen, und so gesellten sich Kaufhauskopien großer Meister in üppigen Goldrahmen zu Nippes in Porzellan, Beistelltischchen aus Messing, beleuchteten Vitrinen und aufwendig gestickten Deckchen auf zierlichen chintzbezogenen Möbeln. Riani hatte Glück, denn beide waren zu Hause. Signora Varese in der Pose der leidenden Madonna auf dem Sofa, ihr Mann Domenico beschäftigt mit dem Modellbausatz eines Schiffes im Schlafzimmer. Sofort spürte er, dass dicke Luft herrschte, und er versuchte die Situation zu entspannen, indem er sich zunächst, vordergründig besorgt, nach dem Gesundheitszustand Signora Vareses erkundigte. Während ihr Mann einen Caffè für den Commissario zubereitete, schilderte sie mit brüchiger Stimme, wie sie versucht hatte, ihrem Elend ein Ende zu bereiten.

Riani betrachtete sie währenddessen relativ mitleidlos. Diese Sorte Frau kannte er zur Genüge. Vermeintlich zarte Geschöpfe, schutzbedürftig und zerbrechlich, konnten sie ihren Ehemännern die Hölle auf Erden bereiten, wenn sie nicht das bekamen, was ihnen, ihrer Meinung nach, rechtmäßig zustand. Auch dieser Fall war nicht anders. Die junge Frau kam ihm nicht wie eine seit fünf Jahren verheiratete Frau vor, sondern wie ein trotziges kleines Mädchen voller Selbstmitleid. Brüsk unterbrach ihr Mann kurz darauf den Bericht, als er den Espresso brachte.

»Bitte schön. Nehmen Sie Zucker?«

Riani bedankte sich artig und überlegte kurz, was klüger wäre: den Ehemann allein oder in Gegenwart seiner Frau zu befragen. Angesichts ihrer jammervollen Pose war es sicher effektiver, ihn hierzubehalten. Seine Frau regte ihn sichtlich auf.

»Signor Varese, auf ein Wort noch.«

»Ja, bitte?« Sein Widerstand war fast körperlich spürbar.

»Es geht noch einmal um den Fall Alessandro Filipepi.«

Der Mann stöhnte genervt auf. »Commissario, ich habe Ihnen bereits alles gesagt, was ich weiß.«

»Nicht ganz.« Riani setzte auf Provokation.

»Was soll das heißen, nicht ganz?«

»Dass Sie uns noch immer nicht gesagt haben, wo Sie am frühen Morgen des vergangenen Donnerstags waren.«

»Das sagte ich Ihnen bereits hundertmal. Ich war joggen. Nach Fiesole hoch.«

»Aber dafür gibt es noch immer keine Zeugen. Finden Sie das nicht merkwürdig?«

»Nein, das finde ich nicht merkwürdig. Dort laufen jeden Morgen Dutzende Leute herum, da achtet doch niemand darauf.« Der Ton wurde schon schärfer.

»Aber Sie müssen schon zugeben, dass Sie ein starkes Motiv haben, Ihren Nebenbuhler auszuschalten, nicht?«

»Meinen Nebenbuhler? Commissario! Bei allem Respekt. Machen Sie sich nicht lächerlich!«

»Also ich finde schon, dass Signor Filipepi ein ernst zu nehmender Konkurrent ist. Nicht wahr, Signora? Er ist gebildet, gut aussehend … und steinreich. Also das würde mir auch schlaflose Nächte bereiten.« Es war infam, was Riani da trieb, aber er konnte es nicht mehr unterdrücken. Und es wirkte. Der junge Mann war bereits beträchtlich in Rage und beherrschte sich nur mühsam. Seine Ehefrau hatte schon wieder Wasser in den Augen und griff nach einem Taschentuch.

»Signor Varese, Sie sind der Einzige in dem Fall, der ein Motiv hat, Alessandro Filipepi lieber tot als lebendig zu sehen.«

»Und jetzt?«, konterte dieser patzig. »Was wollen Sie jetzt tun? Sie haben nämlich nicht den Hauch eines Beweises. Außerdem habe ich für die Tatzeit ein Alibi.«

»Nur für die erste Tat …«

»Ja, verdammt! Meinetwegen nur für die erste Tat. Aber ich war's nicht.«

»Alessandro Filipepi wollte Ihnen die Frau wegnehmen«, insistierte Riani ungerührt.

»Das ist Quatsch!«

»Ach ja? Das sehe ich aber anders. Nicht wahr, Signora Varese?«

»Was fällt Ihnen ein …«

»Stimmt es nicht, dass Ihre Frau beabsichtigt, sich scheiden zu lassen? Um einen märchenhaft reichen, gebildeten und äußerst attraktiven Mann zu heiraten? Einen Mann, der all das hat, was Sie nicht haben? Einen Mann, der ihr all das bieten könnte, was Sie ihr in hundert Jahren nicht bieten können?« Hätte Signora Riani diese Szene erlebt, sie hätte ihren Mann an den Ohren aus dem Zimmer gezogen. Aber sie war nicht da, und Riani, der von diesem wahnsinnig machenden Fall regelrecht besessen war, warf noch das letzte bisschen Gewissen über Bord. »Signor Varese, dieser Mann hat Ihre Ehe zerstört. Hatten Sie sich nicht gewünscht, er würde verschwinden, Ihre Frau in Ruhe lassen oder tot sein?«

Signora Varese war mittlerweile lauthals in Tränen ausgebrochen, und ihr Mann bedachte sie mit einem derart genervten Blick, dass sich Riani kurz vor dem Ziel wähnte.

»Ihre Frau hatte nämlich Pläne für ihr Leben, nicht wahr? Hochfliegende Pläne. Pläne, in denen Sie nur am Anfang einen Platz hatten.« Schlimmer ging's nimmer. Riani hatte jeden Anstand verloren. »Wie fühlt sich das an, benutzt zu werden? Na? Nur ein Steigbügelhalter zu sein, bis Madame ihren wahren Prinzen gefunden hat?« Riani hatte keine Ahnung, wie nahe er mit seiner wilden Fantasterei der Wirklichkeit war, und betrachtete daher mit klinischem Interesse die bedrohlich anschwellende Zornesader auf Domenico Vareses Stirn. Vollkommen ungehemmt stocherte er weiter: »Darf ich raten? Sie hat Sie unmittelbar nach der Heirat genötigt, Neapel zu verlassen, stimmt's? Damit es die Kinder einmal besser haben würden. Wo sind die Kinder, Signor Varese? Hat es noch nicht geklappt oder wollte sie noch keine? Das ist typisch …«
Die Szene war schrecklich. Mariangela Varese flehte Riani laut weinend an, endlich aufzuhören, während ihr Mann, mit hochrotem Kopf, kurz vor einem Infarkt schien.

»Sie liegen einem dauernd in den Ohren, wollen ständig dies und das und sind nie zufrieden. Ist es nicht so? Und dann, wenn man sich abrackert wie ein Blöder und versucht, es ihnen recht zu machen, kommt ein vermeintlich Besserer daher und setzt einem Hörner auf, so groß wie die von Wasserbüffeln. Nicht wahr? So ist es doch gewesen?«

Nicht ahnend, wie brenzlig die Situation gerade war, erhob sich die junge Frau vom Sofa und hängte sich bettelnd und schmeichelnd an ihren Mann.

»Domenico, amore! Hör nicht auf das, was er sagt! Du bist die Liebe meines Lebens! Ich liebe nur dich! Hörst du?«

Ihr Mann hob abwehrend die Hände. »Lass das! Bitte, Mariangela, lass mich los!«

Sie sank weinend in die Knie und umklammerte seine Beine. Riani sah, dass der junge Mann kurz vor der Kapitulation war. Vergeblich versuchte er, sich aus der Umklammerung seiner Frau zu lösen, peinlich berührt über die Szene, die sie vor einem Wildfremden machte.

»Mariangela, ich bitte dich inständig. Lass mich los, oder es passiert etwas Schreckliches.«

»Ich liebe dich, amore, hörst du, ich liebe dich! Nur dich!«

»Basta, basta, basta!« Grob befreite er sich aus den Tentakeln seiner Frau und schubste sie von sich.

»Ich war's!«, schrie er plötzlich außer sich. »Ich war's! Hörst du? Ich wollte ihn umbringen, diese kleine Schwuchtel. Leider hat's nicht geklappt. Ich wünschte, ihn hätte es zerfetzt! In lauter kleine Teile ... Überall Blut, sein Blut, auf all diesen ach so kostbaren Bildern und Möbeln ...«

»Domenico!«, schrie sie entsetzt, und er äffte sie höhnisch nach: »Domenico! Ach, Domenico ...«

Und mitten in dieser wahrhaft filmreifen Szene rief Riani unauffällig einen Krankenwagen und die Kollegen herbei.

41

Bei den Rianis war es hell, warm und gemütlich, und es duftete nach Hasenragout. Signora Riani hatte einen wunderschönen Tag mit ihrer Tochter verbracht und sich am Nachmittag, nach einer kurzen Mittagsruhe, gut gelaunt in die Essensvorbereitungen gestürzt. Caterina war dageblieben und ihrer Mutter zur Hand gegangen. Commissario Riani hatte sich, zufrieden mit sich selbst, einen kleinen Aperitif eingeschenkt und lümmelte jetzt, den Kater auf dem Schoß, in seinem zerknautschten Lieblingssessel. Der kleine Torrini würde Augen machen, wenn er von der Festnahme Vareses erfuhr. In dem Moment klingelte es.

»Ich geh schon. Erwartest du jemanden?«, rief seine Tochter.

Vor der Tür rückte Torrini seine Krawatte zurecht und räusperte sich. Er hatte sich ein bisschen in Schale geworfen und war noch eben in der Stadt gewesen, um für Signora Riani einen hübschen kleinen Blumenstrauß und für seinen Chef eine Flasche Grappa zu besorgen. Die Tür ging auf.

»Buonasera?«

»…«

»Sie sind …?« Caterina betrachtete neugierig den stummen jungen Mann mit den Blumen und der Flasche.

»Torrini? Sind Sie's?«, rief Riani aus dem Hintergrund und schlurfte zur Tür.

»Ich schätze mal, er ist's …«, erwiderte seine Tochter trocken und warf ihm unauffällig einen bösen Blick zu, der so in etwa bedeutete: Hättest du mich nicht vorwarnen können? Dann wäre ich nämlich verschwunden.

Gut gelaunt ignorierte Riani seine Tochter und bat seinen erstarrten Ispettore herein: »Torrini! Avanti! Si accomodi. Geben Sie mir Ihren Mantel.«

Der arme Torrini wusste nicht, wohin mit den Blumen, der Flasche, seinen Armen und seinen Augen. Himmel! Die Tochter sah aus wie Signora Riani, nur in jung.

»Kommen Sie, Torrini, ich habe eine Riesenüberraschung für Sie.« Eifrig schob Riani seinen Ispettore in die Küche, wo dieser die Dame des Hauses beim Zubereiten der Pasta antraf. Die Hände voller Mehl und Teig begrüßte sie den Lieblingsmitarbeiter ihres Mannes mit dem Ellenbogen.

»Ispettore! Willkommen! Was für eine Freude, Sie wieder einmal hierzuhaben. Lorenzo, gib unserem Gast doch etwas zu trinken. Er sieht ganz blass aus. Ispettore, was nehmen Sie? Einen Martini? Oder einen Aperol? Oder einen kleinen Prosecco? Caterina, würdest du bitte nach dem Ragout sehen?«

Riani bemerkte, dass sein Mitarbeiter ein wenig von der Rolle war. So kannte er ihn gar nicht. Ob das an seiner Tochter lag? Amüsiert registrierte er, wie auch sie ihn aus den Augenwinkeln beäugte. Das war ja interessant! Wenn er ihn nur genügend abfüllte, würde er seine Sprache schon wiederfinden. Aber zuerst wollte er wissen, was in dem Gutachten der Psychiaterin stand, und deshalb zog er ihn ins Wohnzimmer. »Und? Was schreibt die Dottoressa über Giorgia Di Maffei?«

»Ach so. Ja, das … Also …« Torrini räusperte sich. »Also … Zuerst einmal war die Frau zur Tatzeit vollkommen zurechnungsfähig. Sie steht zwar momentan unter starkem Druck, klar, das wussten wir, aber sie kann für ihre Tat in jedem Fall zur Rechenschaft gezogen werden …«

»Und diese Sache mit dem Mord an ihrem Vater?«

»Tja ... Das ist nicht ganz so einfach ... Die Dottoressa sagt, dass die junge Frau unter schweren Zwangsneurosen leidet, das heißt, dass ihr Alltag von zahlreichen Zwangshandlungen bestimmt wird.«

»Welcher Art?« Riani runzelte die Augenbrauen.

»Nun, sie wäscht sich zum Beispiel fünfmal hintereinander die Hände. Oder sie schließt fünfmal die Türe ab. Oder sie kontrolliert fünfmal, ob das Licht auch wirklich aus ist ... Solche Sachen eben ...«

»Aha. Und sagt die Psychiaterin auch, welche Ursache das haben könnte?«

»Ja. Genau. Damit wären wir bei der Mordfantasie über ihren Vater. Solche Zwangsneurosen werden in der frühen Kindheit ausgelöst durch schwere Traumata wie zum Beispiel Gewalt, Missbrauch und solche Dinge ...«

»Oder den Tod des Vaters?«

»Ja, aber nur, wenn sie sich in irgendeiner Art und Weise schuldig fühlt.«

»Wie kann das sein, dass sich ein fünfjähriges Kind schuldig fühlen kann am Tod des Vaters?«

»Vielleicht hat sie etwas gesehen oder gehört, was sie nicht sollte ...«

»Das heißt für uns, dass wir uns diesen Unfall einmal genauer ansehen sollten, wenn der Buonarroti-Fall abgeschlossen ist.« Riani streckte sich. »Und das könnte bereits morgen der Fall sein«, verkündete er. »Vorhin habe ich Domenico Varese festgenommen. Er hat beide Anschläge auf Filipepi gestanden. Was sagen Sie dazu?«

Torrini sagte erst gar nichts. Dann kam ein lahmes und ungläubiges »Tatsächlich?«.

»Sie sind nicht so enthusiastisch, wie ich es mir erhofft habe«, bemerkte Riani etwas pikiert.

»Äh ... Ja ... Das kommt in der Tat überraschend. Glückwunsch.« Glücklicherweise rettete ihn der Ruf zu Tisch aus seiner Verlegenheit.

Der Abend verlief so, wie es Riani vorausgesehen hatte. Das hervorragende Essen, die charmante Signora Riani und ein Hektoliter Rotwein lösten beim Hauptgang endlich Torrinis Zunge, und er lief, mit geröteten Wangen, zur Hochform auf. Selbst Caterina Riani, die von Natur aus eher spröde und nicht leicht zum Lachen zu bringen war, kapitulierte schließlich vor seinem Witz und seinem Charme. Und als er weit nach Mitternacht aufbrach, die Dame des Hauses hatte sich bereits zurückgezogen, verabschiedete sie sich mit einem Küsschen auf die Wange, was den armen Ispettore in heilloser Verwirrung zurückließ. Commissario Riani ging zu Bett und der ungeöffnete Umschlag lag noch immer unbemerkt auf dem Stapel unerledigter Papiere.

42

Der nächste Morgen holte den hoffnungslos verknallten Torrini schneller wieder von seiner Wolke, als ihm lieb war. Domenico Varese hatte sein Geständnis widerrufen. Er hätte seiner Frau eine Lektion erteilen wollen. Außerdem sei er von Commissario Riani unstatthaft provoziert worden, weswegen er eine Dienstaufsichtsklage erwäge. Aus Rianis Büro dräuten die schwarzen Gewitterwolken, sodass die Mitarbeiter den gesamten Flur mieden.

»Gehen Sie jetzt besser nicht hinein«, riet ihm Agente Fabbri, aber gerade als Torrini beschlossen hatte, auf leisen Sohlen wieder zu verschwinden, um erst einmal einen Caffè zu trinken, wurde Rianis Bürotür aufgerissen.

»Wo bleibt Torrini?«

Der Ispettore, der schlimmer zusammenzuckte, als er wollte, drehte sich um und begrüßte seinen Chef so normal er konnte, während Fabbri unauffällig verschwand.

»Das sind Sie ja endlich! In mein Büro! Sofort!«

Torrinis Knie bebten, doch als Riani die Tür hinter ihm geschlossen hatte und seinen sichtlich eingeschüchterten Ispettore betrachtete, wich seine ungezügelte Wut einer abgrundtiefen Frustration. Mit einer müden Geste bat er ihn, sich zu setzen. Torrini wagte nicht, laut zu atmen, während sich sein Chef ans Fenster stellte und geschlagene zehn Minuten lang die graue, regennasse Fassade des Hauses gegenüber betrachtete.

»Torrini, was mache ich falsch?«, brach Riani nach einer gefühlten Ewigkeit das angespannte Schweigen.

Der Ispettore antwortete nicht.

Riani drehte sich um und ließ seinen Blick lange auf seinem engsten Mitarbeiter ruhen. »Was übersehe ich? Sagen Sie es mir. Offen und ehrlich.«

Torrini blickte auf seine Hände, zupfte an seinem Nagel und hob dann den Kopf: »Commissario, was wollen Sie hören? Ich bin genauso ratlos wie Sie …«

»Aber Sie waren gestern nur verhalten erfreut über Vareses Verhaftung. Warum?«

»Nun …« Torrini holte tief Luft. »Ganz ehrlich?«

»Ja, bitte.«

»Weil ich nicht glaube, dass er es war.«

Riani rieb sich seufzend die Wangen. »Warum sind Sie da so sicher?«

»Ich bin mir nicht sicher. Es ist nur so ein Gefühl …«

»Und was sagt Ihnen Ihr Gefühl jetzt?«

Torrini errötete unvermittelt und räusperte sich. »Ganz ehrlich?«

»Ganz ehrlich.«

»Dass wir tief in der Scheiße stecken – bei allem Respekt.«

Diese Direktheit entlockte Riani ein kleines Lächeln. »Da haben Sie verdammt recht. Wir stecken in der Scheiße. Und zwar bis zum Hals! Und was machen wir jetzt? … Torrini, ich will ganz offen zu Ihnen sein. Ich bin mit meinem Latein am Ende. Und wenn von dieser Unterredung je etwas nach draußen dringt, sind Sie tot.«

Torrini wählte seine Worte vorsichtig. »Vielleicht hat Ihre Frau recht, und wir sollten die Fälle exakt als das betrachten, was sie sind.«

»Und was war das noch mal? Sie müssen entschuldigen, aber nach der dritten Flasche habe ich nicht mehr so genau zugehört.«

»Nun, da wären zunächst ein Anschlag auf Signora Buonarroti – tot. Ein Anschlag auf Filipepi – nicht tot. Und ein verschwundenes Kunstwerk von unermesslichem Wert. Sie findet, wir würden zu sehr um die Ecke denken.«

»Was hat sie damit gemeint? Haben Sie das verstanden?«

»Ich muss gestehen, dass ich auch nicht mehr ganz nüchtern war, aber das, was ich verstanden habe, ist, dass sie glaubt, wir würden gut daran tun, alle diese Vorkommnisse als gegeben hinzunehmen … Als Verbrechen, die genau das bewirkt haben, was sie sollten.«

»Das hat sie gesagt?«

»Äh … Schon … So in etwa.«

»Hm.« Riani runzelte nachdenklich die Augenbrauen. »Kein versehentlich falsch detoniertes Päckchen, kein vereitelter Anschlag, keine zufällig abhanden gekommene Standarte?«

»Ja. So zumindest habe ich es verstanden. Genau …«

»Was, wenn sie recht hat?«

»Also falls sie recht hat … Ihre Frau ist wirklich der Hammer …«, rutschte es Torrini heraus, »dann müssen wir noch einmal alles auf den Tisch legen und neu betrachten. Das Ganze in den Blick nehmen …«

Riani unterdrückte ein Lächeln. »Kommen Sie, lassen Sie uns einen Caffè trinken gehen und ein bisschen frische Luft schnappen, bevor wir uns wieder an die Arbeit machen.«

Als er die Tür hinter sich schloss, drehte er sich um und warf einen scheelen Blick auf Torrini. »So, so, Sie finden also, dass meine Frau der Hammer ist …?«

43

Wieder einmal war er auf dem Weg in einen Baumarkt. Diesmal in Richtung Prato. In dem Zustand der Erregung, in dem er sich seit gestern Abend befand, hätte er genau genommen kein Fahrzeug steuern dürfen. Dabei hatte der gestrige Tag so hoffnungsfroh begonnen. Die unendliche Erleichterung darüber, dass eine Täterin gefasst worden war und die Polizei endlich Ruhe geben würde. Die Sprengstoffanschläge und somit Signora Buonarrotis Tod waren endlich hinreichend erklärt. Ganz gleich, was die junge Frau abstreiten oder zugeben würde. Nur noch Frieden. Es war, insgesamt besehen, besser gelaufen, als er zu hoffen gewagt hatte, auch wenn die Bombe für Commissario Riani bisher aus unerklärlichen Gründen noch nicht detoniert war. Mittlerweile war es ihm egal. Nachdem er in den frühen Morgenstunden nach Hause gekommen war, war er in einen nie gekannten Zustand von Euphorie verfallen. Er hatte eine CD mit Madrigalen von Carlo Gesualdo eingelegt, die Standarte aus ihrem Versteck geholt und war stundenlang davorgesessen, sich jedes einzelne Detail einprägend. Sie war so wundervoll! All die Mühen und die Angst mehr als wert! Sein erstes Original. Und noch dazu eines, das nie wieder ein unbefugtes Auge betrachten würde. Seins! Allein seins! Der jungfräuliche Stoff hinter dem Glas, der noch die Fingerabdrücke des Künstlers trug, jahrhundertelang konserviert. Alle Unbilden des Alltags wurden nichtig vor der unermesslichen Schönheit und Größe dieses Werkes, das die Jahrhunderte so unbeschadet überstanden hatte. Jetzt war er ein anderer. Jetzt würde er ein neues Leben beginnen können. Der glückselige Taumel hatte den ganzen Tag vorgehalten. Am frühen Abend war er sogar aus dem Haus gegangen, um für ein feudales Abendessen einzukaufen, das er schließlich mit einer Flasche Champagner genoss. Beim anschließenden Grappa, bei dem er bereits leicht angetrunken war, ein Kontrollverlust, den er sich nur äußerst selten leistete, hatte es dann geläutet. Mit einem triumphierenden Lächeln auf den Lippen hatte er die Tür geöffnet ... und Pierfrancesco Della Valle gegenübergestanden.

»Sie?«

»Ja. Ich. Darf ich einen Augenblick hereinkommen?«

Er fühlte einen nie gekannten Nervenkitzel und bat den Sohn seines Opfers herein. Della Valle sah sich um.

»Störe ich Sie bei irgendetwas?«

»Nein. Durchaus nicht. Trinken Sie ein Glas Champagner mit mir?« Der Gipfel der Verwegenheit.

»Nein, danke. Mir ist nicht nach Feiern zumute.«

»Dann nehmen Sie doch wenigstens Platz.«

Della Valle setzte sich, ließ seinen Blick über die Reste eines offensichtlich opulenten Abendessens schweifen und betrachtete dann aufmerksam sein Gegenüber. »Signore, ich komme eigentlich nur, um Ihnen eine Frage zu stellen.«

»Mi dica.«

»Sie erinnern sich, dass Sie im Sommer Botticellis Standarte aus der Sammlung meiner Mutter erwerben wollten?«

Er wurde plötzlich blass. »Ja ... Woher wissen Sie ...«

Della Valle musterte ihn interessiert. »Hat sie sie Ihnen doch noch verkauft?«

Ein tödlicher Schreck durchzuckte ihn und löste beinahe einen Würgereflex aus. Sie hatte ihm davon erzählt! Der Speichel in seinem Mund wurde mit einem Mal zäh und bitter und er vermochte kaum zu antworten. »Nein. Wieso?«

Interessiert beobachtete Della Valle die Wirkung, die seine Frage hervorgerufen hatte, und bohrte weiter: »Sie ist nämlich verschwunden. Die Standarte. Die Polizei glaubt, ich hätte sie gestohlen und meine Mutter umgebracht. Ist das nicht komisch?«

Er verzog die Mundwinkel. Della Valle, der nicht ahnte, in welcher Gefahr er schwebte, fragte weiter: »Wussten Sie, dass diese Standarte seit Jahrhunderten verschollen ist?« Er lachte bitter auf. »Meine Mutter hatte keine Ahnung, welchen Schatz sie da besaß. Ich habe mich gerade eben erst ein bisschen schlaugemacht. Und jetzt ist sie weg – komisch. Wenn ich mich richtig erinnere, haben Sie meiner Mutter damals fünfzigtausend Euro geboten.«

Unglücklicherweise fegte er in diesem Moment versehentlich eine Serviette vom Tisch und war, als er sich bückte und sie aufhob, einen Augenblick lang unaufmerksam, sodass er den Stich nicht kommen sah.

All das ganze Blut! Er war schweißgebadet und zitterte am ganzen Körper, als er den Leichnam endlich versteckt und das viele Blut aufgewischt hatte. Immer in heller Panik, dass irgendjemand jeden Moment klingeln könnte. Gegen Mitternacht stand er unter der heißen Dusche und schrubbte sich mit einer Wurzelbürste die Haut wund. Wimmernd vor Schmerz und Angst sank er schließlich in die Knie und ließ sich das Wasser auf den Kopf prasseln. Das war das Ende! So nahe am Ziel. Wie hatte das nur passieren können? Wie hatte er nur so die Beherrschung verlieren können! Nach einer halben Stunde war der Warmwasserboiler leer, und erst als das Wasser unerträglich kalt wurde, kroch er bebend aus der Dusche. Noch lange blieb er auf dem Badteppich liegen, bevor ihn die Kälte schließlich zwang, aufzustehen und sich abzutrocknen. Sein Kopf platzte fast. Wie wurde er die Leiche los? In seiner Verzweiflung nahm er die restlichen paar Schlaftabletten mit einem doppelten Brandy und ließ sich dann ins Bett fallen. Wenn er am nächsten Morgen nicht mehr wach würde, war es auch egal.

Aber er wurde wach. Mit rasendem Puls, peinigenden Kopfschmerzen und einer dicken, pelzigen Zunge. Mühsam fielen ihm die Ereignisse des gestrigen Abends wieder ein und er erschauerte. Doch die Lösung hatte sich über Nacht in seinen schmerzenden Gehirnwindungen festgesetzt: Es würde einfach eine weitere Bombenexplosion geben. So musste es sein. Der Sohn des Opfers als Täter, am Schluss schließlich selbst als versehentliches Opfer. Mit dem Herzschlag im angstvoll zugeschnürten Hals und bebenden Fingern überprüfte er seine Wohnung und den Hausflur auf Spuren, bevor er in aller Eile frühstückte, einen Telefonanruf tätigte und dann aufbrach. Ein letztes Mal zum Baumarkt.

44

Eine gute Woche war es jetzt her, am vergangenen Dienstag, dass ein selbst gebastelter Sprengsatz Signora Buonarrotis Leben ein Ende bereitet hatte. Commissario Riani war bei der Aufklärung dieses Verbrechens nicht einen Schritt weitergekommen. Ebenfalls genau eine Woche war es her, dass sein Chef ihm einen Journalisten der BBC aufgehalst hatte, nebst Kameramann, der eine Reportage drehen sollte über die Polizeiarbeit in Italien. Und der nun Zeuge wurde, wie sich besagte Polizei im Kreise drehte, um nicht zu sagen total blamierte. Und gleichermaßen vor einer Woche hatte Commissario Riani erfahren, dass seine Frau ein Kind erwartete, das vierte, mit achtzehn Jahren Abstand zur jüngsten Tochter, was ihn in dumpfe Verzweiflung gestürzt und seine Frau in helle Wut über ihn versetzt hatte. Riani konnte sich nicht erinnern, dass er je an einem tieferen Tiefpunkt angelangt gewesen wäre. Nichts hatte er in dieser Woche gelöst. Weder den Fall noch seine häuslichen Probleme. Das gestrige vergnügliche Abendessen war nur ein Geplänkel vor der Schlacht gewesen. Denn dass er mit seiner Frau einiges zu klären hatte, war klar. Und zwar je eher, desto besser. Auch war klar, dass er diesen Fall lösen musste. Und zwar bald. Einen kurz aufblitzenden Gedanken, der Fall würde möglicherweise ungelöst bleiben, hatte er eilig verdrängt. Was wäre das für eine Blamage, quasi vor den Augen der Weltöffentlichkeit.

Seit einer Stunde saß er vor einem Mineralwasser und wälzte düstere Gedanken. Der Restalkohol vom gestrigen Abend machte das Nachdenken nicht leichter. Es war bezeichnend, dass er von seiner ursprünglichen Ermittlungstruppe im Moment nur Torrini um sich hatte, den Einzigen, dem er seine Befürchtungen anvertrauen mochte, und der Einzige, der gewissermaßen seine Gedanken lesen konnte. Er fühlte sich außerstande, sinnvolle Anweisungen zu geben. McNair und Harris waren vorhin von Torrini kurzerhand zu Antinori geschickt worden, wo Riani gern seinen Wein kaufte, und anschließend nach Lucca, damit sein Chef sie wenigstens für einen Tag vom Hals hatte. Jetzt versuchte er ihn aus seiner Lethargie zu rütteln.

»Commissario ...«

»Hm?« Müde sah Riani auf. Große Tränensäcke hatten sich unter seinen Augen gebildet, und seine stoppeligen grauen Wangen waren tief gefurcht.

»Was halten Sie davon, wenn wir ein bisschen Kleinarbeit machen?«

»Nämlich?«

»Kunsthändler kontaktieren zum Beispiel. Vielleicht hat jemand von der Standarte gehört? Vielleicht hat sie jemand angeboten? Auch würde ich mich gerne noch einmal mit Della Valle unterhalten.«

»Was versprechen Sie sich davon? Er wusste doch nichts von dem zweiten Anschlag auf Filipepi ...«

»Das stimmt, aber wenn wir den Rat Ihrer Frau berücksichtigen und das Verbrechen als erfolgreich ausgeführt betrachten, käme er auf jeden Fall für den Mord an seiner Mutter infrage.«

Riani nickte matt.

»Und wir sollten ein paar Takte mit Filipepi reden. Er wollte diese Standarte schließlich kaufen, falls Della Valle nicht gelogen hat. Außerdem ist er ein Fachmann für Botticelli. Vielleicht weiß er, wo man ein solches Kunstwerk klammheimlich an den Mann bringt.«

Riani seufzte tief und sah seinen eifrigen Ispettore müde an. Er hatte recht. Sie mussten diese neuen Informationen und Sichtweisen berücksichtigen und noch einmal ganz neue Fragen stellen. Aber er war so müde. In dem Augenblick kam ein Anruf. Simona Manganelli war am Apparat, Della Valles Verlobte.

»Signora Manganelli, mi dica …«

»Commissario, ich sollte Sie doch anrufen, wenn mir etwas merkwürdig vorkommt.«

»Ja?« Reflexartig war Riani wieder wach und aufmerksam. Ganz Polizist.

»Commissario, jetzt mache ich mir doch Sorgen. Mein Verlobter ist gestern Abend nicht nach Hause gekommen.«

»Wann haben Sie zuletzt mit ihm telefoniert?«

»Gestern Vormittag, da sagte er mir, dass er noch etwas zu erledigen habe, aber am Abend zurück wäre.«

»In Siena?«

»Ja, bei mir in Siena.«

Riani rechnete nach. Gestern Vormittag. Um diese Zeit waren Rocca und Fabbri aufgetaucht, um ihn abzuholen.

»Signora Manganelli, wissen Sie, wo er sich um diese Zeit gerade befand?«

»Nein. Ich sagte Ihnen ja schon, dass er immer wieder für ein paar Tage abtaucht und nicht erreichbar ist. Aber jedes Mal, wenn er weg war, meldete er sich und kündigte seine Rückkehr an, damit ich für uns etwas kochen konnte.«

»Und gestern ist er nicht gekommen?«

»Nein.«

»Haben Sie versucht, ihn anzurufen?«

»Ja, natürlich! Das letzte Mal gegen Mitternacht, aber er ist nicht drangegangen.«

Riani überlegte, ob er ihr sagen sollte, dass ihr Verlobter gestern zum Verhör auf der Questura gewesen war, aber er wollte die Frau nicht unnötig ängstigen. »Wollen Sie eine offizielle Vermisstenmeldung aufgeben?«

»Ich weiß es nicht. Was denken Sie?«

Riani bemühte sich um einen beruhigenden Ton. »Vielleicht ist es ein bisschen zu früh. Waren Sie schon in seiner Wohnung?«

»Nein, wie sollte das gehen? Von Siena aus? Außerdem bin ich doch im Laden.«

»Gut, Signora. Ich sehe bei ihm zu Hause nach und gebe Ihnen dann Bescheid. Sollten Sie vorher etwas erfahren, rufen Sie mich an, einverstanden?«

Als sie aufgelegt hatte, sah er Torrini an, der dem Gespräch angespannt gelauscht hatte. »Della Valle scheint verschwunden …«

»Ich hab's mitgekriegt.«

»Okay, wir machen Folgendes: Sie nehmen sich Rocca und gehen zu Della Valle. Sehen Sie nach, ob er zu Hause ist. Treiben Sie den Hausmeister oder irgendeinen Nachbarn auf, der einen Ersatzschlüssel haben könnte. Falls Sie keinen kriegen, brechen Sie die Tür auf. Sagen Sie, Sie hätten Schreie gehört.« Rianis Lebensgeister waren durch den Anruf wieder geweckt. »Geben Sie mir Bescheid, wenn Sie ihn gefunden haben. Ich werde in der Zwischenzeit Filipepi zu dem Kunstwerk befragen, bevor wir uns auf die Kunsthändler stürzen. Vielleicht hat er ja einen Tipp für uns, d'accordo? Zum Mittagessen treffen wir uns in der Markthalle. Sagen wir …«, er sah auf die Uhr, »um halb zwei? Sollte vorher etwas vorfallen, rufen Sie mich an.«

»Äh, Commissario, wollen Sie wirklich alleine zu Filipepi gehen? Sie könnten Fabbri mit zu Della Valle schicken.«

Riani sah seinen Ispettore belustigt an. »Torrini, Sie machen sich doch nicht etwa Sorgen?«

»Na ja«, hob dieser vorsichtig an. »Sie predigen uns doch immer, nie alleine zu einer Befragung zu gehen.«

»Torrini …« Sie Lämmchen, ergänzte er in Gedanken. »Ich gehe zu Filipepi, nicht zu Frankenstein. Wahrscheinlich werde ich ihm Erste Hilfe leisten müssen, wenn ich ihn zu dem Kunstwerk seines Vorfahren befrage. Gehen Sie jetzt. Das ist ein Befehl!«

45

»Kann ich Ihnen helfen?«

Der Angesprochene zuckte über die Maßen zusammen. Außerdem hatte er den Eindruck, als ginge es ihm nicht gut. Zwar hatte der fragile junge Mann schon die gesamte vergangene Woche sichtlich abgebaut, aber der heutige Anblick war geradezu erschreckend. Besorgt musterte Riani den hohlwangigen Jüngling und klopfte ihm schließlich väterlich auf die Schulter.

»Kommen Sie. Sie müssen sich keine Sorgen mehr machen. Giorgia Di Maffei ist im Gefängnis und kommt da auch so schnell nicht mehr heraus.« Dann griff er nach der großen, treppengängigen, elektrischen Sackkarre, die Filipepi offenbar gerade gekauft hatte. »Geben Sie schon her. Das Ding ist doch schwer.«

Alessandro Filipepi sah ihn abweisend an. »Wollen Sie zu mir, oder sind Sie auf dem Weg in die Questura?«

»Sie haben's erraten, ich möchte zu Ihnen. Da wären noch ein paar kleine Fragen zu klären …«

Im Gesicht des jungen Mannes kämpfte massive Abwehr mit Vernunft und Ratio. Riani betrachtete ihn interessiert. Du meine Güte, der Kleine benahm sich wirklich wie ein Mädchen. Ein geeigneter Schwiegersohn wäre der eher nicht. Der müsste ja jede Woche auf die Couch.

»Keine Sorge, Sie sind mich im Nu wieder los. Wofür brauchen Sie das eigentlich?«, fragte Riani neugierig, die Karre die Treppe hoch manövrierend.

»Äh … Für ein paar neue Küchengeräte.«

In der Wohnung angekommen hatte Riani den Eindruck, als wolle ihn Filipepi nur ungern hereinlassen. Im ganzen Haus roch es penetrant nach Chlorreiniger. »Du lieber Himmel, ist Ihnen eine Flasche Putzmittel heruntergefallen?«

»Wie bitte? ... Äh, ja, heute Morgen ...«

»Signor Filipepi, können wir uns einen Augenblick setzen? Ich gehe gleich wieder ...«

Alessandro Filipepi stellte den Karton, den Riani auf der Karre transportiert hatte, in den Vorratsraum der Küche und schloss hastig die Tür. Schweiß glänzte auf seiner Stirn und er rieb nervös die Hände an seiner Hose ab. Riani nahm sich einen Stuhl und setzte sich unaufgefordert.

Währenddessen wandte sich Filipepi zur Spüle und bemühte sich, seine aufsteigende Panik mit der Zubereitung von Tee in den Griff zu bekommen.

»Nehmen Sie auch eine Tasse Tee?«, fragte er Riani mit zugewandtem Rücken, während sich seine Finger um den Griff des Wasserkessels krampften.

»Ja, gerne, wenn es Ihnen keine Mühe macht.«

Die vertrauten Handgriffe und zwei rasch im Bad eingenommene Tabletten beruhigten den jungen Mann schließlich zunehmend. Warum hatte er eine solche Angst? Es gab keinen Grund. Der Commissario hatte nicht den leisesten Schimmer, was sich in der leeren Wohnung im Parterre befand. Woher auch. Gestern noch hatte er seinen Besuch herbeigesehnt. Jetzt war er da. Es machte keinen Unterschied. Während er zurückkam und die Teetassen herrichtete, bemerkte er, wie sich Commissario Riani umsah, und musste einen aufsteigenden Lachreiz unterdrücken. Es war so leicht! Niemand würde ihm je auf die Schliche kommen.

Riani registrierte, dass sein Gegenüber etwas aus dem Gleichgewicht schien, aber was konnte das bei einem derart sensiblen Menschen schon bedeuten? So eine aufregende Woche konnte schließlich den stabilsten Zeitgenossen aus der Bahn werfen. Aufmerksam beobachtete er den jungen Mann dabei, wie er die Teezubereitung zelebrierte. In einer kostbaren hauchfeinen, blau, grün und golden bemalten Teekanne, was sonst. Er schenkte den Tee in zwei dazu passende filigrane Tässchen und stellte eines vor den Commissario.

»Hätten Sie vielleicht ein bisschen Zucker?«

»Zucker?«

»Nur wenn es Ihnen nichts ausmacht …«

Filipepi erhob sich seufzend und holte ein Zuckerdöschen aus dem Buffet.

Riani versenkte unter den missbilligenden Blicken des Hausherrn einen Löffel in dem sicherlich sündhaft teuren Tee und rührte schmunzelnd mit einem silbernen, offensichtlich antiken Löffelchen um. Bei dem kleinen Spinner war wirklich nichts normal. Lange ließ er seinen Blick auf dem Hausherrn ruhen, der anscheinend gedankenversunken in seiner Tasse starrte.

»Signor Filipepi, sagen Sie, kannten Sie eigentlich Giorgia Di Maffei?« Der Angesprochene schien seine Frage zunächst nicht gehört zu haben, aber gerade als Riani sie wiederholen wollte, hob er den Kopf und sah ihn müde an.

»Ja …«

»Und woher, wenn ich fragen darf?«

Filipepi seufzte tief auf. »Sie hat mich aufgesucht.«

»Aufgesucht? Wie darf ich das verstehen? Hat sie Sie bei der Arbeit angesprochen?«

»Nein. Sie stand irgendwann vor der Tür und wollte mit mir sprechen …«

»Wussten Sie sofort, wer sie war?«

»Ehrlich gesagt im ersten Augenblick nicht ... aber dann habe ich es mir gedacht.«

»Wieso? Hatten Sie sich als Kinder kennengelernt?«

»Nein!«

»Aber woher ...«

»Commissario, haben Sie die Ähnlichkeit bemerkt?«, erwiderte Filipepi gereizt. »Das sollte sogar Ihnen aufgefallen sein.«

Riani machte eine beschwichtigende Handbewegung. Das Thema schien den jungen Mann sehr aufzuregen. »Es ist mir aufgefallen, Signor Filipepi. Ich wollte lediglich wissen, ob Sie sich bereits länger kannten. Immerhin waren Sie Halbgeschwister ...«

»Ich habe keine Geschwister, wie ich bereits sagte. Diese Frau existiert für mich nicht.«

»Immer mit der Ruhe, Signor Filipepi, ich will gar nicht in der Vergangenheit bohren, ich würde nur gerne wissen, was sie von Ihnen wollte. Immerhin hat sie versucht, Sie umzubringen. Interessiert Sie nicht warum?«

»Ich weiß warum.«

»Ach ja?«

»Sie wollte mich beerben ...«

»Das wissen Sie?«

»Natürlich weiß ich das.« Sein Gesicht drückte Verachtung aus. »Sie scheinen mich noch immer zu unterschätzen, Commissario. Es ist etwa zwei Monate her, da bat sie mich um Geld.«

Rianis Augenbrauen schossen in die Höhe. »Sie bat Sie um Geld?«

»Ja. Um genau eine Million zweihundertfünfzigtausend ...«

»Die Summe, die sie mit ihrem Modelabel in den Sand gesetzt hatte.«

»Jetset«, schnaubte Filipepi höhnisch. »Wie kann man nur so dumm sein!«

Offensichtlich hatte sie ihm alles erzählt. Sie musste sehr verzweifelt gewesen sein.

»Und was haben Sie ihr geantwortet?«

»Dass sie nicht einen Cent von mir bekommt, natürlich ...«

»Warum? Für Sie wäre diese Summe doch nicht wirklich ein Problem gewesen?«

Filipepi lachte abschätzig. »Commissario, Sie enttäuschen mich. Warum sollte ich dieser Frau, deren Familie meine Existenz und die meiner Mutter stets mit Verachtung geleugnet hat, helfen? Nennen Sie mir einen Grund.«

»Nun ...«, hob Riani an, im Begriff, etwas von Blutsbande oder zumindest Nächstenliebe vorzuschlagen, als Filipepi ihm das Wort abschnitt.

»Commissario, ein für alle Mal. Meine Mutter war keine bloße Liebschaft. Mein Vater hatte vor, sich scheiden zu lassen, um meine Mutter zu heiraten, als er starb.« Er war extrem erregt. »Und ich ... Ich war der heiß ersehnte Erbe, den er von seiner Ehefrau nicht bekommen hatte.«

»Ach ...«

»Die Scheidungspapiere waren bereits ausgestellt. Das nennt man Pech, nicht wahr? Oder Schicksal ...«

Riani spitzte augenblicklich die Ohren. »Woher wissen Sie das mit der Scheidung? Ich meine, das mit den Papieren. Sie waren doch erst fünf Jahre alt ...«

»Meine Mutter besaß eine Kopie, gewissermaßen als Versicherung der ernsthaften Absichten meines Vaters ...«

»Wie bitte? Existieren diese Papiere noch?«

»Natürlich existieren sie noch. Was denken Sie denn.«

»Kann ich sie sehen?« Riani war elektrisiert. Vielleicht war tatsächlich etwas dran an den überspannten Selbstanschuldigungen der Tochter. Er erhob sich und folgte Filipepi in dessen Arbeitszimmer, wo dieser die Unterlagen aus einem Geheimfach des Sekretärs holte.

»Bitte …« Er lachte bitter auf. »Der Beweis dafür, dass ich um ein Haar der legitime Spross des Marchese Di Maffei geworden wäre.«

Riani nahm die Papiere entgegen und blätterte sie im Stehen durch. Da stand es tatsächlich schwarz auf weiß. Und der Aussteller dieser Dokumente war niemand anderes als Avvocato Antonio Capponi, der ehrenwerte Familienanwalt.

»Darf ich das kopieren?«, fragte Riani.

»Wozu? Mein Vater ist schon lange tot. Was nützt das heute noch?«

»Vielleicht mehr, als Sie denken«, erwiderte Riani kryptisch, aber Filipepi zog ihm die Unterlagen wieder aus der Hand.

»Sie wissen, wo sie sind … Falls Sie je eine Kopie benötigen sollten, geben Sie mir einfach Bescheid.«

Riani ließ es dabei bewenden. Dass mit dieser Eröffnung der Tod des Marchese Di Maffei mit Sicherheit neu untersucht werden würde, war jetzt wahrscheinlich zu viel der Neuigkeiten. »Kommen Sie, lassen Sie uns unseren Tee austrinken. Sie wollten mir noch sagen, wie Sie auf die Forderung Ihrer Halbschwester reagiert haben.«

Filipepi drehte sich verärgert um. »Commissario, ich wäre Ihnen sehr verbunden, wenn Sie nicht immer von meiner Halbschwester sprechen würden. Können wir uns darauf einigen, sie Giorgia zu nennen?«

»Natürlich …«

Als sie wieder am Küchentisch Platz genommen hatten,

schenkte Filipepi frischen Tee nach, setzte sich und nahm den Faden wieder auf. »Ich habe ihr unmissverständlich klargemacht, was ich von ihr halte und dass ich keineswegs gewillt war, ihr zu helfen.«

»Wie hat sie reagiert?«

»Wie schon? Sie war wütend.«

»Hat sie Ihnen gedroht?«

»Nein! Wieso sollte sie?«

»Diese Frage ist sicherlich rhetorisch gemeint.«

»Nein, keineswegs. Sie war wütend, hat mich beschimpft, aber schließlich ist sie gegangen.«

»Und Sie haben nichts mehr von ihr gehört?«

»Nein. Auch nichts gespürt … Nicht bis vorgestern …« Er lachte unvermittelt auf, als ob das Ganze ein guter Witz wäre, und Riani betrachtete ihn stirnrunzelnd. Er konnte dem Ganzen wenig Humorvolles abgewinnen.

»Schön, dass Sie die ganze Angelegenheit so erheiternd finden, Signor Filipepi. Ich finde sie weit weniger lustig. Sie haben es nicht für nötig befunden, den Vorfall zu erwähnen.« Der Vorwurf in den Worten war unmissverständlich. »Hätten Sie uns das gleich gesagt, hätten wir von Anfang an in die richtige Richtung ermittelt, und Sie wären nicht um Haaresbreite dem Tod entronnen!«

»Ich hatte es vergessen«, parierte Filipepi gereizt.

»Vergessen … Aha …«

»Sie können sich Ihren spitzen Unterton sparen, Commissario. Sie ist in Haft. Das ist im Augenblick doch das Wichtigste, nicht?«

Riani leerte seine Tasse und setzte sie bedächtig wieder ab. »Sicher. Sie haben recht. Aber es gibt eine Sache, die uns noch Kopfzerbrechen bereitet.«

»Ja? Welche denn?«

»Ein gewisses Kunstwerk, das sich im Besitz von Signora Buonarroti befand.«

Filipepi sog scharf die Luft ein, und Riani musterte ihn genau. »Sie wissen, von welchem ich spreche?«

»Äh, nein, ich glaube, ich kann nicht folgen. Signora Buonarroti besaß sehr viele Kunstwerke.« Filipepi wirkte plötzlich wieder deutlich angespannt.

Riani beschloss, geduldig zu sein: »Es handelt sich um ein Werk, das Sie laut Pierfrancesco Della Valle zu kaufen beabsichtigten ...«

»Ach das«, erwiderte er dünn.

»Genau. Hat sie es Ihnen doch verkauft?«

Filipepi brach der Schweiß aus. Was hatte ihm Della Valle erzählt? Dass die Polizei glaubte, dass er das Kunstwerk gestohlen und seine Mutter umgebracht hätte? Dann wusste Riani also, dass es weg war? Woher? Er schluckte krampfhaft. Aber warum hatten sie Della Valle dann nicht verhaftet? Noch bevor er sich eine Antwort überlegt hatte, fuhr Riani fort: »Sagen Sie, wussten Sie, um welches bedeutende Werk es sich handelte?«

»Wie meinen Sie das?«, antwortete er ausweichend.

»Wussten Sie, dass es sich um ein Werk von Sandro Botticelli handeln soll?«

Filipepis Adamsapfel hüpfte auf und nieder. »Hm ...«

»Genau gesagt um die verschollene Standarte Giuliano de' Medicis aus dem Jahr 1475?«

»Nein.«

»Aber Sie haben sie gesehen ...«

»Ja«, krächzte Filipepi, weiß wie die Wand.

»Und es war nicht Botticellis Standarte?«

»Nein ...« Filipepi war einem Schwächeanfall nahe, aber

Riani fragte unbekümmert weiter: »War es eine Replik? Denn dass es Simonetta Vespucci als Pallas Athene darstellte, wissen wir sicher.«

»Woher …«

»Es existiert ein Foto, das ein Makler kürzlich gemacht hat. Aber offensichtlich hat sie sich getäuscht …«

»Wer hat sich getäuscht?«, hauchte Filipepi schwach.

»Nun, Professoressa Casini. Aber Sie sind ja der Fachmann … Außerdem haben Sie sie ja im Original gesehen. War es denn eine Replik?«

Riani bemerkte nicht, wie sich Filipepis Gesicht verändert hatte.

»Ja …« Filipepi war plötzlich schweißgebadet. Was zum Teufel sollte er auf diese verdammten Fragen antworten?

»Hat sie es Ihnen nun verkauft?«

»Äh … Nein …«

»Merkwürdig. Das Ding ist nämlich verschwunden.«

»Tatsächlich?«

»Ja. Wir vermuten inzwischen, dass es eine Schlüsselrolle spielt bei der Ermordung von Signora Buonarroti. Ich dachte mir, dass Sie als ausgewiesener Botticelli-Experte möglicherweise wissen, wo sich ein solches Werk am besten verkaufen lässt. Sie verstehen schon, Kunstschwarzmarkt und so. Auch wenn es sich nicht um das Original handelt. Wir sind mittlerweile ziemlich sicher, dass die alte Dame wegen dieses Kunstwerkes getötet wurde.«

Riani, der bei den Worten nachdenklich mit dem kleinen Löffelchen gespielt hatte, blickte auf und bemerkte überrascht die Veränderung, die in seinem Gegenüber vorgegangen war. Filipepis Gesicht war kalkweiß und verzerrt.

»Was sagen Sie da?«, presste er mühsam hervor.

»Dass Signora Buonarroti höchstwahrscheinlich von vornherein das eigentliche Ziel des Mordanschlags gewesen ist.«

»Aber die Adresse …«

»Richtig, die Empfängeradresse kann als raffiniertes Ablenkungsmanöver angenommen werden.«

»Aber Giorgia …«

»Wir glauben nicht, dass Giorgia Di Maffei für diesen Anschlag verantwortlich ist.«

»Aber …«

»Keine Sorge, Signor Filipepi, wir sind absolut sicher, dass der Tod von Signora Buonarroti kein missglückter Anschlag auf Ihr Leben war, sondern ein schlau geplanter Mord an genau der richtigen Person. Sie haben nichts mehr zu befürchten …«

»Äh …«

»Sie haben recht, der oder die Täterin musste genaue Kenntnisse über Ihre Arbeitszeiten zum einen und die Gepflogenheiten im Haus zum anderen haben. Das ist sicherlich beunruhigend. Aber wie schon gesagt, Sie können absolut beruhigt sein! Der Anschlag galt mit absoluter Sicherheit nicht Ihnen.«

»Wie …«

»Sie denken womöglich an Domenico Varese. Doch der Mann Ihrer Arbeitskollegin hat damit nichts zu tun. Noch einmal, Signora Buonarroti war von vornherein das intentionierte Ziel. Und die Standarte ist das Motiv. Original oder nicht …«

In dem Augenblick kippte ein Schalter und Alessandro Filipepi war nicht länger Herr seiner Emotionen. Riani bemerkte mit Erstaunen die Veränderungen, die in seinem Gegenüber vorgingen. Sein Gesicht war mit einem Mal eine hässliche Fratze, und seine Hände krallten sich klauengleich um das Teetässchen, das unter dem Druck plötzlich zerbarst.

Nanu? Der junge Mann war nicht wiederzuerkennen. Riani war so perplex, dass er nur verzögert schaltete. Dafür aber umso gründlicher.

Mit einem Schlag fanden alle Puzzleteile wie von allein ihren richtigen Platz. Und mit jähem Schrecken sah er plötzlich glasklar, was für ein grandioser Hornochse er gewesen war. Was für ein blinder, grandioser Hornochse!

Alessandro Filipepi war der Mörder Signora Buonarrotis!

Der kleine Irre, der sich als Nachfahre Botticellis wähnte! Und die Standarte war wahrscheinlich das Original. Oder zumindest hielt er sie dafür.

Wie hatte er nur so dumm sein können!

Der kleine klimperbewimperte Schwächling hatte sie alle an der Nase herumgeführt.

Großer Gott!

Wie dumm!

Eine eiskalte Hand drückte plötzlich sein erschrockenes Herz zusammen. Wie in Zeitlupe sah er, wie das Blut von Filipepis zerschnittenen Fingern tropfte und sich mit dem kalten Tee verdünnte.

Riani brach der Angstschweiß aus, als er erkannte, dass Filipepi verstanden hatte. Und beinahe im selben Moment krachte die Teekanne seitlich an seinen Schädel. Mit einem dumpfen Laut ging er zu Boden.

46

Torrini wählte zum zigsten Mal Rianis Nummer und legte zum zigsten Mal auf. Zehn vor halb drei. So spät war sein Chef selten dran. Sein Telefon war noch immer abgeschaltet. Auf der Questura wusste niemand, wo er steckte, und so beschloss er, bei Filipepi vorbeizugehen. Vielleicht war er noch immer im Gespräch und wollte nicht gestört werden? Aber der Palazzo lag in tiefer Stille. Torrini hörte die Türglocke, doch niemand öffnete. Vielleicht hatte sein Chef ja sein Mittagsschläfchen verlängert? Wäre nicht das erste Mal. In der Viale Spartaco Lavagnini öffnete ihm überraschenderweise Caterina Riani, die sein Herz augenblicklich zum Stolpern brachte.

»Ispettore, che piacere. Si accomodi!« Erfreut bat sie ihn herein und zog ihn in die Küche, wo es ziemlich verbrannt roch. Die Fenster waren weit geöffnet und letzte Qualmschwaden hingen noch im Raum.

»Ich wollte Cantuccini backen. Mein Vater hat übermorgen Geburtstag. Aber irgendwie sind die Koch- und Back-Gene meiner Mutter an mir vorübergegangen. Trinken Sie einen Caffè mit mir? Das kann ich wenigstens.«

Ispettore Torrini vergaß vollkommen, warum er gekommen war, und ließ sich am Küchentisch nieder. Eine halbe Stunde und einen Espresso später fiel ihm siedend heiß ein, warum er hier war. »Ist Ihr Vater hier?«

»Nein. Er ist nicht zu Hause. Wie kommen Sie darauf?«

Plötzlich machte sich ein flaues Gefühl in seinem Magen breit, und Caterina Riani scherzte.

»Wieso denken Sie, dass er hier ist? Ist er euch abhandengekommen?«

»Nun ja … Gewissermaßen.« Torrini grinste schief. »Er hat eine Verabredung platzen lassen und geht nicht ans Telefon.«

»Das ist nichts wirklich Neues, mal ehrlich …«

»Na ja …«

»Kommen Sie! Sie kennen ihn sicherlich mittlerweile fast so gut wie ich.« Sie musste Torrinis ernsthaft besorgte Miene bemerkt haben, denn sie sah ihn stirnrunzelnd an. »Sie denken doch nicht wirklich, dass ihm etwas zugestoßen sein könnte?«

»Das hoffe ich nicht.«

»Sie hoffen nicht? Wo wollte er denn hin?«

»Zu Alessandro Filipepi.«

»Ach, dem seltsamen Spross des Botticelli.«

»Genau.«

»Und was wollte er dort?«

Torrini zögerte kurz, aber offensichtlich wusste sie ohnehin Bescheid. »Er wollte ihn zu dem verschwundenen Kunstwerk befragen.«

»Also doch die Standarte«, erwiderte sie triumphierend. »Gibt es etwas Neues?«

»Nein, eigentlich nicht. Sie ist verschwunden … Nach wie vor.«

»Ich bin sicher, dass sie jemand gestohlen hat, der wusste, was sie wert ist. Und ich bin sicher, dass die alte Frau deswegen ermordet wurde.«

»Das glaubt Ihre Mutter auch.«

»Ich weiß. Und jetzt?«

Torrini sah auf die Uhr und wählte noch einmal Rianis Nummer. Non raggiungibile.

»Sind Sie sicher, dass er dorthin ist?«

»Wohin?«

»Na, zu diesem Filipepi.«

»Nein, ganz sicher bin ich nicht. Er hatte es vor … Ich hatte einen anderen Einsatz«, ergänzte er, als wolle er sich rechtfertigen.

»Vielleicht ist ihm noch etwas anderes eingefallen?«

»Jaaa«, antwortete Torrini gedehnt.

»Und was jetzt?«

»Jetzt werde ich bei Filipepi vorbeigehen.«

47

Alessandro Filipepis Hände flatterten vor Panik. Es gelang ihm kaum, korrekt zu löten. Wütend biss er die Zähne zusammen und kämpfte mit Macht gegen Tränen der Wut und der Ohnmacht. Er durfte sich jetzt keinen Fehler leisten! Wenn die Bombe detonieren und die beiden Männer in kleine Stücke fetzen sollte, musste er sich jetzt zusammenreißen. Doch es wollte in der Eile nicht gelingen. Unbeherrscht warf er den Lötdraht hin, sprang auf, lief einige Male knurrend hin und her und ging dann in die Diele, um in der Jackentasche sein Mobiltelefon zu holen. Der Probeanruf auf dem neu erworbenen Telefon erschreckte ihn zu Tode. Schweißnass zitternd legte er das Gerät zur Seite und stürmte ins Bad. Weinend vor Verzweiflung nahm er noch eine Tablette. Mehr wagte er nicht, da er die nächsten Stunden wach und aufmerksam sein musste. Tief ein- und ausatmend kehrte er in die Küche zurück, um sein Werk zu vollenden. Er musste unbedingt fertig und weit weg sein, bevor sie den Commissario suchen kamen.

Währenddessen beobachtete Commissario Riani mit angstgeweiteten Augen den jungen Mann bei seinen Vorbereitungen. Was die bedeuteten, war klar. Und wenn nicht sehr bald jemand käme, um den Irren zu stoppen, würde er enden wie Signora Buonarroti. Angstschweiß lief ihm in Strömen den Körper hinunter und rann brennend in seine Augen. Er war an einen Stuhl gefesselt und konnte nur den Kopf bewegen, der von dem Schlag mit der Teekanne heftig schmerzte. Die

Haare waren nass und seine Nasenflügel blähten sich heftig, aus Angst zu ersticken. Niemals hätte er gedacht, dass er je in eine solche Situation kommen würde, und niemals hätte er gedacht, dass er eine solche Panik empfinden könnte. Anfangs hatte er noch versucht, mit Filipepi zu kommunizieren. Bis er ihn wie ein Paket gefesselt und ihm den Mund zugeklebt hatte. Aber an den Verrückten war kein Herankommen mehr. Wie auch. Filipepi hatte offensichtlich von Natur aus einen gewaltigen Webfehler und war seit dem Augenblick der Erkenntnis endgültig durchgeknallt.

Stöhnend hatte Riani verfolgt, wie er das Paket aus der Vorratskammer geholt und ausgepackt hatte. Großer Gott! Das war genug Material für einen Sprengsatz, der das ganze Haus in Schutt und Asche legen würde. Und er hatte ihm noch geholfen, das Ding heraufzubringen. Idiot, der er war! Wo zum Teufel war Torrini? Wenn er den Kopf etwas drehte, konnte er einen Blick auf eine Pendule werfen, die auf einer Kommode stand. Er musste ihn doch längst vermissen. Der einzige Gedanke, der ihn vorm Durchdrehen bewahrte, war die Hoffnung, dass ihn seine Männer rechtzeitig finden würden. So fahrig, wie Filipepi war, würde er noch eine Weile brauchen, bis das Ding zusammengebastelt war.

Als es vor einer knappen Stunde an der Tür geklingelt hatte, war Riani freudig zusammengezuckt. Endlich! Torrini, hatte er gedacht, aber nach dem zweiten Klingeln war die Türglocke stumm geblieben. Wer auch immer das gewesen war, versuchte es kein drittes Mal. Und er stürmte auch nicht das Haus. Warum auch? Es wusste ja niemand, was sich hier abspielte! Die Türglocke hatte allerdings eine beängstigende Wirkung auf seinen Peiniger ausgeübt. Als ob ihm plötzlich eingefallen wäre, wie brenzlig die Situation für ihn gerade war, entwickelte er mit einem Mal eine beunruhigende Aktivität. Hektisch räumte er alle Bombenbestandteile zurück in den Karton und holte die große Sackkarre, die Riani auf seine Anweisung hin in der Diele abgestellt hatte. Großer Gott! Das durfte doch nicht wahr sein! Wenige Minuten später befand sich Commissario Riani auf dem Weg ins obere Stockwerk. Keuchend hatte ihn Filipepi samt Stuhl auf die Abstellfläche der Karre gezerrt, mit weiterem Klebeband fixiert und fuhr ihn nun, Stufe für Stufe, angestrengt schnaufend, die Treppe hoch. Riani hätte heulen können, vor Wut und vor Angst. Den Einfall, sich selbst zu Fall zu bringen, verwarf er schnell wieder. Er hätte sich auf der Steintreppe nur verletzt und seine Befreiungschancen nicht erhöht. In Signora Buonarrotis Wohnung angekommen, lud Filipepi ihn neben einer Couchgarnitur ab und verschwand.

Nur mühsam beruhigte sich Riani. Einen Moment lang fürchtete er, einen Infarkt zu bekommen, so unheilvoll stolperte sein gestresstes Herz. Er sah sich um. Alles unverändert. Kalt war es und schon ziemlich dämmerig. Es roch ungelüftet und noch immer hing dezenter Brandgeruch in der Luft. Die Porträts aus den Rahmen sahen gleichgültig auf ihn herunter und das Weiße in ihren Augen stach in dem Dämmerlicht unheimlich hervor. Da er allein war, rüttelte er heftig an den Klebebändern. Er war jedoch so fest fixiert, dass es kein Entkommen gab. Und sein von Filipepi abgeschaltetes Telefon lag unten auf dem Küchentisch. Che guai! Aufmerksam lauschte er auf irgendwelche Geräusche, doch es herrschte Grabesstille. Wie sinnig. Wieso, verdammt, kam Torrini nicht? Warum traten sie nicht das Tor ein? Zwar hatte er eine Heidenangst, aber die Hoffnung, rechtzeitig entdeckt und befreit zu werden, hielt ihn davon ab durchzudrehen. Du meine Güte! Wenn Torrini wüsste! Vielleicht hatten er und Rocca Della Valles Tür aufgebrochen. Vollkommen umsonst! Es sei denn, er war zu Hause gewesen. Während er seine Gedanken schweifen ließ und unablässig an seinen Fesseln rüttelte, in der Hoffnung, sie so zu lockern, dass er sich befreien konnte, hörte er mit einem Mal näher kommende Geräusche aus dem Hausflur. Keuchen, das Sirren eines strapazierten Elektromotors und das wohlbekannte Scheppern der Sackkarre nach jeder Stufe. Die Wohnungstür wurde geöffnet und im nächsten Augenblick erstarrte Riani vor Schreck.

48

Torrini war auf dem Weg zurück zur Questura und überlegte fieberhaft, was das Handbuch für perfekte Polizisten zu einem verschwundenen Chef hergab. Nichts wirklich Brauchbares. Das Einzige, was ihm im Augenblick einfiel, war eine Ortung von Rianis Telefon beziehungsweise des Standorts der letzten Einwahl ins Netz, also stürmte er in die Technikabteilung und machte seinem Kollegen Dampf. Das Ergebnis war jedoch ernüchternd. Rianis Telefon war zuletzt um dreizehn Uhr dreißig bei einem Funkmast unweit der Questura angemeldet gewesen. Der Radius umfasste leider einen knappen Quadratkilometer, was in diesem Falle wenig hilfreich war. Um das Telefon exakt orten zu können, hätte es angeschaltet sein müssen. Mannaggia! Torrini fluchte herzhaft. Mittlerweile hatte er ein verdammt ungutes Gefühl. Zwar war sein Chef berüchtigt für diverse Alleingänge, aber das hier ging eindeutig zu weit. Ratlos bat er Fabbri und Rocca in Rianis Büro.

»Was sollen wir tun? Ihr kennt ihn schon länger … Was schlagt ihr vor?«

»Du bist ganz sicher, dass er zu Filipepi wollte?«, hakte Fabbri noch einmal nach.

»Er wollte. Ja. Ob er allerdings tatsächlich dort war, weiß ich nicht. Gestern hatte er das ja auch vor und ist dann stattdessen bei den Vareses gewesen.«

»Hm. Aber die fallen jetzt ja flach.«

»Ja. Und Della Valle auch. Würde mich echt interessieren, wo der wieder steckt.«

»Mich interessiert viel mehr, wo Commissario Riani steckt! Ich weiß nicht warum, aber ich bin ernsthaft besorgt.«

»Warum gehen wir nicht bei Filipepi vorbei?«

»Da war ich vorhin schon. Es hat keiner aufgemacht«, erwiderte Torrini.

Agente Rocca, der Älteste, betrachtete nachdenklich seine beiden Kollegen. »Also ich würde vorschlagen, dass wir noch einmal bei ihm klingeln. Vielleicht war er einkaufen. Wenn Commissario Riani tatsächlich bei ihm war, kann er uns vielleicht sagen, wo er anschließend hinwollte.«

»Und wenn nicht …«

»Dann sehen wir weiter.«

»Und eine Hausdurchsuchung?«, schlug Torrini vor.

»Eine Hausdurchsuchung? Mit welcher Begründung bitte?«

»Ich meine ja nur …«

»Allora, ragazzi, lasst uns jetzt erst einmal zu Alessandro Filipepi gehen und fragen, ob er dort war. Alles andere werden wir anschließend entscheiden.«

»Müssen wir das irgendwem melden?«, fragte Torrini vorsichtig.

Rocca zwinkerte ihm zu. »Das tun wir nächste Woche, wenn der Questore wieder da ist.«

Zehn Minuten später öffnete ihnen ein abweisender, gehetzt wirkender Alessandro Filipepi die Tür. »Buongiorno …«

Torrini trat vor. »Signor Filipepi, dürfen wir einen Augenblick hereinkommen?«

»Was gibt's? Ich habe zu tun.« Er schien nicht bereit zu sein, die Männer hineinzulassen.

»Das tut mir leid. Wir stören auch sehr ungern, aber es ist wirklich wichtig. Wir haben nur ein paar Fragen an Sie.« Torrini war nicht gewillt, sich abwimmeln zu lassen.

»Schon wieder? Ich habe Ihrem Commissario schon alle Fragen beantwortet.«

»Ach? War er da?«

Diese Frage schien Filipepi zu amüsieren. »Ja. Vor etwa zwei Stunden. Wissen Sie das nicht? Tja, das tut mir leid. Wenn Sie mich dann entschuldigen würden …« Er schickte sich an, die Türe zu schließen.

»Nicht so hastig, bitte!« Torrini stellte seinen Fuß in die Tür. »Wir haben andere Fragen.«

Filipepi wollte sich plötzlich schier ausschütten vor Lachen. »Andere Fragen. Das ist das Beste, was ich je gehört habe! Sie wissen nicht, dass Ihr Chef hier war, und wollen andere Fragen stellen. Das ist wirklich zu komisch!«

Filipepis krankhafter Lachanfall war so skurril, dass Torrini unwillkürlich eine Gänsehaut bekam. Jetzt wollte er erst recht in die Wohnung. Er wartete, bis sich sein Gegenüber etwas beruhigt hatte, und fasste dann beherzt nach dem Türgriff. »Signor Filipepi, Sie haben jetzt die Wahl: Entweder Sie lassen uns kurz herein und beantworten ein paar Fragen oder wir stellen Ihnen jetzt gleich mit einer Hundertschaft die Bude auf den Kopf. Die Kollegen warten unten.« Das war eine schamlose Lüge, aber Fabbri und Rocca spielten das Spiel mit, indem sie martialisch das Funkgerät zückten. Alessandro Filipepi hörte auf zu lachen und schien fieberhaft nachzudenken. Torrini bemerkte, dass sich Schweißtropfen auf seiner Oberlippe bildeten, und überlegte bereits, wie sie sich gewaltsam Zutritt zu der Wohnung verschaffen könnten, als Filipepi plötzlich einlenkte.

»Gut … Kommen Sie herein.«

Die Männer folgten dem Hausherrn in die Küche. Torrini lauschte und schnupperte, aber alles schien unverändert.

Bis auf den penetranten Chlorgeruch. »Ist Ihnen eine Flasche Reiniger heruntergefallen?«

»Ja.« Alessandro Filipepi bat sie, am Küchentisch Platz zu nehmen, und lehnte sich selbst mit verschränkten Armen an die Spüle: »Also, was wollen Sie wissen?«

»Wann ist Commissario Riani bei Ihnen gewesen?«

»Das sagte ich doch schon. Vor etwa zwei Stunden.«

»Wissen Sie zufällig, wohin er anschließend wollte?«

Das war besser als alles, was er bisher erlebt hatte. Die dummen Fragen der Beamten ließen ihn schmunzeln, bis er in lautes Lachen ausbrach. »Nein. Beim besten Willen nicht!« Dieses Machtgefühl war besser als alles zuvor! Die hatten keine Ahnung! Nicht die geringste Ahnung!

Torrini hatte ein ungutes Gefühl. Zwar hatte er nicht den Schimmer einer Vorstellung, was sich hier abspielte, aber sein Instinkt schlug Alarm. Irgendetwas stimmte nicht. »Signor Filipepi, dürfen wir uns ein bisschen umsehen?«

»Nein!« Plötzlich schlug das Lachen in eine mühsam beherrschte irre Fratze um. »Nein! Das dürfen Sie nicht! Sie haben nicht das Recht dazu!«

Torrini hob drohend den Finger. »Die Hundertschaft, Signor Filipepi …«, sagte er, stand auf und machte seinen beiden Kollegen ein Zeichen. Gefolgt von einem aufgeregten Filipepi ging er durch die Räume. Fabbri und Rocca, die die Wohnung nur aus Erzählungen kannten, staunten. Torrinis Sinne waren aufs Äußerste geschärft und seine Nerven zum Zerreißen gespannt. Unwillkürlich schnupperte er, ob er Commissario Rianis Rasierwasser riechen konnte. Je weiter sie in die riesige Wohnung vordrangen, desto nervöser wurde der Hausherr. Am Durchgang zu dem kleinen Botticelli-Salon versuchte er ihnen den Zugang zu verwehren, aber Torrini schob ihn einfach zur Seite und erstarrte. Da stand sie. An die Wand gelehnt. Die Standarte.

»Grundgütiger!«, entfuhr es ihm unwillkürlich. »Sie hat sie Ihnen doch verkauft?«

Alessandro Filipepi, der in eine Art Angststarre gefallen war, nickte nur mechanisch.

»Meine Herren, darf ich vorstellen, das ist möglicherweise die Standarte von Giuliano de' Medici, ein Kunstwerk, das seit 1475 verschollen ist ...«, erklärte Torrini seinen beiden verwunderten Kollegen, dann wandte er sich an Filipepi. »Warum haben Sie das nicht gleich gesagt?«

Filipepi überlegte fieberhaft, was der Ispettore über das Werk wissen könnte. Die augenblickliche Wendung der Dinge war so überraschend wie bizarr, und wenn er jetzt keinen Fehler machte, war er für alle Zeiten aus dem Schneider. Wieder wurde er von einer Euphoriewelle erfasst und spürte den altbekannten Lachreiz, den er mit aller Macht zu unterdrücken versuchte. Bloß kein falsches Wort jetzt!

»Was gesagt?«

»Dass Signora Buonarroti Ihnen das Kunstwerk verkauft hat?«

Filipepi räusperte sich. »Äh ... Ich hatte keine Ahnung, dass das wichtig gewesen ist. Außerdem hat mich niemand danach gefragt ...«

»Hat Sie Commissario Riani dazu befragt? Vorhin, als er da war?«, wollte Torrini wissen.

»Ja ...«

»Und?«

»Was und? Ich habe sie ihm gezeigt, und er ist wieder gegangen ...« Kalter Schweiß glänzte auf seiner Stirn. Torrini schien es nicht zu bemerken. Resigniert gab er seinen Kollegen ein Zeichen und wandte sich erneut an ihn. »Vielen Dank, Signor Filipepi, bitte entschuldigen Sie die Störung.« Filipepi begleitete die drei Beamten zur Wohnungstür, schloss hinter ihnen ab und konnte ein Grinsen nicht zurückhalten. Die drei Piedipiatti waren noch dümmer als ihr Chef.

»Verdammte Scheiße!«, brüllte Torrini, sobald sie unten auf der Straße standen. »So ein Scheißfall! Della Valle schon wieder verschwunden, Commissario Riani in Luft aufgelöst, und die verdammte scheiß Standarte lehnt in aller Seelenruhe bei dem kleinen Spinner an der Wand! Scheiße! Wir haben nichts! Null Komma gar nichts! Ich drehe noch durch!« Wütend hieb er auf das nächste Autodach. Rocca und Fabbri betrachteten irritiert den sonst so zurückhaltenden Ispettore.

49

Commissario Riani brüllte sich die Seele aus dem Leib, aber niemand hörte ihn. Auf der Straße unten vernahm er Torrinis Toben. Tränen der Ohnmacht traten ihm in die Augen. Jetzt war der Moment gekommen. Jetzt war sein Schicksal endgültig besiegelt. Voller Grauen sah er zur Leiche Della Valles hinüber, die Filipepi auf der kleinen antiken Couch platziert hatte. Als ob er gerade im Begriff sei, einen Tee zu trinken. Riani schüttelte sich vor Grausen. Als er erkannt hatte, was Filipepi mit der Sackkarre noch anschleppte, hatte sich ihm fast der Magen umgedreht. Nur unter größter Willensanstrengung hatte er sich nicht übergeben, was vermutlich seinen Erstickungstod zur Folge gehabt hätte. Mit blankem Entsetzen hatte er zugesehen, wie Filipepi die Leiche von den Klebebändern befreit, vom Stuhl auf die Couch gewuchtet und ihn anschließend damit allein gelassen hatte. Della Valle war ganz offensichtlich schon etliche Stunden tot, und der Blutgeruch, der von ihm ausging, war schrecklich. Es hatte ihn offensichtlich vollkommen unvorbereitet getroffen, denn der überraschte Gesichtsausdruck hatte sich im Tode erhalten. Filipepi hatte sich nicht einmal die Mühe gemacht, die gebrochenen Augen zu schließen, so starrten sie nun dunkel und leer auf Riani. Die Zähne waren im Tod gebleckt und die klaffende Halswunde hob sich krass vom wächsernen Weiß der Haut ab. Riani stöhnte. Eine gefühlte Ewigkeit später öffnete sich erneut die Wohnungstür und Filipepi postierte seine fertige Bombe auf dem Tischchen vor Della Valle. Das auslösende Mobiltelefon legte er obenauf.

Als Riani vorhin Stimmen im Haus gehört hatte, war eine irre Hoffnung aufgezuckt, und er hatte hinter seinem Knebel so laut gebrüllt und mit seinem Stuhl so heftig gepoltert, wie er konnte. Aber als er Torrini auf der Straße schimpfen hörte, wusste er, dass es aus war. Jetzt war es das ohnmächtige Gebrüll eines Todgeweihten. Er brüllte, bis er nicht mehr konnte. Dann gab er auf. Wenn er schon sterben musste, dann wollte er wenigstens mit schönen Gedanken an seine Familie abtreten. Heiße Tränen rannen ihm über das Gesicht, als er sich zwang, an die schönsten Augenblicke seines Lebens zu denken: die unendlich langen und heißen Sommer der Kinderzeit, auf dem Land bei der Großmutter; der erste Kuss seiner Frau, in einem Ruderboot, im Golf von Sorrent; ihre Hochzeit auf einem malerischen Landgut bei Siena; die Geburt seiner Töchter, ihre ersten Schritte, ihre ersten Worte; liebevoll selbst gebastelte Geburtstagsgeschenke; endlose Sommerferien unter der glühenden Sonne Kalabriens; klebrige Kinderfinger und aufgeschrammte Knie; Arturo der Familienkater in Puppenkleidern; die Examensfeier der Ältesten; letzte Weihnachten, als der Braten verbrannte, der Baum umfiel und sich die ganze Familie anschließend lachend und reichlich betrunken vor dem Fernseher fläzte; und immer wieder seine Frau: gut gelaunt, liebevoll, nachsichtig, leidenschaftlich und sanft.

50

Nachdem die Männer gegangen waren, ließ sich Filipepi schwach auf einen Stuhl sinken. Die Achterbahn seiner Gefühle war unbeschreiblich. Er war davongekommen! Sie hatten die Standarte gesehen und waren wieder gegangen. Schon wieder stieg ein wahnsinniges Lachen in ihm auf, aber er zwang sich zur Ruhe. Jetzt musste er schnell weg. Diesem Ispettore war nicht zu trauen. Er hatte so prüfende Augen. Die machten ihm Angst. So schnell er konnte, packte er eine Reisetasche, legte einen kleinen ledernen Koffer bereit, steckte seinen Ausweis ein und holte dann unter allergrößter Vorsicht die Standarte aus ihrem Rahmen heraus. Als er das Glas anhob und den puren Stoff berührte, entrang sich ihm ein gequälter Seufzer. Gab es etwas Schöneres? Unter ekstatischen Schauern faltete er die Fahne sorgfältig zusammen. Die Seide hatte die Jahrhunderte bemerkenswert gut überstanden und zerfiel nicht unter seinen Händen, wie er einen panischen Moment lang befürchtet hatte. Liebevoll wickelte er sie in ein frisch gestärktes Leinenlaken, bevor er sie in dem kleinen flachen Lederkoffer verschloss. Dann löschte er alle Lichter, versuchte sich daran zu erinnern, ob er in Signora Buonarrotis Wohnung den Gashahn aufgedreht hatte, und verließ mit einem letzten Blick eilig die Wohnung. Die paar Schritte zu seiner Garage blickte er sich ängstlich um, aber niemand war zu sehen. Es wurde bereits dunkel. Eilig verstaute er das Gepäck auf dem Rücksitz, öffnete das automatische Garagentor und startete den Motor. Laut röhrend schoss er aus der Einfahrt und verschwand mit quietschenden Reifen um die nächste Straßenecke.

Als er die Stadt hinter sich gelassen hatte, atmete Filipepi auf. Er wollte nach San Gimignano, sich gewissermaßen verabschieden, bevor er sich für eine Weile absetzte. Aufgrund der Medikamente, des Adrenalins und des ausgefallenen Mittagessens zitterten seine Hände, aber er fühlte sich unbesiegbar. Endlich frei! Er hatte es geschafft! Sobald er ein schönes Fleckchen gefunden hätte, würde er einen gewissen Anruf tätigen, und – bumm – wäre er auch seine letzte Sorge los. Dann konnte ihn definitiv niemand mehr behelligen. Der lästige Commissario Riani, versehentlich in die Luft gejagt, zusammen mit dem Muttermörder, Pierfrancesco Della Valle. Geradezu genial! Und die Standarte gehörte jetzt rechtmäßig ihm. Gekauft von Signora Buonarroti. Was für ein dummer Ispettore. Hatte der doch die perfekte Steilvorlage geliefert. Niemand könnte je das Gegenteil behaupten. Besser hätte es nicht laufen können. Er war für immer und alle Zeiten aus dem Schneider. Filipepi lauschte aufgekratzt dem satten, markanten Röhren des Motors, das er so liebte. Übermütig drückte er das Gaspedal durch, als im selben Moment ein Wildschwein die Straße querte. Ungebremst und mit hundert Stundenkilometern prallte der Wagen auf das Tier und flog wie eine rote Rakete die steile Böschung hinunter. Alessandro Filipepis ungeschütztes Genick brach wie eine Salzstange, und der flache Lederkoffer mit der Standarte verschwand, nach einem vollendet eleganten Flug, für alle Zeiten im undurchdringlich dichten Gebüsch zwischen Florenz und San Gimignano.

51

Nachdem Commissario Riani die Haustür ins Schloss fallen hörte, begann er zu beten wie nie zuvor in seinem Leben. Ihm war klar, dass Filipepi das Haus verlassen hatte, um während der Detonation außer Reichweite zu sein. Jetzt war es nur noch eine Frage der Zeit. Wie weit würde er sich vom Haus entfernen, bis er die Bombe zündete? Riani verkrampfte sich vor Angst und schickte ein Stoßgebet nach dem anderen gen Himmel. Wenn er nur ein besserer Ehemann und Vater gewesen wäre! Warum hatte er seiner Frau in der vergangenen Woche das Leben so schwer gemacht? Er konnte sich glücklich schätzen, eine so wundervolle Frau zu haben, die ihm drei großartige Kinder geschenkt hatte. Heiße reuevolle Tränen rollten über sein Gesicht. Hätte er die Gelegenheit, würde er liebend gern noch drei weitere Kinder großziehen, aber dafür war es leider zu spät. Hinter seinem Knebel begann er hemmungslos zu schluchzen. Er leierte in Gedanken herunter, was ihm von seiner lückenhaften katholischen Erziehung in Erinnerung geblieben war. Bruchstücke des Ave Maria und des Vater Unser. Seine Großmutter fiel ihm ein, die mit großer Würde und Gelassenheit in den Tod gegangen war. »Der Tod gehört leider zum Gesamtpaket, mein Junge«, hatte sie gesagt, »ich habe mein Leben gelebt, einigermaßen sündenfrei, was will ich mehr?« Was wollte er mehr? Leben wollte er, verdammt! Leben! Er war mit seiner Bilanz noch lange nicht zufrieden. »Bitte, lieber Gott«, betete er so kindlich wie inbrünstig, »wenn du mich verschonst, will ich ein besserer Mensch werden. BITTE!«

52

Die von einem nachfolgenden Autofahrer eilig alarmierte Ambulanza und die Polizia Stradale konnten nichts mehr tun. Der zur Unfallstelle abgeseilte Notarzt konnte nur noch den Tod des Fahrers feststellen, und die herbeigerufene Feuerwehr barg das Fahrzeug. Die Augen der Rettungskräfte wurden groß, als der Wagen oben ankam.

»Ein Ferrari 250 GT California aus den Sechzigern ... Accidenti!«

Nachdem die Rettungssanitäter das Opfer auf die Bahre gelegt hatten, durchsuchte ein Polizist die Taschen des Toten.

»Ein gewisser Alessandro Filipepi aus Florenz ...«

»War er alleine?«

Der Gefragte warf einen Blick ins Auto. »Schwer zu sagen ...«

»Gut ... Wir werden das Gelände durchsuchen ...«

»Agli ordini! Zu Befehl!«

Während ein Teil der anwesenden Feuerwehrmänner und Polizisten das undurchdringliche Dickicht nach einem potenziellen weiteren Opfer durchsuchten, bargen die anderen den Wildschweinkadaver, leiteten den Verkehr an der Unfallstelle vorbei und befragten Zeugen. Die Wertsachen des Toten wurden in einen Plastikbeutel verpackt: Brieftasche, Schlüsselbund, Mobiltelefon. »Was ist mit der Reisetasche?«

»Die geht mit auf die Polizei.«

Einer der Beamten griff nach dem Telefon. »Zeig mal her. So ein Ding kenne ich nur aus den Hochglanzmagazinen meiner Frau. Das Teil kostet ein Vermögen.«

»Das Opfer scheint ohnehin ziemlich geldig zu sein.« Er machte ein anerkennendes Gesicht: »So ein Auto ... Vaffanculo! Was zahlt man für so ein Geschoss?«

»Oh verdammt!«

»Was ist?«

»Ich hab die Wahlwiederholungstaste gedrückt! Und jetzt?«

»Leg auf, du Idiot, und pack es endlich weg!«

53

Signora Riani, Caterina und Ispettore Torrini saßen mit besorgten Mienen um den Küchentisch. Sie hatten alle nur erdenklichen Leute angerufen, sogar in der Villa i Cancelli, wo Riani das vergangene Wochenende verbracht hatte. Aber er blieb wie vom Erdboden verschluckt. Torrini hatte mit dem Leiter der Suchhundestaffel telefoniert, der hatte ihm leider wenig Hoffnung gemacht. Hier, mitten in der Stadt? Vergessen Sie es!

»Wo steckt er bloß!« Signora Riani, in den Jahrzehnten gestählt durch die Sperenzchen ihres Gatten und normalerweise die Gelassenheit in Person, hatte sich von Torrinis Besorgnis anstecken lassen und knetete jetzt beunruhigt ihre Hände. »Und er hatte ganz sicher keine anderen Pläne?«, fragte sie zum fünften Mal, und Torrini schüttelte nur wieder den Kopf.

»Und wenn ihn Signor Della Valle als Geisel hält?«, platzte Caterina Riani in die gedrückte Stille. »Immerhin ist der ja auch verschwunden.«

Torrini überlief es siedend heiß. Grundgütiger! An den hatte er überhaupt nicht mehr gedacht. Wenn der seinen Chef abgepasst und ihn in sein abgelegenes Haus mitgenommen hatte? Die Wälder der Maremma waren groß, wild und undurchdringlich. Keine Chance, einen dort versteckten Leichnam je zu finden. Sant' Iddio! Solche Gedanken durfte er nicht haben. Nicht in Gegenwart der Frau und der Tochter. Außerdem ... Welchen Grund sollte Della Valle dafür haben? Genau besehen keinen. Aber vielleicht war er am Ende doch der Täter und hatte sie alle an der Nase herumgeführt? Wortlos stand er auf und wählte Agente Roccas Nummer.

»Rocca, ruf sofort die Polizeidienststelle in dem Kaff an, aus dem ihr Della Valle geholt habt. Schnell! Wir müssen wissen, ob er dort ist und vielleicht Commissario Riani bei sich hat.«

»Glaubst du wirklich? Warum sollte er das tun?«

»Rocca! Tu einfach, was ich dir sage.«

Ein ängstliches Kribbeln kroch jetzt seinen Rücken hoch, obwohl er sich keinen plausiblen Grund vorstellen konnte, warum Pierfrancesco Della Valle Commissario Riani entführen oder gar töten sollte.

Oder war alles ganz simpel und sie sorgten sich vollkommen umsonst? Vielleicht hatte Riani eine neue Spur entdeckt und war ihr nachgegangen, impulsiv, wie er war, alles um sich herum vollkommen vergessend?

Torrini sah auf die Uhr. Es war jetzt fast siebzehn Uhr. Spätestens um diese Zeit müsste er Hunger bekommen und ein Café oder ein Restaurant aufsuchen. Und dann bemerken, dass sein Telefon ausgeschaltet war. Oder der Akku leer war. Auch das war schon vorgekommen. Seufzend setzte er sich wieder an den Tisch.

»Glauben Sie wirklich, dass mein Mann bei diesem Pierfrancesco Della Valle sein könnte?«

»Nein, nicht wirklich, wenn ich ehrlich sein soll. Es gibt keinen Grund dafür. Er war gestern Nachmittag auf der Questura zur Befragung, und wir haben ihn wieder laufen lassen, weil nichts gegen ihn vorliegt.«

»Wie war Ihr Eindruck von ihm? Schien er Ihnen feindselig zu sein?«

»Feindselig? Nein. Definitiv nicht. Höchstens genervt, wenn überhaupt. Aber das war kein Wunder, denn Agente

Rocca hatte ihn aus seinem Domizil in der Maremma quasi entführt.«

»Könnte ihn das nicht so verärgert haben, dass er sich rächen wollte?«

»Dafür? Nein. Sicher nicht.« Torrini schüttelte den Kopf. »Am plausibelsten scheint mir, dass Ihr Mann eine neue Spur entdeckt hat und dieser nachgeht.«

Signora Riani betrachtete nachdenklich den Mitarbeiter ihres Mannes: »Vielleicht aber auch eine alte. Mein Mann hat vor einer Weile einige Unterlagen angefordert … Warten Sie!« Sie erhob sich und kehrte mit einem gefütterten Kuvert zurück. »Hier, das ist schon am Montag gekommen …«

Torrini warf einen Blick auf den Umschlag. Kein Absender. Kein Behördenstempel. Das waren keine offiziellen Akten.

»Soll ich ihn öffnen?«, fragte Signora Riani und schickte sich an, den Umschlag aufzureißen.

Torrini schaltete blitzschnell. »Nein!«, rief er. »Großer Gott! Nicht anfassen! Wohin geht das Fenster?«

»In den Hof«, antwortete Caterina konsterniert. »Wieso? Was ist los?«

Eilig riss Torrini das Fenster auf und warf mit einer schwungvollen Bewegung den Umschlag hinaus.

54

Der Wagen der Polizia Stradale stoppte vor dem Haus. Drei Beamte stiegen aus und sahen an der dunklen Fassade hinauf.

»Scheint niemand zu Hause zu sein …«

Sie klingelten bei Filipepi, und als niemand öffnete, holte einer der Männer den Schlüsselbund des Opfers heraus. Wenige Minuten später war klar, dass der offensichtlich einzige Bewohner tot im Obitorio lag. Als sie die Wohnungstür hinter sich abschlossen, hob einer der Beamten die Hand.

»Wartet mal … Hier riecht's nach Gas …«

»Das ist Chlor, du Held!«

»Nein! Riech mal genau!« Schnuppernd folgte der Mann dem Geruch, stieg langsam die Treppe hinauf und polterte laut an die Tür. Bloß nicht klingeln! Nach einer Weile bollerte er noch einmal lauter und rief dann zu den Kollegen hinunter.

»Es macht niemand auf! Lasst uns die Feuerwehr rufen!«

55

»Bin ich im Himmel?«

»Nein, amore, in der Hölle.« Signora Riani saß mit drohend verschränkten Armen und furchtbarem Blick am Krankenhausbett ihres Mannes. Als er erschrocken die Augen wieder schloss, kniff sie ihn wütend in den Arm. »Jetzt gib hier nicht den sterbenden Schwan, mein Lieber, sonst wird das die Hölle mit Extras sein.«

Gekonnt verwandelte sich sein entspanntes Gesicht in das personifizierte Leiden Christi, was Signora Riani noch mehr erboste.

»Caro mio, wenn du nicht augenblicklich die Augen aufmachst und glaubwürdig zu Kreuze kriechst – und ich meine glaubwürdig –, dann verlasse ich dich! Ich schwöre es dir bei allen Heiligen, die ich kenne, ich meine es ernst! Nie wieder, hörst du, nie wieder will ich eine solche Angst um dich haben. Es reicht! Ein für alle Mal! Keine Alleingänge mehr! Nicht einmal zum Mülleimer. Hörst du? Ich schwöre dir, ich bringe dich sonst um.«

Commissario Riani, dem es angezeigt schien, klein beizugeben, auch weil seine verzweifelten Gebete erhört worden waren, öffnete die Augen und betrachtete seine aufgebrachte Frau. Ihr schönes Gesicht war von Kummer gezeichnet, und er bemerkte beunruhigt einen ganz neuen Gesichtsausdruck, den er noch nicht kannte. Der kleine Scherz eben hatte sie derart erbost, dass er erschrak. Also gut. Keine Witzchen mehr. Wenigstens die nächste Zeit nicht. Tief seufzend nahm er die Hand seiner Frau und drückte sie an seine Wange.

»Amore, du bist die Liebe meines Lebens. Es tut mir aufrichtig leid … Ehrlich. Nie wieder will ich dich und die Kinder einer solchen Situation und einer solchen Gefahr aussetzen, bei allem, was mir heilig ist!«

Signora Riani ließ ihren Blick über ihren ramponierten Gatten wandern. »Schwörst du's mir?«

»Ti lo giuro! Ich schwör's dir.«

»Gut.« Für Signora Riani war die Sache damit erledigt. »Draußen wartet dein Ispettore darauf, dich zu sprechen. Er ist putzig, findest du nicht?«

»Putzig?«

»Ich finde schon«, lächelte sie schelmisch, »und ich glaube, Caterina findet das auch.«

»Giovanna!«

Sie ging und gab dem wartenden Torrini ein Zeichen, dass er eintreten könne.

»Commissario! Maria Santa! Da hätten Sie doch um ein Haar die Engelschöre singen hören.«

»Doch wohl eher das Höllenfeuer schnuppern. Sie Schmeichler …«

Riani freute sich, seinen Ispettore zu sehen. Verstohlen betrachtete er ihn. Putzig? Schon. Irgendwie. Obwohl, als Mann konnte er das schlecht beurteilen. Er hatte freundliche braune Augen. Das ja. Und ein nettes Lächeln. Und Locken. Wenn er die Haare wachsen ließe. Zugegeben, er war ein wenig klein geraten und ein bisschen kräftig, aber schließlich war seine Tochter auch keine Elfe. Außerdem kam es ja auf die inneren Werte an. Also wenn er seiner Tochter gefiel … Er hätte nichts dagegen. Dass umgekehrt Torrini von seiner Tochter geradezu verhext war, sah sogar ein Blinder.

»Commissario …?«

»Äh ...« Riani wurde aus seinen Betrachtungen gerissen: »Ja, bitte?«

»Ich fragte gerade, wie Sie darauf gekommen sind, dass es Filipepi war.«

»Tja ...« Riani kramte in seinem Gedächtnis. »Das kann ich gar nicht genau sagen. Ich hatte ihm gerade erzählt, dass Della Valle von seinem Kaufwunsch wusste, und er versicherte mir, nach dem ersten Schreck vermutlich, dass die Standarte eine Replik gewesen sei.«

Riani dachte nach. »Da hat er gut reagiert. Aber in dem Moment, als ich ihm mitteilte, dass Signora Buonarroti höchstwahrscheinlich wegen dieses Kunstwerks umgebracht worden war, tickte er plötzlich aus. Als ob ein Schalter umgelegt worden wäre. Es war unheimlich! Kennen Sie die Verwandlung von Hulk?«

Torrini nickte schaudernd.

»Ich kann nicht einmal sagen, ob er davor etwas Bestimmtes gesagt oder getan hätte. Ich wusste es plötzlich. Glasklar. Alle Details. Wie er es gemacht hatte.« Riani runzelte die Stirn. »Es war so einfach! Großer Gott! Ich war so blind!« Riani schüttelte ungläubig den Kopf und fuhr dann fort: »Nachdem er die Standarte bei Signora Buonarroti entdeckt hatte, musste er sie haben. In dem Punkt hatten Sie hundertprozentig recht. Er plante lange, besorgte sich einen plausiblen Täter, indem er die junge Kollegin anbaggerte, und baute einen Sprengsatz. Wohl wissend, dass die alte Dame im Haus war und seine Pakete annehmen würde, musste er nur den richtigen Tag abpassen.« Riani räusperte sich, nahm einen Schluck Wasser. »Seine Adresse auf dem Päckchen sollte ihn als Opfer erscheinen lassen. Leider hatte er nicht damit gerechnet, dass wir dieses Manöver durchschauen und auch in Signora Buonarrotis Umfeld ermitteln würden. Er wollte auf jeden Fall verhindern, dass herauskam, dass er dieses Kunstwerk haben wollte.«

»Deshalb dieser zweite Anschlag auf sein Leben …«, ergänzte Torrini düster.

»Ganz genau. Dieser verdammte Anschlag, der uns die ganze Zeit in die falsche Richtung geführt hat …«

»Und den er so simpel wie raffiniert ausgeführt hatte. Die Bestellung mit Expresslieferung …«

»Wenn wir diese Informationen früher gehabt hätten, wäre Filipepi vielleicht eher in den Fokus gerückt.«

»Und die beiden Bomben an Sie wären nie verschickt worden.«

»Sie haben meiner Frau und meiner Tochter das Leben gerettet, Torrini, dafür kann ich Ihnen nicht genug danken. Ich habe diese Briefbombe nicht eine Sekunde lang mit unserem Fall in Verbindung gebracht. Das war wirklich fahrlässig.«

»Vielleicht. Aber wir alle haben es nicht in Erwägung gezogen. Im Nachhinein ist es müßig zu spekulieren«, erwiderte Torrini diplomatisch.

»Mmh«, sinnierte Riani. »Um ein Haar wäre der verrückte Filipepi mit einem Mord und der Standarte davongekommen. Haben Sie inzwischen herausbekommen, wie er das Bild in seine Wohnung gebracht hat?«

»Ich denke ja … Deswegen bin ich unter anderem hier. Wir haben einen geheimen Gang gefunden, der die Stockwerke miteinander verbindet. Der scheint schon immer da gewesen zu sein. Von außen nicht erkennbar. Tapetentüren. Genial, über diesen Weg hat er sich höchstwahrscheinlich das Bild geholt, nachdem die Bombe detoniert war.«

»Klingt plausibel.«

Eine kurze, nachdenkliche Stille entstand. Dann seufzte Torrini tief auf: »Wir hätten Della Valle verhaften sollen.«

»Mit welcher Begründung? Er hatte doch nichts getan!«

»Schon.« Torrini sah auf seine Hände. Ihn plagte noch immer das schlechte Gewissen. Dass Pierfrancesco Della Valle tot war und dass er seinen Chef nicht gefunden hatte.

Riani bemerkte sofort, was ihn bedrückte. »Torrini, jetzt machen Sie mal halblang! Wie hätten Sie ahnen können, was in dem Haus vorging?«

»Aber …«

»Torrini, mal ehrlich. Sie sehen zu viele schlechte Krimiserien.«

»Aber eine Hausdurchsuchung …«

Riani fiel ihm erneut ins Wort: »Eine Hausdurchsuchung? Mit welcher Begründung bitte? Welcher Richter hätte Ihnen die genehmigt?«

»Schon …«

Einen Moment lang war es still, dann hob Riani wieder an: »Haben Sie die Verlobte von Della Valle erreicht?«

»Ja.«

»Wie hat sie es aufgenommen?«

»Wie schon! Ich hasse es, solche Nachrichten zu überbringen.« Torrini stand auf und trat ans Fenster.

Riani betrachtete nachdenklich seinen Rücken und holte dann tief Luft. Eines musste noch gesagt werden. »Torrini …«

»Ja?«

»Es tut mir wirklich leid, dass ich ein so schlechter Chef gewesen bin.«

»Bitte?« Torrini drehte sich überrascht um.

»Sie haben schon richtig gehört. Das war die schlechteste Ermittlung, die ich je geführt habe. So ungern ich das zugebe. Ich hatte meinen Kopf woanders und habe dadurch das Leben meiner Mitarbeiter und meiner Familie riskiert.«

»Aber der Fall war unlösbar!«

»Jajaja! Ich danke Ihnen für Ihre Loyalität, aber hier habe ich wirklich Mist gebaut.«

Der junge Ispettore errötete. Er wollte das nicht hören. »Commissario … Bitte …«

»Ist gut, ich höre schon auf … Themenwechsel …« Riani klopfte auffordernd auf die Bettdecke. »Kommen Sie. Ich muss Ihnen noch etwas sagen.«

Der junge Mann kam näher, setzte sich zögernd auf die Bettkante, und Riani grinste ihn verschwörerisch an.

»Torrini, meine Frau und meine Tochter finden Sie übrigens putzig …«

Der arme Ispettore sprang auf wie von der Tarantel gestochen und floh aus dem Zimmer. Riani lachte, bis ihm die Tränen kamen.

56

Um etwa dieselbe Zeit kroch auch ein junger Beamter der Polizia Stradale zu Kreuze. Er stand vor der Tür der Kriminaltechnik, die Tüte mit dem Telefon und dem Schlüsselbund des Unfallopfers in der Hand. Schon einmal hatte er sich den heiligen Zorn des Kollegen zugezogen, als er, ohne es vorauszusehen oder gar verhindern zu können, auf ein paar Objektträger geniest hatte. Er atmete tief durch. Der ohnehin nicht als umgänglicher Mensch bekannte Kollege, dessen Spuren er kontaminiert hatte, hatte ihm damals fast einen Einlauf verpasst. Und jetzt musste er ihm gestehen, dass er ohne Handschuhe das Telefon des Opfers angefasst hatte. Und dass er versehentlich die Wahlwiederholungstaste gedrückt hatte. Zwar hatte er sofort wieder aufgelegt, sodass die Verbindung nicht zustande gekommen war, aber trotzdem. Jetzt musste er seine Fingerabdrücke nehmen lassen und hoffen, dass die Sache keine disziplinarrechtlichen Folgen hatte. Noch einmal atmete er tief durch, straffte die Schultern, klopfte und trat ein.

57

Ein gutes Dreivierteljahr später, an einem warmen Tag Ende September, trugen die Eheleute Riani ihre jüngste Tochter Stella zur Taufe. Stella, Papàs Augenstern. Die mit Abstand Hübscheste unter Rianis Töchtern. Wie er fand. Der stolze Taufpate zappelte vor Aufregung und Riani zwinkerte ihm zu. »Nur die Ruhe, Dario. Tranquillo.«

Die drei großen Töchter waren alle da und hatten sich ausnahmsweise in Schale geworfen. Riani platzte fast vor Stolz über seine fünf Frauen, wie er sich ausdrückte, und fühlte sich so gut wie lange nicht.

Die Zeremonie war feierlich und das anschließende Fest rauschend. Alle Gäste waren in der Villa i Cancelli untergebracht, und so konnten sie zusammen unbesorgt essen, trinken und feiern. Der Garten war abends mit Lampions und Fackeln illuminiert, und erst weit nach Mitternacht packten die bestellten Musiker ihre Instrumente ein. Riani saß mit seiner Frau auf der niedrigen Gartenmauer, betrachtete den Vollmond und die aufsteigenden zarten Nebelschwaden und trank ein letztes Glas Wein.

»Wo ist Caterina?«

Riani machte eine Kopfbewegung in Richtung Hügel. Es war rückblickend ein gutes Jahr gewesen. Nicht nur privat. Ermittlungen zum Tod des alten Marchese Di Maffei waren aufgenommen worden, nachdem der vollkommen verrostete alte Bugatti auf einem Schrottplatz sichergestellt werden konnte. Das Lenkgestänge war manipuliert worden, aber nach zwanzig Jahren konnten keine verwertbaren Spuren mehr gesichert werden. Es war eindeutig Mord, der allerdings nicht bewiesen werden konnte. Die Kopie der Scheidungsunterlagen sprach für eine Tatbeteiligung der Ehefrau, doch das Verfahren gegen sie musste schlussendlich aus Mangel an Beweisen eingestellt werden. Die alte Marchesa war frei, aber der Makel der Gattenmörderin würde ihr den Rest ihrer Tage anhaften. Giorgia Di Maffei wurde zu acht Jahren Gefängnis verurteilt. Es stellte sich heraus, dass die Familie eingeweiht und willens gewesen war, der Jüngsten aus der Klemme zu helfen, jedoch erst im Augenblick des Gerichtsbeschlusses. Als erzieherische Maßnahme. »Ziemlich ungünstiges Timing«, hatte Torrini trocken angemerkt. Pierfrancesco Della Valles Vermögen ging an den Staat, das Vermögen Alessandro Filipepis, das rechtmäßig den Maffei-Schwestern zufiel, wurde von diesen an eine gemeinnützige Stiftung vermacht. Die Kunstsammlung ging an den Palazzo Pitti. Die Standarte des Giuliano de' Medici blieb verschollen. Es ging das Gerücht, dass sich nach dem Unfall monatelang Kunstgeschichtsstudenten durchs Gebüsch gezwängt hatten, in der Hoffnung, das verlorene Meisterwerk wiederzufinden. Vorgestern waren zwei DVDs mit der fertigen Dokumentation der BBC gekommen. Mit herzlichen Grüßen von Ian McNair und Robert Harris und einer Einladung für Torrini nach London. Sie war wirklich gut. Domenico Varese war nach der Scheidung nach Neapel zurückgekehrt, und seine Frau hatte, nach kurzer Bekanntschaft, einen deutlich älteren Steuerberater aus Prato geheiratet. Jedem Tierchen sein Pläsierchen, wie seine Großmutter zu sagen pflegte.

Riani drückte die Hand seiner Frau. Im Olivenhain oberhalb der Villa, wo der Mond die Szenerie in fahles Licht tauchte und die Bäume scharfe Schatten warfen, flüsterten zwei dunkle Gestalten. Eine Nachtigall hob zu singen an und übertönte die zirpenden Zikaden. Eine der beiden Gestalten richtete sich plötzlich auf, lauschte hingerissen, ordnete das wirre Haar und packte ihr Gegenüber dann unvermittelt am Arm.

»Torrini, willst du mich heiraten?«

DANKSAGUNG

Per le interessanti interviste rilasciate, il caloroso sostegno e la preziosa collaborazione ringrazio sentitamente:

Dario Tuttolomondo; Prof. Dr. Ulrich Rehm, Kunsthistoriker; Elisabetta Mari; Dr. Susan Mehraein, Psychiaterin; Niel Mehraein; Francesca Bellesi; Gianni Raffaelli; Gerda e Dieter Bardelang; Kriminalhauptkommissar Harald Steinhart.

*Weitere Titel finden Sie auf den
folgenden Seiten und im Internet:*

WWW.GMEINER-VERLAG.DE

Stephan R. Meier
**Riviera Express –
Schatten über Triora**
Kriminalroman
336 Seiten, 13,5 x 21 cm,
Klappenbroschur
ISBN 978-3-8392-0667-6

Triora, die weltberühmte Hauptstadt der Hexen. Commissario Gallo wird in das idyllische Hinterland der lebhaften Küstenstadt Sanremo gerufen. In einer Schlucht in den malerischen Hügeln über der Riviera dei Fiori ist eine Leiche gefunden worden. Safranplantagen, Olivenhaine und Kräuterpfade säumen den Tatort. Gallo erkennt bald, dass es eine Verbindung zwischen dem Toten und einer vermissten Naturforscherin gibt. Hatte sie gehofft, die alten Geheimnisse der unzähligen Kräuter, Gewürze und Heilpflanzen von Triora zu entdecken, für die im 16. Jahrhundert mehr als 200 Frauen der Hexerei angeklagt wurden?

GMEINER SPANNUNG

WWW.GMEINER-VERLAG.DE
Wir machen's spannend

Anna Merati
**Tod im Piemont –
Trüffel, Nougat und Barolo**
Kriminalroman
288 Seiten, 13,5 x 21 cm,
Klappenbroschur
ISBN 978-3-8392-0723-9

Sofia Dalmasso betreibt ein kleines Café in einem Bergdorf unweit des Lago Maggiore. Während die einen wegen ihres Risottos bei ihr einkehren, kommen die anderen, um sich die Zukunft voraussagen zu lassen. Denn Sofia hat von ihrer Großmutter das Kaffeesatzlesen gelernt. Als eines Tages ein Fremder ihr Café betritt und auf ihrer Kunst besteht, sieht sie zum ersten Mal das Symbol für den Tod. Am Tag darauf wird der Mann leblos aufgefunden. Von Schuldgefühlen geplagt, beginnt Sofia sich im Dorf umzuhören.

WWW.GMEINER-VERLAG.DE
Wir machen's spannend

Annemarie Regez
**Die Lago Maggiore-Morde –
Tod im Kamelienpark**
Kriminalroman
272 Seiten, 12,5 x 20,5 cm,
Broschur
ISBN 978-3-8392-0686-7

Im märchenhaften Kamelienpark in Locarno wird eine kopflose Leiche gefunden. Commissaria Roberta Casanova erkennt in dem Toten einen alten Bekannten: Marco della Valle, den Leiter der Wellnessoase, die zwei Jahre zuvor Schauplatz eines Mordes war. Die Commissaria vermutet einen Zusammenhang mit dem ersten Mordfall, tappt aber zunächst im Dunkeln. Marco della Valle hat ein sehr zurückgezogenes Leben geführt – und offenbar ein Geheimnis gehütet. Wurde er etwa von Schatten aus seiner Vergangenheit eingeholt?

GMEINER SPANNUNG

WWW.GMEINER-VERLAG.DE
Wir machen's spannend

Göttlicher & Walter
Barcelona Eiskalt
Kriminalroman
384 Seiten, 12,5 x 20,5 cm,
Broschur
ISBN 978-3-8392-0672-0

Die Jagd nach einem erbarmungslosen Killer führt den Berliner Kommissar Josef Hadersucht nach Barcelona. Die Stadt gleicht einem Hexenkessel, denn die Volksabstimmung für die Unabhängigkeit Kataloniens steht bevor. In dieser aufgeheizten Stimmung fahndet auch Lucia Costa nach einem Serienmörder. Schon bald kreuzen sich ihre Wege. Suchen sie denselben Mann? Und wie viel Zeit bleibt ihnen, bis der Mörder erneut zuschlägt? Für Lucia Costa und Josef Hadersucht beginnt ein Wettlauf um Leben und Tod.

GMEINER SPANNUNG

WWW.GMEINER-VERLAG.DE
Wir machen's spannend